Ein turbulenter Weg!

Herstellung und Verlag:
BoD – Books on Demand, Norderstedt
ISBN 978-3-7392-1444-3
Maler des Titelbildes: Rudi Ewald Jüngst
Titelentwurf und Satzerstellung: Dieter Rutkowski
Schrift Palatino
Papier cremeweiß 90 g/qm
Printed in EU 2015

Ein turbulenter Weg!

Für die Unterstützung bei der Erstellung und Gestaltung
dieses Buches bedanke ich mich bei Dieter Rutkowski,
den ich aus meiner früheren Tätigkeit kenne
und der mir damals schon in Werbeangelegenheiten
tatkräftig zur Seite stand.

Durch die gemeinsame Arbeit an diesem Buch
wurden wir Freunde.

Ebenfalls Dank an Rudi Ewald Jüngst, der das Titelbild malte
und an Gerd Weiand, der Korrektur gelesen hat.

**Wer zur Quelle will,
muß gegen den Strom
schwimmen.**

Aus dem Inhalt

Seite 17

Menschen auf dem Bahnhof . . . Sie alle sind nicht mehr da, wo sie waren und noch nicht dort, wo sie hin wollen.

Seite 18

Das junge Paar, das dort am Automaten lehnt, welches sich ungeniert küsst und liebkost, zeigt deutlich, wie anonym man sich in der Masse Mensch fühlt.

Seite 24

Warum müssen eigentlich auch bei gut gewarteten Zügen die Türen immer mit einem Ruck und leichtem Gepolter geöffnet werden, dass selbst unbescholtene Bürger erschrecken, wenn der Fahrgastkontrolleur erscheint . . . . Im täglichen Leben meistens kleine Scheißerchen, hier aber ganz Autorität. „Ihre Fahrscheine bitte!"

Seite 51

Da spielt mir der Zufall ein Leckerli, wie ein gebratenes Täubchen, an den Tisch. Das darf nicht unbeschnuppert vom Teller, der möglicherweise auch noch einen Goldrand hat.

Seite 67

Wir stehen uns einen Augenblick gegenüber, so richtig Mann gegen Mann. In seinen Augen erkenne ich Überraschung und zugleich Triumph, denn er lächelt. Warum ist die Welt so klein? Warum ausgerechnet jetzt und hier?

Seite 80

Am rechten Oberschenkel spüre ich den Druck, der von der Pistole in meiner Hosentasche verursacht wird. Vorsichtig und mehr als ängstlich, greife ich in die Tasche. Die Hand an dem kleinen Ding macht mich plötzlich kalt wie eine Hundeschnauze, der kleine Hebel rum und sie ist entsichert.

Seite 110

So eine Gefängniszelle ist schon ein besonderer Ort. Das beeindruckenste: ein kleines Fenster mit einem Eisengitter. Es ist das symbolische des Gitters, das zeigt, wo man ist, getrennt von der Welt draussen und alleine. Für mich der Eindruck völliger Hilflosigkeit.

Seite 113

Das war einmal ein Umzug der ganz anderen Art. Da kommt ein Beamter, der einen höflich bittet, da man ja gerade nichts anderes zu tun hat, seine paar Sachen zu packen und in das schöne grüne Auto einzusteigen. Auf einem Fensterplatz und in Begleitung fahren wir in den Knast nach Siegburg.

Seite 125

Für mich war erleichternd, dass Don Sarfano deutsch sprach, wenn auch mit einigen geradezu lustigen Versprechern. Seine Mutter war Deutsche aus dem Schwabenland. So sprach er von Hinkel, Gäule und Semmel (Hühner, Pferde und Brötchen).

Seite 144

Dann wieder höre ich Shalan zu, wenn er mir seine Vorstellung von Leben und Glück erklärt.

Er benutzt dann Sätze wie:„Man kann ein Leben nicht verbreitern oder verlängern, aber vertiefen." Sein Glück beschreibt er mit fortschreitender Erkenntnis, die Freude über das ständige Entdecken neuer Unkenntnisse in den Erfolg des Verstehens zu verwandeln. Der Triumph neuer Unwissenheit ist die Voraussetzung dazu. Sein Fazit, der vermeintlich Allwissende ist nicht glücklich, sondern geistig tot.

Daraus ergibt sich auch, dass wir unsere Kindheit als die glücklichste Zeit sehen, weil wir permanent Neues in uns aufnehmen und gleichzeitig mehr Unwissenheit erkennen. So sind auch Menschen, die ständig mit großen Kinderaugen staunen, glückliche Menschen, auch weil sie so neue Phantasien entwickeln.

Seite 148

Ich wollte oder konnte dem nicht folgen. Meine Augen sehen nicht nur das Licht der Sonne, das Gün der Natur oder den Sternenhimmel bei Nacht. Ich muss meinen Körper und sein Wesen ganzheitlich betrachten. Mein Mund steht für das Wort, für ein gutes Wort, auf das andere warten. Meine Lippen stehen für einen zärtlichen Kuss, meine Füße sind da, um den Weg zu meinem Nächsten zu gehen. Mein Herz soll Empfindungen aufnehmen und weitergeben, damit meine Arme zum Beispiel nicht nur herzlose Greifer sind, sondern sich auch einer schutzbringenden und herzlichen Umarmung fähig erweisen.

Seite 191

Doch dann kam eine Szene, nein, ich empfand es als Ritual, das mich beeindruckte. Ein großer dreiständiger Kerzenleuchter wurde vor das Brautpaar getragen. Garcia zündete die linke Kerze an, die rechte Piro. Beide nahmen diese dann aus dem Leuchter und brannten damit die mittlere Kerze an, um anschließend die eigenen zu löschen. Mit der nun gemeinsam entzündeten Flamme in der Hand, verließen sie den Traualtar.

Seite 225

Viel von der Welt gesehen, viel Geld erworben, aber der wirkliche Reichtum in mir waren die Menschen, die ich hatte schätzen und lieben gelernt auf diesem Weg. Nun stand ich da, alleine, einsam, daher armer und doch reicher Junge.

Seite 229

Hoppla, was ist das denn? An meinem Glas kann ich die Hände wärmen, und der Inhalt riecht komisch. Stopp, Jungs, probiert vorsichtig, ich habe hier ein komisches Gebräu. „So eine Unverschämtheit!" rief, nein, schrie Klaus in die Runde: „Da hat doch einer ins Glas gepinkelt." Ich hatte den Eindruck, die Lampen wackelten.

Seite 263

Was war passiert: Da hatte ich mich auf eine Reise nach Brasilien gemacht, wollte dort meine Freunde in Rio besuchen, an der Coppa Cabana im

Sand liegen und mich in den Wellen des Pazifiks tummeln, den schönen braunen, nur mit einem Tanga bekleideten Nixen nachschauen und in der Sonne entspannen.

Und nun saß ich hier am Jadebusen, den Mief des Wattenmeeres wahrnehmend, bei einem kalten Nordseewind.

Seite 275

Hier hatten wir dann ein besonderes Erlebnis. Den Tanz der Wale. Alljährlich versammeln sie sich hier auf ihrer weiten Reise, um ihre Jungen zu gebären. Die gewaltigen Schwanzflossen meterhoch auf dem Wasser aufschlagend und die Fontänen, die sie beim Abtauchen in die Luft sprühen, ein seltenes Naturschauspiel!

Seite 331

In der Einsamkeit in den Bergen von Sri Lanka hatte mir Shiras Onkel, der Eremit Shalan, einmal gesagt: „Es ist gut wenn man in die Welt hinaus geht, ja, man sollte es sogar tun, aber trotzdem sein wie ein Baum, tief verwurzelt in der heimatlichen Erde.

War ich nun angekommen – zurück bei meinen Wurzeln? Die Zeit wird es zeigen – der Augenblick ist pures Glück.

Frank Brandt	Auf seinem turbulenten Weg lernt er viele Menschen, mit sehr verschiedenen Charakteren und Lebensformen kennen, die ihm unvergessen bleiben.
Bastian	Ein kleiner Gauner mit einem großen Herzen.
Shalan	Ein in den Bergen Sri Lankas lebender Eremit, der in aller Bescheidenheit Weisheit und Größe ausstrahlt.
Don Sarfino	Ein brasilianischer Militär. Einflußreich, korrupt und – in seiner Art – ehrlich zugleich.
Ricardo Cordes	Typisch südamerikanischer Macho, Drogenboss und Verbrecher.
Chris	Erfolgreiche Unternehmerin, Beraterin und Geliebte.
Kati	In einer Katastrophe überfordert, zeigte sie später dankbare Größe.
Piro	Tochter von Eva Stollnikov. Im wahrsten Sinne vom ersten Augenblick an hatten sich die Herzen von Frank und Piro getroffen, um sich nach mehr als zwanzig Jahren endlich zu finden.

Köln

Das war doch wieder mal ein schöner Tag bisher. Um 11.00 Uhr am Vormittag schon Feierabend zu haben, entschädigt doch manches Mal für das frühe Aufstehen und die viele Nachtarbeit als Bäcker.

Ich hatte den Nachmittag in Köln verbracht und einmal mehr die Stadt genießen und mich dem Gebotenen hingeben können.

Wenn ich auch nur im Geringsten geahnt hätte, was heute noch alles passieren sollte, wie sich mein Leben verändern würde durch die Ereignisse, die mir in Kürze bevorstanden, so wäre das Urteil über diesen Tag sicherlich gedämpfter oder distanzierter ausgefallen. Nie war für mich der Spruch »man soll den Tag nicht vor dem Abend loben« treffender.

So aber ging ich in Köln über die Schildergasse, bog auf die Hohe Straße ein, Richtung Dom und Bahnhof. Na, noch eine Tasse Kaffee oder Cappuccino in einer der Bäckerei-Filialen? Nein, die Flüssigkeit reicht, die ich zu mir genommen habe, immerhin waren es, lass mich rechnen: drei, sechs, elf Kölsch . . . aber von diesem schmackhaften Gebräu werde ich nicht betrunken, wenn ich jetzt auch genug habe.

Die Sitzplätze waren alle belegt und im Stehen? Nein, das war noch nie mein Ding. Zumal an den Stehtischen meistens die Rentner standen.

Da hinten bei den Dreien hätte ich mich schon dazu gesetzt. Wow, schick aufgemacht, insbesondere die Rothaarige, heißer Ofen, wer die zuhause hat, hat sie wahrscheinlich nicht alleine. Wäre auch Verschwendung, so was nur für "einen" Mann. Ich habe das Gefühl, so denkt sie auch. Aber Frank, so sage ich zu mir, gehe weiter und übertreibe es nicht, für heute hast du genug Geld ausgegeben.

Ganz schön Betrieb auf der Hohen Straße, nur, warum rennen die Leute alle so? Mir scheint, es ist eine zwei geteilte Gesellschaft. Die einen sitzen da draußen in der Sonne und plaudern, diskutieren, hier und da erkennt man, sie genießen den Augenblick und geben den Anschein, als wenn Zeit unendlich vorhanden wäre. Ja, und dann die Hektiker auf der Gasse. Mir fällt Schiller ein „alles rennet, rettet, flüchtet" warum nur?

Die 35-Stunden-Arbeitswoche ist gesetzlich verankert und fünf Millionen Arbeitslose gibt es, also genug Zeit, um in Ruhe die Auslagen der Geschäfte zu bewundern und langsamen Schrittes die laue Luft des späten Sommernachmittags zu spüren. Nun gut, jeder wie er mag!

Verdammt, da rennt mir doch schon wieder einer ins Kreuz, ich bin tatsächlich zu langsam auf diesem Bürgersteig.

Habe ich das wieder einmal richtig gemacht, einfach raus aus dem Trott des Arbeitstages? Die paar Kleinigkeiten, die noch zu machen waren, sowie die Nachmittags-Brötchen, damit würden die Kollegen schon fertig und überhaupt, ich musste mal wieder etwas anderes sehen. Es hat mir immer gut getan, einmal auszubrechen, die Arbeit am nächsten Morgen lief dann wieder besser von der Hand. So rede ich mir ein, dass ein Tag, so wie er bis jetzt gelaufen ist, eine gute zweckdienliche Seite hat. Natürlich nur für mich, wo kämen wir hin, wenn das alle so machen würden! Aber dafür habe ich ja auch keine 35-Stunden-Woche. Ich arbeite locker fünfzig Stunden, und wenn der Wochendienst in der Konditorei ansteht, noch mehr.

Die Rechtfertigungs-Gedanken für mein Tun werden unterbrochen durch eine kräftige Windböe, die mir anzeigt, dass ich auf der Domplatte angekommen bin. Hier pfeift es immer, die in die Höhe ragenden Türme sorgen für Luftverwirbelungen, die sich auf dem großen Areal der Freifläche austoben. Selbst an einem warmen Spätnachmittag im August, oder ist es schon früher Abend? Der Blick auf meine

Uhr zeigt, dass es viertel nach sechs ist, mir fröstelt ein wenig, der Wind wirkt nicht erfrischend, eher unangenehm kühl.

Ich blicke hinauf zu den Spitzen des Domes und es drängt sich plötzlich ein Empfinden in mir auf, ja geradezu eine innere Erkenntnis, es ist nicht die Temperatur oder der Wind alleine, der die gefühlte Kälte bringt, es sind die, ich spüre es richtig, in den Himmel ragenden Türme, die bis zu den Wolken reichende Steinmasse, ausgehend von der unpersönlichen Fläche der Platte, auf der die anonyme Masse der Menschen völlig ungeordnet hastet, aber auch verweilt und, wie an den Kids mit dem Skaten zu sehen ist, spielt.

Ein abwegiger Gedanke kommt mir: gut, dass der Dom nicht in New York steht, man würde auf das herrliche Bauwerk aus den gigantischen Beton- und Glaspalästen der Hochhäuser herabsehen, nein, das könnte ich nicht ertragen, die Spitzen des Domes müssen das Maß der Dinge sein, das sagt mir mein Herz als Kölner Junge.

Beim Betreten des Bahnhofes stelle ich fest, wie gut die Luft doch draußen war. Schon der Mief am Eingang bedrückt mich. Warum habe ich immer das Empfinden, in jedem Bahnhof stinkt es. Und dann die Menschen, sie sind schon eigene Spezies, die

Menschen auf dem Bahnhof.

Hektik ist normal und üblich, aber gibt es sonst noch einen Ort an dem sich so unterschiedliche Verhaltensweisen der Menschen erkennen lassen wie auf einem Bahnhof?

Die eilenden Reisenden, darunter diejenigen, welche ihre Richtung und Termine kennen und die Suchenden, nach Anschlusszügen und Bahnsteigen, sie alle wirken auf mich in ihrem chaotischen Hin und Her wie auf der Flucht vor einem imaginären Wesen. Sie alle sind nicht mehr da, wo sie waren und noch nicht dort, wo sie hin wollen.

Aber da sind auch die anderen, die Heimatlosen, sie lungern rauchend – und nicht nur Tabak –, an den Ecken und Pfeilern, sie suchen die Menschen und finden sie nicht, obschon im Übermaß vorhanden, bedauernswerte Geschöpfe am Rande der Gesellschaft. Das Bild, das ich in mir aufnehme, ist schon äußerst kontrastreich. Dort die Gruppe, wie schon beschrieben, man ist geneigt zu sagen, der Gestrandeten und in weniger als zwanzig Meter Entfernung der Blumenladen mit einer Blütenpracht und einem Angebot der herrlichsten Blumen aus fast allen Ländern dieser Erde. Die globale Vernetzung macht das Angebot möglich, und unser Reichtum erlaubt es uns, dass wir es nutzen.

Wie viele Reisende doch noch schnell einen Strauß kaufen oder gar ein Gebinde mitnehmen, sei nach Hause um den Liebsten nach langer Abwesenheit die Zuneigung zu vermitteln, vielleicht aber auch zur Entschuldigung mit dem Versöhnungsversuch. Die anderen machen Besuche oder haben Einladungen und wollen sich, wie sagt man, so wie es sich gehört, traditionell vorstellen.

Das junge Paar, das dort am Automaten lehnt, welches sich ungeniert küsst und liebkost, zeigt deutlich, wie anonym man sich in der Masse Mensch fühlt. Kein verschwiegenes Plätzchen oder ein dunkler Ort, wie Dichter und Lyriker es beschreiben, oder die Bäume des Waldes hätten diesem Pärchen weniger unerkanntes Alleinsein geboten, wie hier der Moloch hektischer Reisender.

Der Koffer

Welchen Bahnsteig muss ich nehmen? Gleis vier, gleich vorne links hoch.

Da höre ich „Halt, stehen bleiben, schreiende Kinder, kreischende Frauen." Was ist da los? Da rennt ein Mann, er bahnt sich einen Weg durch die Menge, ich sehe, wie er zwei Frauen und ein Kind umrennt, die ihm im Wege stehen. Er hat sie glatt mit seinen beiden Koffern umgerissen. Einer der beiden Koffer rutscht über den glatten Steinboden und bleibt am Treppenaufgang zu Gleis vier hängen. Mit dem anderen schlägt er um sich, ein südländischer Typ mit Baskenmütze.

Jetzt ist die Polizei da, wo kommt die so schnell her? Ein Hand-gemenge, der Südländer trifft mit seinem Koffer einen Polizisten. Der stürzt und der Koffer öffnet sich. Was fliegt da plötzlich für Papier durch die Luft? Sind das Geldscheine? Der Flüchtende ist nicht mehr zu sehen, er liegt unter einigen Polizisten, die ihn festhalten.

Aber jetzt wird das Durcheinander zum Chaos. Die umstehenden Menschen haben erkannt, dass das, was dort wie zu groß geratenes Konfetti durch den Bahnhof fliegt, Geldscheine sind. Die Angst ist verflogen, es beginnt die Raffgier, waren die Bewegungen eben noch ängstlich vom Geschehen weg, so drängen sich nun die meisten wieder hin, bückend und grabschend, den Nebenmann oder -frau umstoßend, die Gier feiert Triumphe.

Was mache ich hier? Ich sitze auf den am Treppenaufgang stehen gebliebenen zweiten Koffer und schaue mir das Treiben an. Bald kann ich nichts mehr erkennen, ich sehe nur noch Beine, Rücken und Hintern von rücksichtslos Zupackenden. So stelle ich mir um Beute kämpfende Geier vor.

Welcher Gedanke, was für ein Motiv, wessen Hand hat mich geführt, dass ich hier auf dem Koffer sitze, der dem flüchtenden aus der Hand geglitten war? Hat das sonst keiner gesehen in diesem Trubel? Ich kann nicht denken, bin benommen, wie in Trance. „Bitte gehen Sie weiter, nicht stehen bleiben," diese Worte dringen von weitem an mich.

Ist Ihnen nicht gut, höre ich Jemanden fragen? Ich schaue auf, ein Polizist steht vor mir. Doch, doch, alles in Ordnung. Dann nehmen sie bitte ihren Koffer und gehen weiter. Ich, meinen Koffer? Ach so, ich sitze ja darauf. Aufstehen, tiefes Durchatmen, den Koffer nehmend und über die Treppe zu Gleis vier, alles wie unter Hypnose. Noch auf der Treppe denke ich, Mensch Frank, was ist nur mit Dir los? Das ist doch nicht in Ordnung. Langsam fange ich wieder an zu Denken.

Bei einem Blick zurück, vom oberen Teil der Treppe, sehe ich, wie der ehemals Flüchtende in Handschellen abgeführt wird. In seinem Gesicht erkenne ich tiefschwarze, füllige Augenbrauen, einen Schnurrbart, kantige Backenknochen – Asiatische Europäer sehen so aus.

Blödsinn, die gibt es nicht, was Gedanken manchmal für Kapriolen schlagen. Wir sehen uns für den Bruchteil von Sekunden an. Sein stechender Blick fixiert mich. Ich spüre richtig, wie er den Koffer in meiner Hand betrachtet. Der hat dich für sein ganzes Leben ins Ge-dächtnis fotografiert. Dieser Gedanke löst ein beklemmendes Gefühl in mir aus. Ein kalter Schauer läuft mir über den Rücken, denn ich ahne, nein ich weiß es, dieses Gesicht werde ich einmal wiedersehen.

19.10 Uhr geht mein Zug nach Montabaur, wie ich dem Abfahrtsplan entnehme, also noch gut zehn Minuten Zeit.

Jetzt erst schaue ich mir einmal meine neueste Errungenschaft, den neben mir stehenden Koffer an. Ein Metallkoffer, ganz schön schwer, das merke ich jetzt, wo ich ihn doch gar nicht mehr in der Hand habe. Was mag da drin sein? In dem anderen waren Geldscheine, in diesem auch? Am besten, ich lasse ihn einfach hier auf dem Bahnsteig stehen, und bin ihn wieder los.

Wenn so ein Koffer voller Geld ist, wieviel mag das sein? Waren das eigentlich DM oder Dollar, die da herumflogen?

Ruhig Frank, jetzt ist kühle Überlegung gefragt. Eine Tasse Kaffee oder ein Kölsch, eine ruhige Ecke in einem Lokal und eine Zigarre, das könnte ich jetzt gebrauchen, um in Ruhe nachdenken zu können.

Ach du Scheiße, wer kommt denn da? „Guten Tag, Herr Dr. Pfeil." „Ach, hallo Frank, warst Du mal wieder zu Hause? Ich weiß ja, Du bist Kölner."

„Kennt Ihr Euch?" Hoppla, jetzt sehe ich erst, was er für ein Täubchen, nein, einen ausgewachsenen Prachtvogel er da bei sich hat, „Fräulein Franke, die Sekretärin meines Kölner Büros." „Nein, noch nie gesehen, ihren Anblick hätte ich bestimmt nicht vergessen." „Freut mich Sie kennenzulernen." Ihre Augen funkelten, ich weiß, was Sie dachte, "dieser Frechdachs". „Ich wusste gar nicht, dass Sie in Köln auch ein Büro haben." „Doch ja, da muss ich ab und zu mal nach dem rechten sehen."

Der Herr Notar ist Vorsitzender unseres Fußballclubs. Nach dem rechten sehen? Guter Geschmack. Eigentlich ein Typ, den man eher für schwul hält, aalglatt und immer mit den Düften des vorderen oder hinteren Orient umgeben, war mir schon einige Male auf dem Fußballplatz in die Nase und den Sinn gekommen, denn wenn die eigene Mannschaft am Verlieren ist, sollte der Vorsitzende eigentlich nach Schweiß riechen und nicht duften.

Gott sei Dank, der Zug kommt. „Wir sehen uns am Sonntag auf dem Platz." Er zog, in eine Wolke von 4711 oder ähnlichem gehüllt, mit seinem Röschen von dannen. Oh, sie wollte es mir zeigen und nahm ihn an die Hand. Dass sie in den entferntesten Wagen einstiegen, zeigte, dass sie keinen Wert auf die weitere gemeinsame Reise legten. Gott sei Dank!

So, jetzt habe ich die letzte Gelegenheit, das Ding von Koffer stehen zu lassen. Wahrscheinlich bringt ihn mir dann ein netter und ehrlicher Zeitgenosse hinterher, so mit den Worten: „Sie haben ihren Koffer vergessen." Wenn der Polizist vorhin schon sagte, ich soll den Koffer nehmen und weiter gehen. Also packe ich mir das gar nicht so leichte Gepäckstück, oder liegt das Gewicht in dem Umstand, wie es zu mir gelangte?

Am ersten und zweiten Abteil vorbei, im nächsten sitzen zwei junge Burschen, zu denen geselle ich mich. Den Koffer hoch gewuchtet, früher sagte man ins Gepäcknetz, jedoch ist das Netz längst durch eine feste Ablage ersetzt. Noch ein Blick nach draußen, beobachtet mich niemand oder folgt mir, nein, alles in bester Ordnung.

Mein Gott. So bald ich mich setze, merke ich ein leichtes Zittern. „Selbst Schuld", denke ich, „warum machst du auch diesen Blödsinn?"

Nun habe ich Zeit, meine beiden Mitreisenden gegenüber im Abteil in Augenschein zu nehmen, junge Männer, ihr äußerer Habitus, dunkle Anzüge mit Weste, die weißen Hemden vom Tag über etwas strapaziert. Morgen früh gibt es mit Sicherheit wieder frische. Berater, Banker, eventuell Verkäufer werden es sein.

Jetzt betrachte ich meine neue Errungenschaft über ihnen das erste Mal. Aluminium, sieht ziemlich neu aus, keine Kratzer zu erkennen, neben dem Griff ein kleines buntes Schild, Rinova, sicher der Markenname, aus der Entfernung kann ich nicht mehr erkennen, was noch darauf steht. Oh, die Schlösser mit einer kleinen Schiene verdeckt, dahinter befindet sich wahrscheinlich das Sicherheitsschloss mit der Zahlenkombination. Na ja, wenn ich den erst einmal zu Hause habe, kriege ich ihn auch auf, wird wohl keine Bombe drin sein? Aber was?

Warum müssen eigentlich auch bei gut gewarteten Zügen die Türen immer mit einem Ruck und leichtem Gepolter geöffnet werden, dass selbst unbescholtene Bürger erschrecken, wenn der Fahrgastkontrolleur erscheint.

Im täglichen Leben meistens kleine Scheißerchen, hier aber ganz Autorität. „Ihre Fahrscheine bitte!" Er sah die Fahrkarte, nickte und warf einen Blick auf den Koffer, mir stockte der Atem – aber mit einem „gute Fahrt" verließ er uns und ich war mit meinen Gedanken wieder alleine, kam aber nicht so weit, dass ich sie ordnen konnte.

Bin ich auch in den letzten Jahren selten mit dem Zug von Köln nach Montabaur gefahren, nie ist mir aber der Weg so weit und lang vorgekommen.

Endlich, das Herunterbremsen des Zuges für meine Station. Schnell das Gepäck in die Hand. Eine frische Brise, gemischt mit dem schon beschriebenen Mief eines Bahnhofs – hier ist natürlich schon mehr Landluft dabei – und echte Provinz umgibt mich.

Da geht auch mein Freund, der Notar, mit seiner tatkräftigen Mitarbeiterin vor mir, sie drehten sich aber nicht um, war auch gut so.

Sie an, da kommt Bastian, der Basti, aus dem Bahnhof. „Hallo, Bastian." „Hallo, Frank, warst du verreist?" „Ja, ich war in Köln." Was für einen Quatsch, denke ich, mit einem Koffer in Köln. „Und Du?" „Ich war geschäftlich in Frankfurt."

Bastian und geschäftlich in Frankfurt. Was mag er wieder für ein Ding gedreht haben? Bisher kannte ich von ihm nur waghalsige oder krumme Touren, wenn er von Geschäften sprach.

Im Tennisclub hatte ich ihn kennen gelernt. Schon vor einigen Jahren und gelegentlich mit ihm Skat gespielt. Ist ein guter Spieler.

In seiner Jugend hat er einmal eine Dummheit gemacht und sich bei einem kleinen Bankraub erwischen lassen. Die Jugendstrafe war anscheinend eine gute Lehre, denn er hat danach den Job gewechselt. Er betrieb einen Puff. Als bürgerlicher Beruf gab er Makler an.

Gerne habe ich mich immer mit ihm unterhalten, denn er hatte einiges drauf. Die meisten "Aktivitäten" allerdings, die er an den Tag legte, waren nicht ganz legal, noch wohlwollend betrachtet. Aber ich hörte ihm gerne zu, ohne zu wissen, dass ich seine Ideen und Erfahrungen einmal gut gebrauchen konnte.

Allzu oft wollte ich aber nicht mit ihm zusammen gesehen werden, bei dem Ruf, der ihm vorausging. Die Damen, die er beschäftigte, importierte er aus Brasilien, dorthin hatte er besondere Kontakte. Das hing sicherlich damit zusammen, dass er für dieses Land ein Faible hatte.

In einem der letzten Gespräche hatte er mir noch erzählt, dass er in Sao Paulo eine Donuts-Fabrik betrieb, mit Geschäftsführer und so weiter. Dass er nur ab und zu einmal dort hin müsste, um Geld unterzubringen. Denn bei den Steuern hier, nun ja, man kennt das Thema.

Wie komme ich dazu, ihn zu fragen: „Gehen wir noch ein Bier trinken?" Weiß nicht, eine plötzliche Eingebung. Die weitreichendenFolgen erkannte ich erst sehr viel später.

Drei Bier, das Thema, wie schlägt man sich durchs Leben, in was für einer Welt lebte er. Ich musste für mein Geld doch ganz andere Anstrengungen machen. Die Risiken, die er einging, waren nicht meine Welt, noch nicht.

Eines hatten wir jedoch gemeinsam. Wir waren Junggesellen. Er geschieden. Uns trieb also keine häusliche Verpflichtung nach Hause, aber Ruhe hatte ich trotzdem nicht. Er merkte das. Mensch, was bist du so nervös. Hoppla, schon wieder aufgefallen. Er konnte ja nicht ahnen, dass ich auf meinem Koffer saß wie auf heißen Kohlen. Herrje, war ich unruhig! „Also Tschüss, bis später einmal!" und ab nach Hause.

Ja, dieses Zuhause, was war das? Eine Junggesellenbude. Eine bessere Schlafkammer in der Bäckerei, in der ich arbeitete. Nach dem Tode meiner Mutter, mein Vater war nicht mehr aus dem Krieg zurückgekehrt, "gefallen für Großdeutschland", lebte ich in solchen Buden, mit anderen Gesellen zusammen.

Nachdem ich die Meisterprüfung bestanden hatte, bekam ich auch ein Einzelzimmer.

Hunger hatte ich mittlerweile auch, aber das war jetzt unwichtig. Die Nervosität machte sich bemerkbar. Der Koffer? Auf den Tisch gewuchtet, konnte ich mir meine Errungenschaft erstmals genauer ansehen.

„Rinowa", stand da – wie zuvor schon gelesen – auf dem Schild. Wie kriege ich das Ding auf? Und wieder die bange Frage: „Wird hoffentlich keine Bombe drin sein?" Ich lief um Tisch und Koffer herum. Mir fiel der Ausdruck ein: „Wie die Katze um den heißen Brei."

Jetzt gibt es kein Zurück mehr, Schraubenzieher herbei und los. Das hatte ich mir aber anders vorgestellt, so einfach ließ der mich nicht an sein Inneres. Deutsche Wertarbeit. Verdammt, so geht das nicht.

Einen kleinen Meißel fand ich noch im Werkzeugkasten in der Backstube, in der um diese Uhrzeit glücklicherweise niemand mehr war. Nein, so spät am Abend konnte ich keinen Krach machen und mit Hammer und Meißel das Ungetüm bearbeiten. Die Kollegen nebenan hören das und werden bestimmt neugierig. Sie wollen dann schauen, was los ist. Nur das nicht. Also, Koffer in die Ecke, noch ein Brot gegessen und ab ins Bett.

Ring, Ring, Ring. Der Wecker. Drei Uhr. Was sehe ich als erstes? Den Koffer. Hei jei jei, das vermaledeite Ding. Aber jetzt habe ich keine Zeit. Die Tagesarbeit.

Nicht immer ganz bei der Sache. Ein paar kleine Fehler, aber ohne aufzufallen. Immer wieder der Koffer in den Gedanken. Arbeit geschafft, aber der Tag ist noch nicht vorbei.

Erst mal Duschen. Dann auf die Bude, aber was jetzt. Soll ich ihn auf den Müll werfen? Wieder eine Runde um Tisch und Koffer. Das hatte ich schon mal, mit dem gleichen Ergebnis. Nämlich keinem.

Hei, Karl, mein Kollege von nebenan, kommt herein, ohne anzuklopfen, das nehmen wir hier nicht so genau. Sein Blick auf den Koffer und die Frage: „Willst du verreisen"? war eins. „Ja! Aber frage nicht wohin, "Geheimsache" das verrate ich dir nicht." Das war etwas heftig. „Na, dann bis morgen." Er verschwand.

Spontan, aber vielleicht nicht so falsch, kam mir der Gedanke, mich mit dem Ding wo anders zu befassen, denn die Türe abschließen und mit Gedöns das Blech bearbeiten, würde zu sehr auffallen. Morgen ist Samstag. Am Wochenende finde ich bestimmt eine Gelegenheit, das Problem zu lösen.

Kombizange, einen kleinen Hammer und einen großen Schraubenzieher in meinen kleinen Beischlafkoffer. Mein silbernes Ungetüm und Beischlafkoffer ins Auto und ab in den Taunus. Oder wohin? Richtung Frankfurt vielleicht? Raststätte Medenbach? Das Hotelchen kenne ich, es war immer nett und problemlos dort. Beim Einchecken zum Beispiel wollten sie keinen Ausweis von der Begleitung.

Alles, wie erwartet. Eine Übernachtung gebucht und mit meinen beiden Gepäckstücken aufs Zimmer. Was ein Aufwand für die schmutzige Wäsche, die ich jetzt finde, aber spannend, und zum ersten Mal finde ich es sogar lustig.

Jetzt aber. Das Ding auf den kleinen Tisch. Schraubenzieher ans Schloss und Gewalt angewendet. Ganz schön zäh der Bursche, jedoch chancenlos, denn jetzt will ich es wissen. Autsch, rums, er ist auf.

Oh Gott, noch mal hinsehen. Stuhl her und setzen. Lauter in Banderolen gefasste Einhundert-DM-Scheine. Obenauf und darunter, nichts anderes. Schönes blaues Bild. Was steht da auf der Banderole? 10.000 DM?

Vor lauter Blau wird es mir schwarz vor den Augen. Wie im Tran nehme ich vorsichtig – als fasse ich nach einer heißen Kartoffel – mit zwei Fingern ein Päckchen heraus und zähle tatsächlich einhundert Scheine. Auf jeden Fall scheint es so, denn ich habe nicht den Nerv, richtig durchzuzählen, ich bin zu nervös.

Untereinander liegen vierzehn, fein säuberlich eingebundene Päckchen. Je zehntausend DM. Fünf auf dem Längsweg und auch fünf in der Breite. Das macht? Wenn alle Bündel gleich sind? Bleistift, Papier, das sind zu viele Nullen. Drei Komma fünf Millionen. Ein Schnaps aus der Minibar muss her, nein, ein Bier. Mir wird heiß, ich schwitze. Ich höre mich sagen: „Frank, das hast du gehofft, gewollt." Jetzt zittere ich. Ich muß mich setzen tief durchatmen und Denken.

Sind die Scheine echt, oder sind es Blüten? Wie finde ich das heraus? Wohin damit? Wem gehört das Geld? Bringe ich es zur Polizei, gibt es dann Finderlohn? Bin ich jetzt reich? 3,5 Millionen, was ist das aufregend und anstrengend, so viel Geld vor sich zu haben, zu besitzen. Gehört das jetzt mir?

Also der Reihe nach. Erstens "wohin" damit? Das Päckchen zurück in den Koffer. Der Deckel geht nicht zu, er ist verbogen. Ich war doch zu brutal beim Öffnen. Die Schlösser sind beide hin. Das fängt ja gut an, das Reich-zu-sein.

Koffer zubinden? Der Gürtel der Hose ist zu kurz, ich habe halt zu wenig Bauch für den Umfang des Koffers. Kordel, woher? Ich muss mir eine Tasche besorgen, sonst bekomme ich das Geld nicht aus dem Hotel.

Ich wusste gar nicht, dass man unter Hotelbetten so wenig Platz hat, da passt er nicht drunter.

In den Kleiderschrank mit ihm. Abschließen und hoffen, dass keiner kommt und sich über den abgeschlossenen Schrank wundert.

Weder das Hotel, der Kiosk, noch die Tankstelle nebenan haben Koffer oder große Taschen im Sortiment. Ab, zum Flughafen nach Frankfurt, dort sind auch samstags Abends noch die Geschäfte auf. Ich fange wieder an, ruhiger zu denken. Das ging gut, ich besitze einen neuen Koffer. Mit Scheckkarte bezahlt, Flughafenpreise. Na ja, ich habe es ja.

Zurück nach Medenbach. Das Geld schnell umgepackt, den Koffer verschlossen in den Schrank und das alte Wrack daneben. Noch ein Bier und ein Sandwich und gute Nacht. Immerhin war ich nun vierundzwanzig Stunden auf den Beinen. Aber Schlafen war nicht so schnell. Die Hauptfrage: Sind die Scheine echt?

Sonntagmorgen, es regnet. Wie soll es auch anders sein, bei den Problemen. Ein Blick in den Schrank, das Gerät ist noch da. Wo sollte es über Nacht auch hingekommen sein!

Das Frühstück gibt mir etwas Ruhe und Sicherheit. Bezahlen, das Gepäck ins Auto und ab nach Hause. Zwischendurch noch eine Pause auf einem Rastplatz, um dezent die verbogene Blechkiste loszuwerden.

Wieder auf meiner Bude, ab mit dem Geldkoffer in den Schrank. Die Echtheit der Scheine zu überprüfen, war nun die Hauptaufgabe.

Montag nach der Arbeit schnell nach Hause. Drei Hunderter – aus verschiedenen Päckchen aus dem Koffer nehmen – und ab zur Bank.

Freundliches Gesicht, die Kleine am Schalter etwas bezirzen. „Fräulein, ich habe hier hundert DM, denen traue ich nicht richtig. Haben Sie eine Möglichkeit zu prüfen, ob die echt sind?"

Bei anderer Gelegenheit hätten mir ihre Augen besser gefallen, aber sie war sehr nett. Moment, sie geht nach hinten. Hoffentlich nicht zum Chef oder zur Polizei.

„Der ist echt." „Hu, besten Dank!"

Reich

Ein Problem gelöst. Nächstes angegangen. Wohin mit dem Geld? Zur Polizei?

Nein, die Kohle ist mir, die vermarkte ich, die gebe ich selbst aus, die Chance lasse ich mir nicht nehmen. Aber wie? Es ist schon sehr schwer, reich zu sein.

Jetzt wird der erste Hunderter versilbert. Ganz banal. Ich tanke. Klappt doch, das erste leicht verdiente Geld ist ausgegeben, der Tank voll, und noch rund vierzig DM zurück. So kann es weiter gehen. Erstmal ins Bett und dem nächsten Tag entgegensehen.

Hei – wie der Katamaran über das Wasser gleitet, die beiden Spitzen des Bootes die Wellen aufnehmen, für Bruchteile von Sekunden aus dem Wasser ragen, aber auch hin und wieder aus dem Rhyth-mus kommen und ins Meer eintauchen, so dass die kleine salzige Gischt durch das Netz bis zu mir an den Mast spritzt, an dem ich stehe und die überwältigenden Eindrücke auf mich wirken lasse.

Der blaue Himmel, an dem das Auge nur wenig Halt findet, ein paar kleine weiße Wölkchen, ich erinnere mich, wir nannten sie früher Schäfchen-Wolken, weil sie wie von der Herde verlorene Lämmlein wirken, ziehen vorüber.

Die exotisch wirkende Meerenge, Klänge aus dem Lautsprecher und die unablässig tanzende, wippende, vom Genuss des Rums zusätzlich stimulierte Bagage an Bord, lässt unzweideutig erkennen, dass ich mich auf der Karibischen See befinde. Ein paar Tümmler begleiten seit einigen Minuten das Boot, sie erwecken den Eindruck, als würden sie die Musik hören und mit ihren fröhlichen Sprüngen zum Tanz auffordern.

An der anderen Seite unseres Katamarans eine riesige Schildkröte, die, majestätisch, den langen Hals aus dem Wasser richtend, dem Ufer zustrebt. Schnell, geradezu fliegend, kommen wir dem Strand näher. Weißer Sand, Palmen und – Getöse, Krachen, Dunkelheit! Im Dämmerlicht erkenne ich nasse eklige Wände, unter deren losem Mörtel ganze Scharen von Kakerlaken auf mich zukommen. Ein Mann in Uniform, die Pistole am Gurt, der mit seinem Schlagstock an den eisernen Gitterstäben einen Höllenlärm macht und dabei „Time, Time, Time!" schreit, weckt mich auf.

Nassgeschwitzt liege ich in meinem Bett und versuche einen klaren Gedanken zu bekommen. Was war das? Ein schöner oder böser ahnungsvoller Traum. Nun fallen mir die Geschehnisse der vergangenen Tage wieder ein.

Der erste Blick geht zum Schrank. Der Koffer ist noch da, mit all seinem Inhalt. Fange ich schon wieder an, verrück zu spielen? Und das gleich am frühen

Morgen. Wenn man Geld hat, muss es auch bewacht werden. Der erste Witz des Tages. Ein Fortschritt, ich kann wieder lachen.

Das Duschen hat gut getan. Selten lasse ich mir zum Schluß den kalten Strahl so lange über den Körper laufen, aber dieses Mal war es nötig und zeigte die gewünschte Wirkung. Ich war fit.

Der alte Boss in der Backstube hatte wieder einmal einen seiner cholerischen Tage. Er meckerte und schnauzte alle und alles an, was ihm entgegen kam. Vielleicht wäre doch noch alles anders gekommen, wenn dieser Arbeitstag nicht einen so unbefriedigenden Verlauf genommen hätte. Ich verließ stinksauer den Laden, mit Wörtern für meine Kollegen und den Alten im Kopf, die sich für einen gut erzogenen Menschen nicht gehören.

Kaum auf meinem Zimmer, ging ich auch schon wieder runter. „Wo ist der Chef?" „Den kannst du jetzt nicht stören." „Und ob ich das kann! He, Chef, wollte nur noch sagen, „am Samstag ist Schicht, machen Sie mir die Papiere fertig!" Bums, das saß. Die Chefin in der Küche wäre fast über den Hund gestolpert vor Schreck. Ach, war das eine Freude, ich wollte so was schon immer mal tun.

Nun bin ich schon eine Woche Millionär. Am Samstag ist mein letzter Arbeitstag. Und was nun?

Ich brauche eine Wohnung, und das in vier Tagen. Die Anzeigen im "Kölner Express" gaben einiges her. Da kommt mir ein Gedanke.

Der Vorfall im Bahnhof, da muss doch was in der Zeitung gestanden haben. Also auf zum Verlag des "Express." „Ich hätte gerne ein Exemplar der Ausgabe vom 14. August, denn den 13. werde ich nicht so schnell vergessen, ist das noch möglich?" Nett, wie prompt so was geht, und sogar noch kostenlos. Was für ein Service! Kann ich ja auch gebrauchen bei meiner finanziellen Lage, ha ha. Bei der "Tant" in der Kneipe, mit einem Kölsch vor mir, werde ich im Express schnell fündig.

Unter Köln "Aktuell" steht zu lesen: „Gestern nahmen einige Reisenden auf dem Kölner Hauptbahnhof eine überraschende Möglichkeit wahr, ihre Urlaubskasse aufzubessern. Bei der Festnahme eines Mannes durch die Kölner Polizei gab es ein Handgemenge, in dessen Folge sich der Koffer des Festgenommenen öffnete und der Inhalt, 100-DM-Scheine, vom Wind erfasst durch die Bahnhofshalle flatterten. –

Bevor die Polizei das Gelände absperren konnte, hatten sich einige Reisende bereits gedankenschnell bedient. Von der Polizei war zu diesem Vorfall bisher keine weitere Auskunft zu erhalten. Es wird davon ausgegangen, dass es sich bei dem Mann, Typ Osteuropäer, um einen Drogenkurier handelt."

Nun ja, viel schlauer war ich jetzt auch nicht, aber ein zweiter Koffer wurde nicht erwähnt, das war ja auch schon mal was.

Drei Millionen DM. Wenn ich die mit fünf Prozent verzinst bekomme, sind das 150.000 DM im Jahr. Netto, nach Abzug der Steuern und den gesetzlichen Abgaben ist das ein ganz ansehnlicher Gehaltssprung wenn ich das Geld offiziell zur Bank bringe. Aber wie bekomme ich Drei Millionen ohne Nachfragen in meinen Finanzkreislauf.

Also wiederum nur Sorgen. Am besten ich spende das Geld dem Kinderhilfswerk, dann könnte ich wieder ruhig leben. Lieber nicht, der verpassten Chance würde ich immer nachtrauern.

Zehn Prozent Nettorendite im Durchschnitt müssen her, davon kann ich leben. Aber wie kriege ich das geregelt, aufzusteigen zu den besser verdienenden – Sprachgebrauch der Gewerkschaftsführer.

So holen mich hier beim Bier in der Kneipe die Gedanken an meine Herkunft und das Umfeld meiner ersten Lebensjahre ein.

In einem Vorort von Köln, in einem Mietshaus in der Nähe einer Chemiefabrik geboren.

Es gab immer mal Augenblicke in meinem Leben, da erinnerte ich mich an meine Herkunft. Ich suchte dann mein Geburtshaus auf. Hineingehen konnte ich nicht, denn es war eine viergeschossige Mietskaserne. Was sollte ich den jetzigen Mietern sagen, was ich hier wollte. Darum ging es mir auch nicht, es genügte mir, wenn ich davor stand, das Haus betrachtete und mich an meine Kinderzeit mit einzelnen kleinen Geschehnissen erinnerte.

In der Regel besuchte ich dann auch die Kneipe nebenan, um ein paar Kölsch zu trinken und das Milieu in mich aufzunehmen, dem ich doch so sehr verwachsen war. Ich weiß noch, am Todestag meiner Mutter war ich hier, traurig und alleine.

Als ich meine Meisterprüfung bestanden hatte, bin ich ebenfalls hier hin in die Kneipe gefahren. Was wollte ich da? Den Leuten sagen: „Seht her, ich bin nebenan geboren und jetzt Meister?" Nüchtern betrachtet Blödsinn, vielleicht etwas Eitelkeit, aber auf jeden Fall Emotion.

Meine Nachbarn am Tisch merkten wohl, dass ich in Gedanken bin. „Drinkt ihr eine met? Mädche, breng ens fünef Kölch! Prost." Dat es Kölle.

Hier kann man noch für sechs DM Freude bereiten. Nachdenkenswert, denn ich habe ein paar Millionen im Keller und so richtig froh kann ich im

Augenblick noch nicht sein. Noch nicht, kann aber nur besser werden.

Köln-Nippes, Neusser Straße, 3. Stock. Ein Zimmer plus Küche oder mehr Kochniche, 580 DM. Schnell gefunden und perfekt gemacht. Der Umzug, ruck zuck, was ich besaß, ging alles in mein Auto. Ja, die räumliche Beweglichkeit der letzten Jahre brachte es mit sich, dass meine ganze Habe in zwei Kartons und einen Koffer ging.

Natürlich jetzt erweitert durch einen zusätzlichen Koffer, der auch das eigentliche Problem beim Umzug darstellte, denn irgendwie musste ich ihn für kurze Augenblicke alleine und ohne Aufsicht lassen, entweder unten im Auto oder oben auf der Bude. Ein eigenartiges, etwas beklemmendes und auch unsicheres Gefühl kam in mir hoch.

Alleine, mit ein paar Kisten. Abschied aus der Backstube. Von den Kollegen sah ich keinen mehr. Auch mein Umfeld in Montabaur, in dem ich doch sehr bekannt war, wollte ich zunächst meiden.

Mir fiel ein, dass mich noch nicht einmal jemand wirklich ernsthaft vermissen würde. Ja, einige würden fragen, wo ist der geblieben. Ein paar Cousinen und Vettern habe ich auch, aber mit wenig Kontakt. Das stimmte mich nachdenklich und ein wenig traurig.

War ich wirklich für mich alleine auf dieser Erde? Bin ich in Gedanken schon weg? Irgendwohin draussen in der Welt. Ich habe darüber noch gar nicht nachgedacht. Mir erscheinen diese Gedanken wie ein Wink des Schicksals. Wie geht es weiter?

Da hilft am besten ein Eisbein und fünf oder mehr Kölsch beim "Früh". So sieht alles schon wieder ganz anders aus, keine Lösungen, aber beschwingter Optimismus.

Mein Bankkonto muss aufgefüllt werden, denn die erste Miete wurde abgebucht. Mein Taschengeld bestreite ich durch Entnahme von ein paar Hunderten aus meinem Koffer. Nächste Tat: Kontoeröffnung bei der Stadtsparkasse. Sieben Hunderter einbezahlen und davon fünfhundert auf das laufende Konto nach Montabaur. So muss es gehen. Noch ein Konto bei der Dresdener und die gleiche Prozedur. Die Hunderter werden überall angenommen, sind somit echt, die Sorge bin ich los.

Ummelden, neue Adresse angeben, Krankenversicherung ab-schließen. Noch etwas? Nein, das reicht zunächst. Jetzt kann es weitergehen.

Ich werde Bastian besuchen. Ich kann ihm nicht alles erzählen, aber mal sehen, eventuell ergibt sich was.

War ein netter Abend mit Basti. Aber habe ich

etwas gelernt? Er hat wohl gemerkt, dass ich was wissen wollte. Das führte dazu, das ich ihm erklärte: „Ja, ich habe Geld, aber frage mich nicht, wieviel und woher, das kann ich nicht sagen. Lass uns nur mal darüber reden, was ich damit machen könnte."

„Beteilige dich an meiner Donaths-Firma in Sao Paulo!" Donaths, Fettgebäck in Brasilien, was für eine Schnappsidee! „200.000 DM und Du bist mit 50% dabei, gehst dort hin als Geschäftsführer mit Gehalt und 50% Gewinnbeteiligung." „Na ja, mal sehen."

Ein wirklich besonderes Argument führte er mir dann praktisch vor. Ein kurzes Telefonat, und nach einer halben Stunde kamen zwei Brasilianerinnen.

Am Morgen danach, in seiner wirklich schönen Wohnung, hatte ich auch den Eindruck, Brasilien sei ein schönes Land. Ich schaute den beiden noch nach, und mir fiel ein Spruch meines Freundes aus Montevideo ein: „Wenn die über die Straße gehen, kannst du am Gang erkennen, dass sie nicht ans Putzen oder Kochen denken." „Basti, wir bleiben in Verbindung, ich lasse von mir hören."

Erst einmal musste das Geld aus dem Hause. Ich bestückte meinen kleinen, alten Aktenkoffer aus der Meisterprüfungszeit mit 800.000 DM, setzte mich ins Auto und ab Richtung Schweiz.

Gibt es hier Grenzkontrollen? Na, das wird ausprobiert. Schwupp drüben war ich, keine Probleme. Der Rest war Formsache. Auf nach Zürich in ein Hotel.

Am anderen Morgen zur Bank. Vermögensberatung UBS. Diese Aufschrift, der Titel und das Schild beeindruckten mich, also hinein.

Oh, dieser Marmorpalast. Nicht gerade ein Ambiente in dem ich gewohnt bin, mich zu bewegen. „Ich möchte ein Konto eröffnen und eine Einzahlung machen, vorweg aber eine Beratung."

Eine smarte Lady wurde gerufen, und eigentlich war alles sehr schnell unter Dach und Fach. Zinsvereinbarung, Einzahlung 795.000 DM. Überweisung von je 3.000 DM pro Monat auf meine drei Banken zu Hause. Das ging ja besser, als ich gedacht hatte, meine Gesprächs-partnerin hatte wohl Erfahrung in diesen Dingen. Noch eine Frage: „Sie haben sicher auch einen Safe, in dem ich größere Wertgegenstände unterbringen kann?" „Natürlich!" Drei Tage später war der Rest meines Geldes in einem Koffer in der Bank deponiert. Geheimzahl, auch Zugangskot genannt, notiert. Eine wesentliche Sorge weniger, wenigstens vorläufig.

Ich hatte Zeit, mein Leben neu zu ordnen. Was konnte denn jetzt noch passieren?

Frühstücken in der Neusser Straße, spazierengehen und Mittagessen in der Schildergasse. Ein paar Kölsch oder ins Kino gehen. Die Wohnung etwas einrichten und mich neu einkleiden bei Portland.

Eine Woche ging das gut, aber dann, das kann es doch nicht sein, mit vierundzwanzig Jahren nur die Zeit totschlagen. Dieses Leben kam mir vor wie ein Vegetieren auf hohem Niveau.

So nicht, es muss etwas passieren. Immer wieder fällt mir dabei die Donaths-Geschichte in Sao Paulo von Basti ein. Nicht, weil ich davon viel halte – Fettgebäck im warmen Brasilien – so was Doofes, sondern weil ich nichts besseres weiß.

Der erneute Kontakt zu ihm ist schnell hergestellt, und ein Gespräch über Details folgt. Erbauend ist das nicht, was er zu berichten hat. Ein paar handschriftliche Aufzeichnungen, die zeigen sollen, dass der Gewinn des letzten Jahres 15.000 Dollar betrug. Äußerst zweifelhaft und überhaupt, dafür brauche ich keine 200.000 DM einzusetzen. Aber gebe mir mal die Adresse, ich schaue mir das an.

Auf nach Südamerika. Wenn schon, dann richtig, mit einem Kreuzfahrtschiff. Die MSC Opera braucht einundzwanzig Tage von Kiel nach Santos.

Abfahrt nächste Woche. Noch schnell einmal

über Zürich, 60.000 DM getankt, weitere 800.000 eingezahlt.

Meine alte Karre von Ford stelle ich nicht so lange auf die Straße. Er ist schnell verkauft.

Auf Wiedersehen Deutschland.

Piro

Schon beeindruckend, so ein Kreuzfahrer, wie er weit über die Kaimauer hinausragend im Kieler Hafen liegt. Deck sieben Rigoleotto. Innenkabine Nr. 7150. Gut, dass mich ein Stuart dorthin führt über einen Aufzug mit elf Etagen. Hier werde ich in den ersten Tagen einen Kompass benötigen, um mich zurecht zu finden. Vom Oberdeck aus verfolge ich das Ablegen zur großen Fahrt. Viele um mich herum winken noch zum Ufer, zu den Zurückgebliebenen.

Was lasse ich zurück? Ein paar beklemmende Gedanken. Mut muss ich mir schon einreden, bewege ich mich doch auf eine für mich neue Welt zu und in ein Umfeld, das ich bisher nicht kannte.

Beim ersten Gang zum Büffet habe ich den Eindruck, dass ich hier auffalle. Meine Kleidung ist nicht gerade die, die sich vergleichen lässt mit der Kleidung, der anderen Gästen an Bord. Das werde ich ändern. In der Bordboutique offenbare ich mich der netten Verkäuferin und lasse mich einkleiden, für alle Fälle und für jeden Anlass an Bord. Beinahe 3.000 DM bin ich los, auf Zimmerrechnung.

Mein Kleiderschrank ist voll. Jetzt brauche ich nur noch jemand, der mich beim Anziehen berät oder noch besser, beim Ausziehen hilft. Mal sehen, was sich ergibt. Am ersten Abend gleich Candle-Light-Dinner.

Beim Blick in den Spiegel finde ich mich selbst interessant, ich bin schon eine gute Partie. Jetzt ist wichtig, dass das auch andere erkennen und vor allem, die richtigen. Dinner, erstes Herantasten an die Tischnachbarn, aber zunächst nur vorsichtiges, nichtssagendes Blabla.

Dann die Show im Theater del Opera. Für den ersten Tag reicht es nun. Oder – noch schnell einen Drink im Cotton Club.

Hier ist wohl eine kleine Spielhölle. Bagammen, Kanaster, Poker und sogar ein Tisch, an dem Skat gespielt wird. Das muss ich mir doch noch einen Augenblick ansehen.

Es spielen drei Herren gehobenen Alters und eine Dame, sehr elegant, von einem der Herren mit Gräfin angesprochen. Nun, bei allem Interesse für dieses Spiel, will ich die gebotene Distanz halten und endgültig schlafen gehen.

Der erste Tag auf See Richtung Dover. Es schaukelt mir ein bisschen viel, aber die leichte Übelkeit wird überdeckt durch all das neue, was ich sehe.

Der nächste Tag. Ich nehme den Fitnessraum in Anspruch, gehe in den Schwimmpool mit dem herrlich warmen Wasser und nehme einen Drink an der Bar nebenan.

Da kommt die Gräfin von der Skatrunde, die ich am ersten Tag beobachtet hatte. Ich nehme die Gelegenheit wahr und frage: „Hatten Sie neulich abends ein gutes Blatt?" „Oh, Sie sind Skatspieler? Ich mag dieses Spiel sehr gern. Können sie es auch?" Ganz schön frech, die Gnädige. „Wenn Sie Interesse haben, zweiundzwanzig Uhr im Salon, schauen Sie mal vorbei!" Na, die geht aber ran. „Gerne, ich werde kommen." Eins weiß ich genau, da bin ich pünktlich.

Etwas ruhelos schlendere ich durch das Schiff, so wie ein Fuchs, der nach einem Häschen Ausschau hält. Viele begegnen mir, die vor dreisig und mehr Jahren wohl etwas für mich waren. Für meinen Jahrgang ist die Reise sicherlich viel zu teuer. Als Trost rede ich mir ein, dass ich noch nicht alle gesehen habe.

Auf die Abendshow verzichte ich, um pünktlich im Cotton Club zu sein. Noch keine Gräfin da, die Tische spärlich besetzt. Also an die Bar und ein Bier.

Ich komme mir schon arm vor, nur Bier zu bestellen, bei dem Angebot an der Bar und, was so auf den Tischen steht.

An die Art der Bezahlung kann ich mich gewöhnen. Zimmerkarte zeigen, Buchung aufs Zimmer, fertig.

Da kommt sie hereingerauscht, die Gräfin. Mit den Worten: „Ah, der Skatspieler. Ich stelle Sie den anderen Herren vor, wenn ich weiß wer Sie sind." „Ich bin Frank Brandt aus Köln." Bei dem Wort "Köln" habe ich den Eindruck, zuckte Sie ein wenig. Ich kann mich auch täuschen, aber wie ich später feststellte, hatte ich richtig empfunden.

„Eva Stollnikov", sagt Sie mit einem ernsten Lächeln, wenn es so etwas gibt in diesem Moment. „Meine Herren, Herr Brandt sagte mir, er sei Skatspieler, ich habe ihn zu einer Versuchsrunde eingeladen." Das war mir auch noch nicht passiert, zu einer Versuchsrunde eingeladen.

Na, Mädchen, dann wollen wir mal sehen. „Herr Kornetzky, Herr Mahler." „Angenehm, Brandt." Herr Mahler ergriff die Initiative. „Wir spielen nach den Internationalen Regeln des Deutschen Skatverbandes, mit der Ausnahme, dass wir nach jedem Grand Hand eine Runde ramschen. Sie kennen das?" „Ja", sagte ich nur. Oder sollte ich ihm mehr sagen? Er wird es schon merken. Hatte ich doch in den letzten beiden Jahren an der Endrunde der Deutschen Skatmeisterschaft teilgenommen.

„Wir rechnen einen Dollar pro Punkt. Ist das Okay?" Jetzt war es an mir, Luft zu holen. Einen Dollar, – das ist ja ein Niveau wie in einer Spielhölle, so muss es in Las Vegas zugehen – dachte ich nun doch etwas erschrocken. Bisher hatte ich meistens um ein Zehntel Pfennig gespielt.

Nun, dann let's go, der Koffer ist ja noch voll. Nette, schöne spannende Runde, die nach zwei Stunden sogar lustig wurde. Bei mir war das kein Kunststück, denn, kurz überschlagen, ich hatte bisher sicher fünfzehn bis achtzehn hundert Dollar gewonnen.

Und dann kam Sie. „Hallo, Mumm, wusste, ich treffe dich hier", kam Sie hereingeflogen. „Meine Herren, entschuldigen Sie meine etwas stürmische Tochter", meinte die Gräfin. „Willst Du bei uns bleiben?" „Nein, ich gehe tanzen." Husch, weg war sie.

Von da an ging es mit mir bergab, diese Erscheinung bekam ich nicht mehr aus dem Kopf. Ein Wesen, Engel, Teufel, Göttin und noch mehr, alles in einem Körper. Mein Wunsch, die Partie bald zu beenden, wurde allgemein akzeptiert, und so konnte ich, noch mit einem ansehnlichen Gewinn, das Feld räumen, mit der gegenseitigen Bestätigung, dass es eine gute Runde war und wir diese wiederholen sollten. Unsere Reise dauert ja noch, gute Nacht.

Dann kam der Satz, der meinem Leben die nächste Wende bringen sollte. „Es war nett, mit Ihnen zu spielen. Sie scheinen, alleine zu sein, kommen Sie doch morgen Abend zum Dinner an unseren Tisch, wir speisen im Aprodo." „Danke, ich werde da sein, gute Nacht."

Fünf Stunden Aufenthalt in Dover, ich bleibe an Bord und hoffe, das Wesen von gestern, die Tochter der Gräfin, irgendwo zu entdecken. Ohne Erfolg. Wo mag das Biest sich nur herumtreiben?

Am Nachmittag legt unser Schiff ab in Richtung La Coruña, Spanien. Jetzt wird es wohl bald auch wärmer werden. Meine Gedanken kreisen jedoch nur über die "Eine" und das "Eine" mit ihr.

Aufgemotzt wie Graf Nabob erscheine ich im Aprodo zum Din-ner. Wohlüberlegt etwas später, damit ich weiß, wo ich hin muss. Ja, da sitzen sie, die Gräfin mit Tochter und zwei weiteren Paaren. „Herr Brandt, ich darf Sie bekannt machen." Nett und hilfreich, wie sie das macht. Die Namen der Tischnachbarn fliegen mir nur so um den Kopf, ohne dass ich diese richtig wahrnehme. Fein, dass ich nicht auch noch Hände schütteln muss. „Meine Tochter kennen

Sie ja bereits von gestern Abend." „Gesehen ja, aber kennen noch nicht!" Das war ein guter Satz von mir, empfand ich, denn ich merkte, wie ihre Augen blitzten. Überrascht, schelmisch, witzig oder hochnäsig? Das konnte ich nicht erkennen.

Die Gräfin übernahm gleich die Gesprächsführung, ich durfte neben ihr sitzen, sicher um mir den Anfang zu erleichtern. „Sie kommen aus Köln?" „Ja." Erst viel später erfuhr ich den Hintergrund ihrer Frage.

Es folgte ein flottes Gespräch, mit leerem Inhalt und einem gutem Essen. Zwei Stunden vergingen. Nur die Tochter, den Mittelpunkt meines Interesses, konnte ich nicht richtig beobachten, da ihre Mutter zwischen uns saß. Da spielt mir der Zufall ein Leckerli, wie ein gebratenes Täubchen, an den Tisch. Das darf nicht unbeschnuppert vom Teller, der möglicherweise auch noch einen Goldrand hat.

Beim abschließenden Mokka ging ich in die Offensive und spach sie an: „Seit zwei Tagen bin nun schon auf diesem Schiff und war noch nicht tanzen, würden Sie mich begleiten?" Jetzt war es raus. „Ja, gerne!" hauchte Sie. Eins zu null für mich.

Der Rest war Formsache. „Besten Dank für die Einladung und den netten Beginn des Abends." Wir schoben ab.

„Wo spielt hier die Musik, Sie kennen sich ja schon aus?" Hei, konnte sie schön lachen! „Nennen Sie mich bitte Frank." „Ich bin die Piro."

Der Tag danach. Geweckt werde ich durch ein ungewohntes Rucken im Schiff, wir legen in Lissabon an.

Vor dem Frühstück gehe ich aufs Deck, damit mir der Wind den Kopf frei bläst. Ich muss denken. Wir haben getanzt, erst äußerst sittsam, geradezu vorsichtig. Ich hatte das Gefühl, wir wollten beide nicht durch übereilte Gier, etwas kaputt machen. Danach unverschämt eng und sexy. Jetzt, wo ich nochmals daran denke, spüre ich wieder ihren Körper. Die zarte Haut, ihren Duft, der Rhythmus, der durch unsere Körper, ja, sogar bis in die Seele ging. Gesprochen haben wir wenig, oberflächlich, lustig wollten wir beide sein und haben reichlich getrunken. Umarmend brachte ich sie bis vor die Türe ins Oberdeck. Meine letzten Worte: „Schade, dass unser Schiff so klein ist und Du jetzt schon zu Hause bist, dieser Heimweg geht viel zu schnell zu Ende." Sie lächelte. „Gute Nacht, bis morgen."

Richtig zufrieden, eigentlich mehr glücklich, schlendere ich zum Frühstück. Wo mag sie sein? Es ist mir gleich, denn auf dem Schiff kann sie mir nicht ausweichen. Ich bin mir sicher, das will sie auch nicht.

Landgang in Lissabon. Die Stadt ansehen, sich bewegen, mit festem Boden unter den Füßen. Alleine, wenn sie mir nicht zufällig begegnet. Ich muss meine Gedanken ordnen. Die Angebote zu verschiedenen Gruppenausflügen, unter anderem zum Kloster von St. Jerome, nach Fatima oder zum Denkmal der Seefahrer nach Belem begeistern mich nicht. „Kulturbanause", sage ich zu mir selbst.

Schöne Stadt, aber nach einer Stunde über das Pflaster und durch die Gassen reicht es mir. Einen Cappuccino in der Bodega Columbus und ich gehe wieder an Bord.

Es war mir gelungen, zwei Stunden nicht an Piro zu denken. Aber sobald ich die Planken des Schiffes unter mir hatte, war sie wieder da, in meinem Kopf. Auf dem Zimmer liegt, sehr dezent im Couvert, eine Rechnung über meine bisherigen Ausgaben. Woher sollten die auch wissen, dass ich bezahlen kann.

Ein guter Denkanstoß, denn ich habe noch immer meine ganzen DM im Schrank versteckt. An der Rezeption bitte ich um ein Safe und erhalte eine Quittung über 75.000 DM. Mit der Bemerkung: „Die nehmen Sie sicher wieder an sich", übergebe ich dem Herren die Rechnung. Die werden mich jetzt wohl in Ruhe lassen.

Wie gehe ich den Abend an? „Ring, ring ring," das Telefon. Wer kann schon wissen, dass ich hier bin. Mein Herz klopft, die ersten Worte. Ja, es ist Piro, ich glaube ich werde rot. „Wie geht es, was hast Du heute gemacht?" sprudelt es heraus. Ich brauche gar nichts zu sagen, komme nicht dazu. Mumm lässt fragen, ob wir heute wieder zusammen essen wollen. „Ja, ich komme, ich freue mich."

Diesmal durfte ich, beziehungsweise musste ich, beim Dinner zwischen den beiden sitzen. Ich fühlte mich fast, wie in die Zange genommen. Sollte wohl auch so sein. Aus den Blicken der Mumm, nicht direkt, mehr aus den Augenwinkeln, war leicht zu entnehmen, dass sie mit ihrer Tochter über mich gesprochen hatte. Zähe Konversation, gutes Essen und tschau, wir gehen tanzen.

Im hinteren Teil der Pianobar La Cabale, an der Bartheke, stehen bequeme Hocker. Ein Whisky für mich, für sie einen Sekt. Dann hatte ich sie wieder in den Armen, wir schwebten über das Parkett, eine Harmonie von Körper und Rhythmus, so etwas hatte ich noch nicht erlebt. Ein Dialog ohne Worte. Nach dem dritten Tanz, sie hing an mir, ich spürte ihr Herz schlagen. Mein Überraschungsangriff: „Darf ich bitten, oder müssen wir erst noch mal tanzen?" öffnete meine Schweißdrüsen. Sie schaute mich an, hatte mich verstanden und sagte mit einem Blick in meine Augen: „Du darfst bitten." Jetzt war der Weg viel zu lang bis in meine Kabine.

Sieben Uhr am Morgen. Wir hatten nicht viel geschlafen und waren beim Frühstück für Frühaufsteher. Wir sprachen kaum etwas, sondern schauten uns nur an: „Ich gehe jetzt zu Mumm" sagte sie. „Ich bringe Dich hin, grüße Mumm von mir!"

Nun vergingen die Tage und Nächte wie in einem Rausch. Nach acht Tagen auf See, mit Zwischenstopp in Teneriffa und auf den Kap Verden, steuerte unser Schiff in Brasilien den Hafen von Fortaleza an.

Stundenlang hatten wir auf dem Hinterdeck in der Sonne gelegen und unser bisheriges Leben, unser Woher ausgetauscht, wobei ich viel gesprochen und nichts gesagt hatte, bis zu der Stunde X, an der wir uns hier an Bord trafen.

Ich verstand nun auch die Reaktion ihrer Mutter, als diese gehört hatte, dass ich Kölner war. Die heutige Gräfin Eva Stollnikov, in Ungarn geboren, hatte in Köln Sport studiert und dabei den Studenten Rosenberg kennengelernt, geheiratet und das Studium abgebrochen, als Piro unterwegs war.

Rosenberg war der Miterbe einer bekannten

Kölner Schokoladenfabrik – das konnte nur Stollwerk sein – und erwarb beim Verkauf des Werkes ein ansehnliches Vermögen. Nach seinem Tode, im vergangenen Jahr, nahm seine Frau ihren Mädchennamen, der verbunden mit dem Titel Gräfin war, wieder an.

Vor zwanzig Jahren wurde in der Uniklinik Köln Lindenthal – in Köln "Lindenburg" genannt – die Tochter geboren. In Erinnerung an die Großmutter Piroschka genannt – kam die Abkürzung Piro zustande. Seit dem Tode des Vaters fanden beide keine Ruhe mehr. Die Mutter zog es zurück nach Ungarn, in das Anwesen derer von Stollnikov. Piro wollte lieber in Köln bleiben, wo Sie das Studium der Germanistik begonnen hatte. So reisten sie, Piro meinte "heimatlos", finanziell unabhängig, durch die Welt, besuchten Freunde und Bekannte – aber wirklich zufrieden waren beide damit nicht.

In drei Wochen sollte Piros Geburtstag gefeiert werden und zwar in Punta Del Easte in Uruguay, bei einem Landsmann aus Ungarn. In Rio wollten Sie das Schiff verlassen, um dann via Buenos Aires, Montevideo nach Punta Del Easte zu reisen.

Sollte ich ihr von dem Koffer mit dem folgenschweren Inhalt erzählen? Mir fiel es schwer, mich zu offenbaren. Nein, entschied ich für mich. Wir sprachen über mein Leben als Bäcker und darüber, dass ich auf dem Wege nach Sao Paulo sei, um mich, im Auftrag eines Unternehmers, dort um dessen Bäckerei zu kümmern. Es fiel mir schwer, ihr nicht die Wahrheit zu sagen, aber mir schien das vorläufig richtig.

Salvador Bahia, der letzte Hafen vor Rio de Janeiro. Der letzte Tag, die letzte gemeinsame Nacht an Bord, vor dem Abschied. Wie soll es weiter gehen mit uns? Die Gräfin übernahm die Aufgabe, mir, uns, einen Weg aufzuzeigen. Sie hatte wohl mit Piro darüber gesprochen.

„Kommen Sie zum Geburtstag von Piro! Wir laden Sie ein, seien Sie unser Gast!" „Das ist nett von Ihnen, aber was sagt Piro dazu?" Dann der Spruch von Piro, der mir drei Wochen nicht aus dem Kopf ging: „Mach, dass du kommst, du Depp." „Versprochen, ich bin da. Ich liebe dich, wir sehen uns in Punta Del Easte."

Die Stimmung bei der Ankunft im Hafen von Rio war wie das Wetter. Neblig trübe, vom Zuckerhut und der Christusstatue auf dem Corcovado nichts zu sehen. Das soll also das berühmte sonnige Brasilien sein? Tschüss und aufwiedersehen, ein schneller Kuss und das war es. Ich wollte noch nicht einmal an der Reling hinterhersehen, ging in die

Lobby und pflegte meine Gedanken. Soll ich traurig sein, dass es zu Ende ist, oder mich freuen, dass es gewesen ist? Einund-zwanzig Tage auf See, davon werden mich die sechszehn mit Piro noch lange begleiten.

Es gibt aber Licht am Horizont, denn in drei Wochen werden wir uns wiedersehen – zu ihrem Geburtstag.

Die Nacht bis Santos ging schnell vorbei. Wieder alleine geschlafen, Koffer packen, bezahlen, Geld aus dem Safe und auschecken.

Einen besonderen Gürtel, mehr einen Bauchriemen mit Taschen, habe ich mir inzwischen zugelegt, in den ich meine DM verstaue und dann umband. Nützlich und sicher, wie sich herausstellte, aber auch unbequem und lästig, insbesondere, das Ding war warm und unter dem Hemd auffällig.

Taxi zum Flughafen und mit dem nächsten Flieger nach Sao Paulo.

Brasilien

In der mir angeborenen Sparsamkeit, an mein Geld hatte ich michnoch nicht gewöhnt, nahm ich ein Zimmer in einem Haus, das von aussen als Hotel bezeichnet wurde. Das musste ich noch lernen, denn in so einer Bude hatte ich noch nicht gewohnt. Nun ja, Krätze oder Syphillis werde ich mir in einer Nacht nicht holen, und morgen suche ich mir etwas anderes. Neuer Tag, neues Hotel, und dann mit dem Taxi zur Adresse von Basti, zu seinem – vielleicht auch bald meinem – Unternehmen.

Soviel Phantasie konnte ich nun wirklich nicht haben, um mir das vorzustellen, was ich im ersten Augenblick sah. Eine brüchige, mit losem Mörtel zusammengehaltene Halle mit Blechdach und einer Tür, die ich nur mit viel Kraft öffnen konnte. Als sich meine Augen an das Dämmerlicht und den Rauch gewöhnt hatten, rebellierte meine Nase – welch ein Gestank nach altem und heißem Fett –.

Ein Mann, mit einem ehemals weißen Hemd und Schürze bekleidet, kam auf mich zu. „Sie sind bestimmt Herr Brandt, Bastian hat mich informiert, dass Sie kommen. Edgar Malkovsky heiße ich, willkommen in unserem Unternehmen!" sagte er lachend, weil er genau wusste, was ich dachte. Das war schon einmal sympathisch. „Ja, ich denke, Sie zeigen mir mal den Laden, und dann gehen wir einen Kaffee trinken."

In Deutschland wäre diese Bude noch nicht einmal als Toilettenanlage durchgegangen. Allerdings die Backstrasse, an der drei Wesen standen, die den Urwald noch nicht lange hinter sich hatten, war moderner. Hinten noch zwei von der Sorte, die Donaths verpackten. Freundlich lachend grüßten Sie – Ola.

Ich hatte vorläufig genug gesehen. „Edgar, können wir uns heute Abend in meinem Hotel treffen?" „Okay, bis später." Das war ein Schock, ich hatte nicht viel erwartet – aber so was.

Abends mit Edgar erfuhr ich dann mehr. Er war Bäckermeister, hatte an der Fachschule Locham bei München die Meisterprüfung gemacht. Ich glaube, er hat gute Fachkenntnisse. Durch einen Zufall lernte er Bastian kennen, der ihn dann für Brasilien begeistert hatte. Der Laden lief anscheinend gut, er war am Gewinn beteiligt, aber, und das brachte er deutlich zum Ausdruck – zufrieden war er nicht so richtig.

Wir verblieben so, dass ich morgen, am Nachmittag, noch mal vorbeikomme. Eins wusste ich schon genau, das war nichts für mich.

Das Frühstück im Hotel, immerhin ein ganz ansehnliches Haus, war eine Katastrophe, das Brot eine weiße Pampe, fürchterlich. Den Manager des Hauses, den ich zufällig kennen lernte, sprach ich darauf an. Ja, ein Problem für uns alle. Er meinte damit seine Hotelkollegen mit den Europäischen Gästen, die ebenfalls besseres Brot wünschten.

Zuverlässig und mit der in Deutschland gewohnten Qualität sei das jedoch nicht zu bekommen.

Das beschäftigte mich. Wir belieferten doch diese Häuser mit Donaths. Beim abermaligen Besuch in der Donaths-Werkstatt war ich wohl zu spät. Nur noch eine kleine, ungeheuer mit dem Hintern wippende junge Frau – mein Gott, das können die – gab mir einen Zettel von Edgar. Darauf war zu lesen, dass er heute Abend im Hotel sei.

Die Kleine nahm meine Hand und führte mich zu den Mehlsäcken und Kartons im hinteren Teil der Halle. Ich wusste nicht, was sie wollte, folgte ihr aber neugierig. Als sie sagte: „Komm wir Ole", wusste ich es. Nach meinen „na Nix" zog sie lachend wieder ab, so, als wenn wir gerade über das Wetter gesprochen hätten. Scheint ja ein besonderes Arbeitsklima in diesem Laden zu sein.

Von Edgar erfuhr ich, dass cirka dreißig Hotels und etwa zehn Verkaufsstellen die Donaths bekamen. Können die nicht auch alle vernünftiges deutsches Brot gebrauchen? Edgar war sofort hellwach, die Brasilianer essen das nicht, aber Sao Paulo hat jährlich 1,5 Millionen Gäste, die danach suchen. „Und warum backen wir das nicht? Edgar, in vier Wochen bin ich wieder hier, mach Dir mal Gedanken darüber, wie man das anstellen kann und wie viel davon zu verkaufen ist. Sage aber Bastian vorläufig nichts davon."

Wenn unter 1,5 Millionen Besuchern 500.000 Europäer sind und jeder pro Tag zwei Scheiben Roggenbrot ißt, so sind das pro Tag dreihunderfünfzig Brote. Verrückte Idee.

Edgar kam mich im Hotel noch einmal besuchen, er war ganz euphorisch von der Idee, Brot zu backen. Erst recht, als ich ihm sagte, dass Investitionen, also Anfangskapital, kein Problem seien. Mit dem Auftrag, einmal zu prüfen, ob er 1.000 Brote pro Tag verkaufen könnte und wenn ja, ob ein größerer Raum – aber nicht so ein Schuppen wie der jetzige – zu mieten wäre.

Das war es aber dann auch für die nächste Zeit in Sao Paulo, diese Stadt konnte mich nicht begeistern. Ich machte mich auf den Weg nach Montevideo, Uruguay, Richtung Punta Del Easte. Jede freie Minute dachte ich an Piro.

Sollte ich Sie einmal anrufen, ihre Handynummer hatte ich. Nein, sie musste genauso warten und in Spannung sein wie ich. Das viele Geld, das ich mit mir herum trug, störte mich. Auf dem Weg, mir einen Leihwagen zu besorgen, sah ich eine Fassade mit der Aufschrift Banco de la Republica. Spontan mietete ich mir einen Safe, damit ich die vielen DM los wurde.

Dann war es soweit, weg von Montevideo, an der Küste entlang über El Pinar Altida und Piriapolis ca. 140 Kilometer nach Punta Del Easte.

Entdeckt

Punta Del Easte, Cale 743 war nicht einfach zu finden. Ein Park, mit einem Haus am Eingang für die Gärtner und das Bewachungs-Personal, das man im Westerwald schon als Villa bezeichnet hätte. Das Hauptgebäude erinnerte mich mit seinem Treppenaufgang und den riesigen Terrassen an die Filme von den Zuckerrohrplantagen besitzern in den Südstaaten Amerikas.

Beeindruckt von diesem Ambiente fragte ich den freundlichen Senior, der hinter dem farbigen Türöffner stand, nach Fräulein Piroschka Stollnikov. Lächelnd, so dass ich den Eindruck hatte, er wusste, wer ich war, bat er mich herein, bot mir einen Kaffee an und schrieb mir dann eine Adresse auf. Hotel Conrad.

Beeindruckendes Haus, dieses Hotel. „Bitte zu Fräulein Stollnikov." „Das ist Zimmer . . . ", mehr hörte ich nicht mehr, denn Sie kam über die Treppe an den Empfang. Die beiden letzten Stufen im Sprung nehmend, stürzte Sie in meine Arme. Ein tiefer inniger Kuss. „Komm!" sie nahm mich an der Hand, wir gingen, nein, wir flogen die Treppe hinauf aufs Zimmer. Dann eine Handlung von ihr, die vielsagender nicht sein konnte, sie schloss die Türe ab. Wir sagten kein Wort, wir hatten uns wieder und brauchten nicht zu reden.

Irgendwann, wie aus weiter Ferne, hörte ich sie sagen: „Lass uns zu Mumm gehen." An die Tür von Zimmer 202 klopfend, rief sie, bevor noch geöffnet wurde: „Mumm, ich habe Besuch." „Guten Tag, ich hoffe nicht, dass es zur Gewohnheit wird, meine Tochter solange ohne Nachricht zu lassen", empfing sie mich lächelnd. Und ich hoffe nicht, dass sie beide noch einmal daran zweifeln, wenn ich sage: „Bin pünktlich da."

Der Rest war fröhliche Konversation. Die Damen wirkten aber auch etwas nervös, sie waren in der Vorbereitung für das morgige große Fest, den Geburtstag Piros. Ich erlöste sie aus dem Zwiespalt zwischen wollen und müssen: „Bitte sagt mir, wann und wo ich morgen zu erscheinen habe."

Nach dem Einchecken machte ich noch einen Spaziergang in die nähere Umgebung des Hotels. Es war nicht weit bis zum Meer, oder war es noch der Fluss Rio de la Plata, der hier ins Meer mündet? Am Denkmal des Admiral Graf Spee mache ich halt, der mächtige Anker des Deutschen Kriegsschiffes ist hier aufgestellt. Er soll erinnern an das hier in der Mündung des Flusses gesunkene Kriegsschiff und die Rettung der Besatzung durch das verantwortungsvolle Verhalten des Kapitäns, mit Hilfe der einheimischen Bevölkerung.

Es kann noch nicht lange gewesen sein, dass ich im Bett lag, als es klopfte und Piro hereinwehte: „Willst Du mir sagen, wie es morgen weitergeht oder bleiben". Ich wollte bleiben.

Ein entsetzliches Versäumnis fiel mir ein: Bei all dem Trubel hatte ich vergessen, ein Geschenk für sie zu besorgen. Liebe Piro, die Zeit war ewig lang, ich habe oft an Dich gedacht, aber ein Geschenk für Dich habe ich vergessen. Dafür schenke ich Dir, wenn Du willst, diese Nacht. Situation gerettet, preiswert, wunderschön und gut angekommen.

Spätes gemeinsames Frühstück im kleinen Kreis. Danach begann das, mir erschien, nicht enden wollende Gratulationsspektakel. Wie viele Leute kannte sie hier? Was waren das alles für Gäste? Einige Zeit machte mir das Spaß, der Freund an ihrer Seite zu sein. Ich fühlte mich aber nicht wohl bei all' dem Geschmuse. Gut siehst du aus, weißt du noch und so weiter. Dazu das alles auch noch in den verschiedensten Sprachen. Es waren nicht nur die englischen, französischen oder spanischen Worte, die ich zwar auch nicht verstand, aber deuten konnte, sondern die für mich nicht einzuordnenden Wortlaute, wohl aus dem slawischen Raum. Piro, ich ziehe mich für einen Moment zurück, sei bitte nicht böse.

Mit dem Auto machte ich eine kleine Entdeckungsreise durch Punta Del Easte. Herrlich großer Strand und in den Außenbezirken Parkanlagen, in deren Hintergrund, wenn einsehbar, riesige Villen standen. Hier lebte sehr viel Geld.

Wie ich später erfuhr, hatten einige Drogenbarone, insbesondere aus Kolumbien, hier ihre zweite "Bleibe" aufgeschlagen. In den Parkanlagen, wo anderswo bei den Wohlhabenden die Tennisplätze sind, waren hier neun Loch Golfanlagen, schon imponierend.

In einer kleinen Hafenkneipe suchte ich Ruhe, ich brauchte Distanz, um das alles zu verkraften und um nachzudenken. Wie schön „wöret jetzt, e Kölsch bei der Tand," kommt mir in den Sinn.

Blöd, da entdecke ich eine mir bis dahin unbekannte Welt, und ich habe Heimweh. Macht also Geld doch nicht wirklich glücklich? Das muss ich noch lernen.

Da dreht sich ein Mann an der Bar herum und

bewegt sich Richtung Toilette. Ich erstarre, diese Augen, der Bart, die Baskenmütze, wir sehen uns an und wissen beide, dass wir uns kennen. Es ist der Mann mit den beiden Koffern vom Kölner Bahnhof.

Wir stehen uns einen Augenblick gegenüber, so richtig Mann gegen Mann. In seinen Augen erkenne ich Überraschung und zugleich Triumph, denn er lächelt. Warum ist die Welt so klein? Warum ausgerechnet jetzt und hier?

Viel später erfuhr ich, das es gar nicht so ungewöhnlich war, ihn ausgerechnet hier zu treffen. Ich habe vom ersten Augenblick an im-mer gewusst, dass ich ihn noch einmal sehe. Nun ist es soweit. Ruhig nachdenken, was jetzt nötig wäre, ist nicht, ich habe Angst, merke das ich beim Bezahlen zittere. Er beobachtet mich.

Raus aus der Kaschemme, nicht ans Auto, sondern zu Fuß, nur weg von hier. Sofort nebenan in die nächste Kneipe und gleich durch bis zum Hinterausgang. Bin ich Ihn los? Ich sehe ich ihn nicht, zurück zum Auto und ab.

Kaum auf dem Hotelzimmer, schrillt das Telefon. Schon wieder läuft es mir kalt den Rücken herunter. Mein Gott, bin ich nervös! Aber ist das nicht verständlich?

Piro ist am Apparat, komm doch bitte wieder

herunter. Okay, ich bin gleich da.

Unten angekommen, spielt dezent im Hintergrund eine Zigeunerkapelle. Wie ich empfinde, traurige Heimatmelodien. Neben Piro ist ein Stuhl für mich freigehalten und so befinde ich mich ungewollt im Mittelpunkt der Gesellschaft. Genießen kann ich das nicht und von Wohlfühlen auch keine Spur. Piro merkt das, wundert sich und scheint ein bisschen enttäuscht, aber im Moment können wir nicht in Ruhe miteinander reden. Was sollte ich ihr auch sagen.

Der restliche Tag, der Abend, eine Katastrophe, das hatte ich mir anders vorgestellt. Die immer lauter und lustiger werdende Zigeunermusik, ungewöhnlich für dieses Land hier, das doch eine eigene, besondere Musikalität hat, fand im Kreis der Gäste großen Anklang. Es waren die Heimatklänge der Stollnikovs und wohl auch von vielen der hier Anwesenden.

Piro, sei bitte nicht böse, ich gehe nach oben, laß uns morgen reden. Sie war sehr enttäuscht.

Ja, dieses Morgen, das Verschieben auf den nächsten Tag. Ich hatte keine Ahnung, wie lange der auf sich warten ließe und, hätte ich es gewusst, wäre da mein Verhalten anders gewesen? Vorbei an der Hotelbar. Gott, da steht doch der Kerl mit der

Baskenmütze. Er hat mich gefunden.

Nur ein Gedanke, jetzt wird es höchste Zeit, nichts, wie weg von hier! Alles, was ich greifen konnte, mal wieder in den Koffer. Vorsichtig öffne ich die Zimmertür, der Gang ist frei. Dort hinten sehe ich das Schild „Exit", mit dem Zeichen der Flamme, also dort entlang, wenn es brennt. Nun ja, bei mir brannte es auch. Als ich schnellen Schrittes um die Ecke biege, höre ich den Aufzug. Vorsichtig blicke ich zurück und sehe meinen "Freund" mit zwei weiteren Personen zu meinem Zimmer gehen.

Sie klopfen, nochmals, diesmal etwas lauter. Da kommt ein Zimmermädchen mit einem Sektkübel, hier soll sicher irgendwo der Abend weiter gehen. Die Herren, ich meine mehr die Ganoven, halten sie auf, reden auf sie ein. Sie schüttelt den Kopf. Der eine greift sie, hält ihr den Mund zu, damit sie nicht schreien kann und reißt ihr den Schlüssel ab, der an einem langen Band um den Hals baumelt.

Vorsichtiges Aufschließen der Zimmertür. Die Kleine wird zuerst hineingeworfen. Ich habe genug gesehen, nichts wie weg, die spaßen nicht. Ab, durch eine Wäschekammer mit Bügelmaschinen, an denen einige Senioritas arbeiten. Hinten sehe ich eine Tür. Schnell, den langen Flur entlang und nichts wie raus. Ich komme auf den Hinterhof des Hotels. Würden die Gäste das Hotel einmal über diesen Eingang benutzen und die stinkenden Müllcontainer, den schlammigen, glitschigen Boden sehen, sie würden es sofort wieder über den eleganten Eingang verlassen.

Ich renne schnell auf die Straße zum Auto, dann nichts wie ab, Richtung Montevideo. Nun habe ich Zeit, meine Gedanken zu ordnen und meine Nerven zu beruhigen. Es gelingt mir nicht ganz. Eins steht für mich jedoch fest, so schnell wie möglich weg aus Uruguay.

Und Piro? Dafür ist jetzt keine Zeit. Doch so schnell bekomme ich sie nicht aus meinem Kopf. Was wird sie jetzt machen, wird sie mich suchen, mich vermissen, was wird sie denken, wann werde ich sie wiedersehen? Werde ich sie überhaupt wiedersehen?

Montevideo, die Bank hat noch geschlossen. Ich muss aber an mein Geld. Der Flughafen ist nicht weit. Wann geht das nächste Flugzeug? Wohin, völlig egal, Hauptsache weg. Zwei Stunden nach Buenos Aires. Das passt.

Ich habe gerade noch Zeit, auf der Bank mein Geld zu holen und den Leihwagen am Flughafen abzugeben. Was für ein Fehler, wie sich später herausstellte! Ich hatte eine Spur hinterlassen, ohne es zu merken.

Via Buenos Aires. Zum Schlafen reichte es nicht, denn kaum waren wir in der Luft, begann auch schon wieder der Landeanflug. Die beiden Städte sind nämlich nur durch den – allerdings sehr breiten – Rio de La Plata getrennt.

Ein neues Problem bahnte sich an. Bisher hatte es genügt meinen Reisepass vorzulegen. Hier reichte das den netten Beamten am Zoll nicht. Ich musste ein Formular ausfüllen. Welcher Staatsbürger, geboren wo, woher, wohin, wo gewohnt, warum die Reise? In der Spalte trug ich Holiday ein. Na das passte wenigstens, dachte ich, denn Holiday war es jetzt. Ein Fortschritt, ich konnte wieder lachen. Der Zoll war auch zufrieden. „Nette Menschen", dachte ich.

Bis zum Abflug meiner Maschine nach Sao Paulo drückte ich mich in eine Ecke, eine Stunde Schlaf war nötig.

In Sao Paulo besuchte ich zuerst Edgar. Er war voller Energie und Neuigkeiten. Wir verabredeten uns für den Abend. Im Hotel fielen mir zwei Typen auf, die mich, wie mir schien, beobachteten. Sah ich schon Gespenster? Nein, ich hatte Angst.

Von Edgar erfuhr ich zunächst einmal, dass Bastian auch kommen wolle, und zwar schon morgen. Dann meinte er noch, 2.000 Brote am Tag zu verkaufen, sei leicht möglich. Er hatte auch schon ein Gespräch geführt mit dem Direktor und wohl auch mit dem Inhaber des Hotels „Datscha", die Kunden für seine Donaths waren.

Der Inhaber des Hotels, ein deutscher Landsmann, wollte uns einen passenden Raum für eine Backstube zur Verfügung stellen. Edgar hatte für heute Abend, hier im Hotel, ein Gespräch mit ihm vereinbart. Der Junge ging richtig ran, das gefiel mir. Wollte ich das aber auch?

Diese Burschen an der Hotelbar gingen mir nicht mehr aus dem Kopf. Wie sollte das weiter gehen? Der Hotelbesitzer war ein angenehmer Gesprächspartner. Sein Interesse an einer Kooperation war groß. Er wollte eine eigene Bäckerei für sein Hotel und sah hier eine Möglichkeit, dies zu verwirklichen. Die Sache nahm Formen an.

„Wir schauen uns das morgen an", so verblieben wir. Die halbe Nacht verbrachte ich damit, einen Katalog mit Fragen zu erstellen, welche Voraussetzungen geschaffen werden müssen, um hier Brot zu backen.

Ich war so vertieft in die Sache, dass der Gedanke – will ich das überhaupt? – gar nicht aufkam. Das größte Problem zunächst, kann ich Edgar vertrauen? Ich denke ja, er macht einen guten Eindruck und ist begeistert bei der Sache.

Morgen kommt Bastian, mal sehen, was der dazu sagt. Dann ging alles ganz schnell. Der Raum für die Backstube war in Ordnung, der Mietpreis laut Edgar in Ordnung. Die 30.000 DM Investitionskosten übernehme ich. Edgar erhält 40% der Anteile nach drei Jahren. Er betreibt die Bäckerei und erhält 50% des Gewinnes.

Wir waren uns einig und ich Besitzer einer Bäckerei. Bastian war nicht erfreut über diese Entwicklung. Meinen Vorschlag, ihm seinen Betrieb mit der Donaths-Anlage abzukaufen, nahm er an. Ich bot ihm 75.000 DM, wir einigten uns auf 80.000 DM, in Deutschland zu bezahlen. Er war den Kram los und Edgar und ich konnten auch das Geschäft übernehmen.

Sehr spät in der Nacht, ich war auf dem Weg in mein Zimmer, gingen meine Gedanken an Piro. Wie setze ich mich mit ihr in Verbindung? Was erzähle ich ihr?

Vor meiner Zimmertür ein großer Aufstand. Was war denn hier los? Hoteldirektor, Zimmermädchen und weitere Personen standen da. Die Tür am Schloss zersplittert, aufgebrochen, meine Sachen auf dem Fußboden zerstreut. Verdammt, die sind mir auf den Fersen, wusste ich sofort.

Bastian kam hinzu: „Komm, schlaf bei mir!" Bei ihm ein Bier aus der Bar und dann seine Frage: „Willst Du mir etwas erzählen?" Ganz schöner Mist, richtig in Bedrängnis fühlte ich mich und voll Angst. In dieser Situation erzählte ich ihm die ganze Geschichte mit dem Koffer. Für einen „Vagabunden", wir er einer war, eine tolle Sache, er war mächtig begeistert, und ich merkte, wie es in ihm arbeitete, das war doch so ein Ding, ganz nach seinem Maß.

Seine Erfahrung und sein bisheriger Umgang in diesem Milieu stellte er sofort unter Beweis. Moment mal, ich habe erst einmal etwas für dich. Aus seinem Rolli, der neben dem Schrank stand, kramte er ein Lederhalfter hervor und reichte es mir. „Hier, wenn du mal ernsthaft in Bedrängnis kommst." „Was, eine Pistole?" „Nein, ein Revolver, eine M87 Rossi, Kaliber 38 Spezial. Die ist aus rostträgem Stahl, ist hier in Brasilien hergestellt und praktisch, weil klein und handlich, die kannst du hinter dem Gürtel tragen. Außerdem, in diesem feuchten Klima das hier herrscht, nicht rostanfällig."

Nettes kleines Ding, hat Spannabzug. Der Hahn bewegt die Trommel, Lauflänge zwei Zoll. Ganz Bastian, ich hatte den Eindruck, er war in seinem Element. „Mensch, ich habe noch nie so ein Ding in der Hand gehabt." „Sei froh, wenn du es nicht brauchst, aber man weiß ja nie. Auf alle Fälle kann es nicht schaden, das Ding bei sich zu haben. Hier noch ein Päckchen Patronen. Du hast mir zwar meine Firma abgehandelt, aber es wäre schade um dich."

Verdammt, ist er nun ein guter Kumpel oder mache ich mich von ihm abhängig? Jedenfalls als Gegner möchte ich ihn nicht haben, so praktisch und auf vieles vorbereitet, wie er war. „Was bekommst du dafür?" „Gib mir 300 Dollar und Schwamm drüber."

Noch ein paar Whisky an der Hotelbar und ab zu Basti aufs Zimmer. Ich versuchte zu schlafen. Ein ereignisreicher Tag, aber der Kopf war zu schwer um darüber nachzudenken. Ich habe mich noch nie im Leben wohlgefühlt, mit einem Mann in einem Doppelbett zu schlafen, eine Begründung fand ich auch jetzt nicht dafür als ich neben Bastian lag.

Bier und Whisky zeigten aber ihre Wirkung. Nicht gerade ausgeruht, aber doch ausgeschlafen, begann ein neuer Tag. Beim Frühstück mit Bastian dann die Frage, die zwangsläufig von ihm gestellt werden musste: „Was willst Du jetzt machen?"

Natürlich am liebsten nach Punta Del Easte zu Piro. Was mag sie von mir denken? Dass ich einfach verschwunden bin und ein Chaos hinterlassen habe, davon hat Sie mit Sicherheit erfahren. Sicherheit, das war das Stichwort für mich im Augenblick.

„Du, Bastian, ich will hier erst einmal verschwinden. Das ist mir alles nicht so geheuer. Zurück nach Deutschland oder in die Schweiz zu meinem Geld." Oder doch lieber nach Uruguay zu Piro? Was hat bloß der Geldkoffer aus mir gemacht? Am besten ich gehe zurück nach Deutschland und arbeite wieder als Bäcker. Nein, Blödsinn, so schön ist es in einer Backstube auch nicht!

„Bastian, ich plane die Rückreise. Gut, ich bleibe noch ein paar Tage hier, und dann treffen wir uns zuhause." Schnell noch einmal zu Edgar in meine Brotfabrik. Natürlich laufe ich erst einmal der Kleinen über den Weg, die es mit mir auf den Mehlsäcken treiben wollte. Ihr Blick, ich vermag ihn nicht zu beschreiben, aber er traf meine soziale Ader.

„He, Moment!" Sie war noch nicht einmal nervös, sondern schaute mich stolz an. „Komm her!" winkte ich ihr und drückte ihr hundert Dollar in die Hand. „Tschau." Vieles im Leben scheint doch vorgezeichnet, aber wie sollte ich wissen, dass diese Dollars eine Investition waren, die mir einmal das Leben retten sollte. Ich war zufrieden, als ich in ihre Augen sah und die Freude darin erkennen konnte.

Edgar war überrascht, dass ich ihn so schnell mit dem Betrieb alleine ließ. Mit einem: „Mach was draus!" verabschiedete ich mich von ihm.

Am Flughafen stellte ich fest, dass die nächste Maschine, ohne Zwischenlandung, erst am nächsten Tag nach Frankfurt flog. Das bedeutete, noch eine Nacht in Sao Paulo. Die Brasilianer, mit ihren roten Bohnen, als Suppe oder zum Steak, als Salat, wie auch immer, ich musste da durch. Ich befürchte manchmal, wenn ich ein Eis bestelle, sind die auch da drin. In den letzten Monaten habe ich mich jedoch an so vieles gewöhnen müssen, dass es auch noch, kurz vor der Abreise, mit den Bohnen klappen wird.

Im Hotel hatte mich Bastian ausfindig gemacht. Er war ganz aufgelöst. „Mensch, mach, dass du hier wegkommst, die suchen dich. Ein paar gar nicht nette Gesichter waren da und haben nach dir gefragt. Deinen Koffer habe ich gepackt und in die Wäschekammer gestellt, damit sie ihn nicht finden." „Danke, mach es gut." „Hör mal, wenn du denen begegnest, schieß zuerst, ich kenne solche Typen." Mit einem, „Du spinnst wohl, mein Freund", zog ich von dannen.

Schieß zuerst, der Schreck saß. Ich hatte ja eine Pistole im Koffer, wie sollte ich damit ins Flugzeug kommen? Ein kleines Hotel, mehr eine Absteige für eine Nacht, hatte ich schnell gefunden. Zahlen im voraus, das war so ein Zeichen dafür. Diesmal war es mir aber sehr recht. Was sollte ich mit der Pistole machen? Dumm, dass ich die überhaupt hatte!

Auf dem Zimmer holte ich das Ding erst mal heraus. Ich probierte den Abzug, es war ja keine Patrone drin. Kleines Klick, machte es, und mir stellten sich die Haare. Aber was solls. Nun hatte ich sie einmal. Die Patronen rein, Vorsicht, der Sicherungsbügel, und in den Anschnallgurt mit ihr. Das Ganze nur so zum Ausprobieren, auch mal umschnallen. Trug sich ganz gut, das Gewicht war nicht zu spüren – und Donnerwetter – ich merkte, wie ich stärker wurde, mein Rückgrat streckte sich. Dann lasse ich sie auch an. Nur jetzt nicht, erst mal ins Bett.

Schlecht geschlafen. Die Liebesgeräusche im Nebenzimmer weckten in mir die Erinnerung an Piro. Das knarrende Bett, und wie soll man die anderen Geräusche beschreiben, die durch die dünnen Wände zu mir drangen? Ist Liebe so schön und Sex so anstrengend, dass man stöhnen und jubeln zugleich muss? Nicht schön, wenn man alleine hinter der Wand liegt und zuhören muss.

Das Frühstück, wie die Nacht, Brot, eine weiße Pampe und der Kaffee eine bittere Brühe. Auf dem

Zimmer noch das restliche Geld in den Leibgürtel und diesen umgeschnallt. Die Pistole, was mache ich mit dem Ding? Einfach in die Hosentasche, ich werde sie auf dem Flughafen in einer Abfalltonne entsorgen. Schön der Begriff, entsorgen, fällt mir ein. Sorgen in einer Abfalltonne loswerden, wenn das immer so einfach wäre.

Taxi, ab zum Flughafen. In zwei Stunden geht meine Maschine in die Heimat, zu den frischen Brötchen und zum Kölner Dom, nach dem ich mich sehnte. Da träume ich von Südamerika, von Brasilien und jetzt, wo ich hier bin, will ich nach Hause.

Am Flughafen erst einmal informieren, wo ich hin muss. Das dauert etwas länger, denn denen hier fällt ja nicht ein, die Hinweise auf deutsch zu schreiben. Aha, Frankfurt Ausgang drei, komisch dass man, wenn man rein will, durch einen Ausgang muss. Mir geht es schon wieder gut, wenn ich solche Gedanken habe.

Mensch, die Kerle kenne ich doch, die da am Ausgang stehen und sich die Leute ansehen. Es sind die beiden aus dem Hotel in Punta Del Easte. Die wollen sicher sehen, wer nach Deutschland fliegt, die warten auf mich. Scheiße, die haben gut kombiniert, und denen scheine ich verdammt wichtig zu sein. Umdrehen, da kann ich nicht vorbei.

Was ist das? „He", flüstert mir jemand ins Ohr, und gleichzeitig spüre ich einen kleinen harten Gegenstand in meinem Rücken. Eine Pistole? Was sonst. „Los, komm." Mit diesen Worten schiebt mich ein Kerl vor sich her. Jetzt weiß ich auch, was weiche Knie bedeuten.

Am Ausgang des Flughafens kommt, wie auf Kommando, ein Auto vorgefahren. Türe auf, ich werde auf den Beifahrersitz geschoben. Der Kerl, der mich bedroht hat, hinten rein, und ab geht es. Mein Koffer bleibt auf der Straße stehen. „Jetzt wird es eng", denke ich. Durch die Rückenlehne empfinde ich einen Druck. Wohl seine Waffe. Meine Augen brennen, es ist der Schweiß von der Stirne, der mir das Brennen verursacht.

Am rechten Oberschenkel spüre ich den Druck, der von der Pistole in meiner Hosentasche verursacht wird. Vorsichtig und mehr als ängstlich, greife ich in die Tasche. Die Hand an dem kleinen Ding macht mich plötzlich kalt wie eine Hundeschnauze, der kleine Hebel rum und sie ist entsichert.

Mit einem Ruck hält der Fahrer, ein dunkler Typ, wie ich aus den Augenwinkeln erkenne, an einer auf rot springenden Ampel – er war etwas zu schnell gefahren. Die Pistole raus, unter die Jacke und um-drehen zu meinem Hintermann. Ich lächele in an, er bemüht sich gerade, mit einer Hand, eine Zigarette anzuzünden. Ich schieße durch die Jacke und die Rücklehne, ziehe dreimal am Abzug.

Wie hatte doch Bastian gesagt, die Jungs sind gefährlich, schieße zuerst. Der Knall war gar nicht so laut, und das Geräusch, das mein Entführer von sich gab, hörte sich an, als ob ein Stein ins Wasser gefallen wäre, blub blub. Der Fahrer schaut erstaunt, mehr konnte ich nicht wahrnehmen. Noch zweimal zog ich den Hahn durch, in Richtung des Fahrers. Türe auf, raus, die Pistole auf den Beifahrersitz. Das ging alles so schnell, die Ampel steht immer noch auf rot.

Mit ruhigen Schritten, an ein paar Passanten vorbei, über den Zebrastreifen, rasch auf die andere Seite der Kreuzung. Den Kopf zwischen die Schultern, ohne mich umzudrehen, ging ich weiter. Am Hubkonzert hinter mir entnahm ich, dass die Ampel wohl wieder grün war und der Verkehr nicht weiter konnte. Wie sollte er auch, da stand ja ein Auto.

Ich rieche. Was ist das für ein Geruch, brennt bei mir etwas? Mensch, meine Jacke. Ich hatte doch durch sie hindurch geschossen. Rasch ausziehen und über den Arm legen. Jetzt konnte man aber mein leeres Pistolenhalfter sehen, also, auch runter damit und unter die Jacke. Der Autoverkehr stand immer noch, es ging wohl an der Kreuzung nicht weiter.

Da kommen drei Taxen hintereinander. Das erste ist belegt, das zweite frei. „Hallo, frei?" „Ja." Ich hinten rein. „Bitte City, Hotel, vier Sterne." Leider verstand er nicht. Ich nochmals „City." „Okay" er fuhr los. An der Kreuzung vorbei, ich sah dort immer noch das Auto stehen. Passanten drum herum, die Türen noch zu. Nichts wie weg, von diesem Ort.

Der Fahrer hatte auf seinem Armaturenbrett ein paar goldene Sterne aufgeklebt. Ich zeigte auf einen, hob gleichzeitig vier Finger mit den Worten „Hotel, City." „Ah!" hauchte er und hatte verstanden. Im Vorbeifahren sah ich einen Hinweis zum Hotel Sheraton, aber es ging weiter. Hotel Britannia, wir hielten. Bezahlen, danke, aussteigen. Ich stand auf der Straße vor dem Hotel.

War ich vorerst gerettet, nein, das ist mir nicht genug. Ich rollte meine Jacke noch etwas fester zusammen und ab zum nächsten Taxi, „Bitte, Hotel Sheraton." Nun sollte meine Spur schon gut verwischt sein.

Jetzt noch die zerfledderte Jacke loswerden. Pass und sonstige Papiere waren Gott sei Dank nicht beschädigt. Papiere in die Hosentasche, die Jacke dort hinten in den Müllcontainer.

Hotel Sheraton, Rezeption. „Bitte ein Zimmer für eine Nacht." Die Dame am Empfang war sicher einiges gewohnt, aber so einen zerzausten Gast, der auch noch den Reisepass aus der Hosentasche holte, war ihr sicher bisher nicht untergekommen. Aber so ist das in einem guten Hotel, man sieht es und übersieht es, wahrscheinlich ist meine Anmeldung mit einem Stern versehen, der Vorsicht bedeutet.

Auf dem Zimmer erst mal aufs Bett und durchatmen. Am liebsten nur nicht denken – doch gerade das ist notwendig. Was habe ich gemacht? Zwei Menschen angeschossen, eventuell sogar erschossen und das in einem fremden Land. Ja, die wollten mir an die Wäsche. Was hatten die mit mir vor? Was mache ich jetzt?

Dass ich das bis hierhin so relativ locker geschafft habe, ist verwunderlich. Gesehen haben mich viele, aber wohl keiner erkannt. Menschen in der Großstadt, keiner kümmert sich um den anderen, dieses mal gut so.

Zunächst duschen. Dann benötige ich eine neue persönliche Ausrüstung, denn ich besitze nichts mehr. Selbst was ich anhabe, ist nicht mehr zu gebrauchen. Mit den Dollars in meinem Gürtel kriege ich das aber wieder hin.

Einen Koffer habe ich schnell gekauft. So langsam bekomme ich Routine in diesen Dingen. Von der Zahnbürste bis zu einem neuen Anzug – alles geht mir flott von der Hand. Zurück in das Hotel. An diesen Tag verlasse ich es nicht mehr, erst einmal meine Gedankenordnen und dann meine weiteren Schritte planen.

Erste Flucht

Bitte, Herr Staatsanwalt, Sie haben das Wort. Es handelt sich hier um einen geplanten zweifachen Mord. Der Angeklagte hat sich illegal eine Waffe besorgt, wozu, wenn nicht zum Töten, und sie kaltblütig benutzt. Anschließend hat er seine Spuren verwischt, damit er der gerechten Strafe entgehen kann. Der Angeklagte ist Deutscher mit nur einer begrenzten Aufenthaltsgenehmigung. Holiday steht unter Zweck im Einreiseformular. Er hat unsere Gastfreundschaft auf die schlimmste Art und Weise missbraucht. Es gibt keinen Grund zur Nachsicht. Ich beantrage die Todesstrafe per elektrischem Stuhl.

Noch einmal brasilianische Bohnen zum Essen und dann kommen zwei finster aussehende Gestalten. Einer hält mich fest, und der andere rasiert mir den Kopf sowie die Fuß- und Handgelenke. Von den Mauern links und rechts bröckelt der Kalk. Es riecht feucht und schimmelig. Verzerrte Gesichter, nein, es sind Fratzen die mich anschauen. Dann plötzlich grelles Scheinwerferlicht auf ein unheimliches Gerät. Die Kabel, der Sitz, ja, es ist der elektrische Stuhl. Vor Entsetzen und Angst schweißnass stürze ich hin und – erwache.

Was passiert mit mir? Drehe ich durch? Kann ich das alles nicht mehr verkraften? Diese komischen Träume. Raus hier, das ist jetzt das wichtigste. Der Flughafen scheint mir im Augenblick nicht geeignet.

Ich erinnere mich. Ein Gast auf der Geburtstagsfeier in Punta Del Easte kam aus Santos über Rio mit dem Flugzeug. Mein Gott, der Geburtstag und Piro, wie lang ist das her? Demnach gibt es in Santos einen Flughafen. Ein Leihwagen war schnell gemietet, ich hatte doch schon einiges gelernt.

Auschecken und ab Richtung Santos. Gerne wäre ich noch einmal bei Edgar und meiner Brotfabrik vorbeigefahren. Das schien mir aber zu gefährlich, wer weiß, ob nicht da auch ein paar meiner Verfolger lauerten, denen traute ich einiges zu.

Santos, das ging sehr schnell, wenn auch die Autofahrt nach europäischen Verhältnissen reichlich abenteuermäßig war. Eine Propellermaschine mit achtzehn Sitzen, von einer kleinen Fluggesellschaft brachte uns noch in der Nacht nach Rio.

Rio de Janeiro, davon hatte ich schon als kleiner Junge geträumt. Nun war ich hier und hatte alles andere im Sinn als Stadt, Land und Leute kennenzulernen.

Am Flughafenausgang standen eine Reihe von Taxen. An drei, vier, ging ich vorbei und rief dann laut. „Spricht hier einer Deutsch?" „Ja", meldete sich ein Fahrer. „Bitte zur Stadt. Sie sprechen deutsch, schön, ich benötige ein Hotel, vier Sterne reicht." „Ich fahre Sie an den Strand von Le Bonnet."

Auf meinen fragenden Blick hin bekam ich die Erklärung. In der Bucht von Rio de Janeiro gibt es fünf Strandbuchten, mit der bekanntesten, der Copa Cabana. Die Fahrt mit dem Taxi zog sich sehr in die Länge, waren wir doch schon über eine halbe Stunde unterwegs. Von meinem Fahrer erfuhr ich, dass er von seiner deutschen Mutter die Sprache gelernt hatte und er auf eigene Rechnung, also als selbstständiger Unternehmer, das Taxigeschäft betrieb. Da es bereits ein Uhr nachts war, ging er mit mir ins Hotel, um zu sehen, dass ich auch noch unterkommen konnte.

Einen deutschsprachigen Fahrer und Führer,

das war ein Glücksfall. Ich bat ihn, mich am nächsten Tag, elf Uhr, am Hotel abzuholen.

Gut geschlafen, gut gefrühstückt. Rio, ich bin da. Vom Balkon meines Zimmer aus war das Meer und die Bucht von Le Bonnet zu sehen, rechts davon der Cocovara. Unter mir die breite Strandstraße mit dem angrenzenden Sandstrand, an dem sich bereits jetzt, zur Morgenstunde, einige Sonnenhungrige tummelten.

Jetzt bin ich einmal hier, nun werde ich mir auch die Stadt ansehen und versuchen, Abstand zu gewinnen von den Ereignissen der letzten beiden Tage. Mein Taxi mit seinem netten Fahrer war pünktlich da. „Bitte, zeige mir Rio." Und wie er das machte. Cocovara, Copa Cabana und, auf meinen Wusch hin, fuhren wir noch zum Stadion Maracanna – als Fußballer musste ich das sehen.

Diese riesige Schüssel für 120.000 Menschen. Mein Führer verschaffte mir Zutritt zu den Räumen im Innern, den Kabinen, der Erinnerungstafel an Pele, den vielen Trophäen der gewonnenen Weltmeisterschaften mit den Mannschaftsbildern. Der Blick in das leere Stadion vom oberen Rang aus, überwältigend. Ich war ihm sehr dankbar.

Im Laufe des Tages hatte ich auch einiges von ihm erfahren. Verheiratet, mit einem einjährigen

Kind. Seine Eltern betrieben einen Großhandel mit Produkten für die Gastronomie. Die Mutter hatte für einen Reiseveranstalter hier gearbeitet, seinen Vater kennengelernt und war geblieben. Für den nächsten Tag bestellte ich ihn wieder.

Seiner Empfehlung, mir eine Sambashow anzusehen, folgte ich gerne und war am Abend in Fontanblo zu einer Aufführung. Hach, die Welt ist doch schön, und mit ein paar Dollar in der Tasche kann man sie genießen. Über meine Situation nachzudenken, verdrängte ich.

Mein Freund, so nannte ich ihn schon für mich, wollte mich heute erst zum Nachmittag, nach der Siesta, abholen. Ich hatte damit einen freien, nicht verplanten Tag. Zwei Badehosen und die entsprechenden Strandutensilien waren schnell gekauft und ab an den Strand. Baden, sonnen, im Sand räkeln und den Brasilianerinnen nachschauen. Die hatten wirklich was zu bieten, das Land gefiel mir immer besser.

Nachdenken wollte ich nicht, nur leben. Johse, mein Taxifreund, kam mit der Entschuldigung, wegen einer wichtigen Fahrt keine Zeit für den Nachmittag zu haben. Dafür mit der Einladung, zu sich nach Hause zum Abendessen. Er hätte mit seiner Mutter gesprochen und die wollte mal wieder deutsch sprechen, sie käme auch. Fast entschuldigend und etwas nervös sagte er das. „Ok, hole mich ab!" „Ja, 21.00 Uhr."

Andere Länder, andere Zeiten, denn 21.00 Uhr war für mich noch immer recht spät, solange war ich noch nicht in Südamerika. Eine etwas aufgeregte, aber nette Familie. Johses Frau, ein einjähriges Kind, das schon schlief, die Mutter Magdalene, geborene Müller – wenn man aus Deutschland kommt, muss man wohl Müller oder Schmitz heißen – und ihr Mann, Sancho.

Die Mutter, ich sollte sie Magda nennen, redete in deutscher Sprache mit mir. Ich merkte wie gut ihr das tat und Johse strahlte vor Freude. Sancho betrieb einen Großhandel für Gastronomie-Zubehör, was mir Johse schon erzählt hatte. Nach dem Essen musste ich das, im Anbau des Hauses befindliche Lager besichtigen. Na ja, wenn er gewusst hätte, dass ich so manches Grosshandelslager bei uns in Deutschland kannte, hätte er sicherlich nicht so gestrahlt.

Aber dann interessierte mich doch etwas. Blechdosen mit deutschem Brot und nebenan Pumpernickel aus Westfalen. Damit belieferte er die Topp-Hotels und einige Sternerestaurants. Mit dem Hintergrund meiner Brotfabrik in Sao Paulo, war mein Interesse geweckt. Es war ein interessanter Abend.

Noch eine ganze Woche verbrachte ich in Rio. Aber nun musste etwas passieren, denn auch meine Dollars wurden langsam weniger.

Mein Nachdenken begann – wie konnte es anders sein – mit Piro. Ich stellte fest, es ärgerte mich. Wo mag sie sein? Bestimmt nicht mehr in Uruguay.

Ich muss nach Hause. Abschied von Johse und den seinen, mit dem Versprechen, mich wieder einmal zu melden. Über Sao Paulo noch ein Gespräch mit Edgar. Das Geschäft schien zu laufen. Ich gab ihm den Auftrag, sich einmal mit der Produktion von Pumpernickel zu befassen, eventuell auch mit Schrotbrot.

Sao Paulo – Zürich, ich war wieder in Europa. In meiner Züricher Bank löste ich das Depot auf. Alles Geld aufs Konto und Zweihunderttausend DM in bar für mich. Ich musste ja Bastian noch bezahlen. Müde und gestresst, aber auch zufrieden, betrat ich meine Wohnung in Köln-Nippes.

Frühstück bei Merzenich und ein Spaziergang durch Köln, der mich zum Bahnhof führte. Hier hatte alles begonnen. Wie lange ist das schon her,

Wochen, Monate und was nun?

Zwischenzeitlich hatte ich eine wunderschöne Schiffsreise unternommen und hatte Piro kennengelernt, ich besaß eine, wenn auch kleine, Brotfabrik. Weiterhin hatte ich Rio de Janeiro, Sao Paulo, Montevideo und Punta Del Easte kennengelernt.

Das alles jedoch beschäftigte mich weniger. Ich hatte auf zwei Menschen geschossen, sie verletzt, vielleicht sogar getötet. War ich ein Mörder? Was hat nur der Geldkoffer aus mir gemacht?

Wieder in meiner Wohnung, ein Blick aus dem Fenster. Ein eigenartiges Gefühl überfiel mich. Wer war das gerade da unten, der Dunkelhäutige in dem Wagen auf der anderen Straßenseite. Er schaute weg, als ich ihn ansah. Spinne ich, oder hat der auf mich gewartet?

Da muss ich noch mal runter, um nachzusehen. Kein Auto mehr da. Also doch nur wieder aufkommende Angst?

Bastian treffe ich am nächsten Tag, bezahle meine Schulden. Viel mehr gab es aber auch nicht – oder doch: „Kannst du mir noch einmal so eine Pistole besorgen, deine konnte ich nicht mit ins Flugzeug nehmen." „Aber klar, hier nimm meine, ich hol mir eine neue, dieses mal 300 DM. Mit einem „Mach keine Dummheiten damit", verabschiedeten wir uns.

Vor meiner Wohnung stand wieder so ein Wagen. Diesmal mit zwei Fremdländern besetzt. An ihrer Hautfarbe und der Kleidung war das deutlich zu erkennen. „Das ist kein Zufall. Frank, so geht das nicht", sage ich zu mir selbst, „das muss ich klären, sonst bekomme ich keine Ruhe, die machen mich nervös."

Mit einem „Hallo, Freunde", ging ich auf sie zu. „Sagt Eurem Chef, ich möchte ihn mal sprechen." Die waren ganz schön verblüfft und zischten ab.

Jetzt bin ich an der Reihe, redete ich mir ein, „mal sehen, was passiert", ich lasse mich doch nicht andauernd jagen und verunsichern.

Ich verlasse am Morgen die Wohnung, um zu frühstücken. Wie schon gewohnt, in meiner Bäckerei. Wieder zuhause, entdeckte ich ein mit einer Heftzwecke befestigtes Blatt Papier an meiner Tür. Du kommst heute 11.00 Uhr zum Bahnhof, Haupteingang.

Es tut sich was, aber wenn, dann nach meinem Muster, mal sehen, wie stark die sich wirklich fühlen. Den Zettel vervollständigte ich mit den Worten: „Treffen ja, aber 17.00 Uhr im Kölner Lokal bei der "Tant"."

Das Auto stand wieder vor der Tür, sie sahen

mich schon kommen. Wortlos reiche ich ihnen das Schreiben durchs geöffnete Autofenster, nicht ohne sie noch freundlich anzulächeln. Die Sache fing an, mir Spaß zu machen.

Pünktlich um 17.00 Uhr war ich bei der "Tant". Das Lokal, wie immer, schon reichlich besetzt mit Leuten, die ihr Feierabend-Kölsch tranken und diskutierten. Über die schlechte Politik, über den FC, der schon wieder verloren hat und andere Dinge. Dann natürlich auch die neuesten Witze. Es gibt Thekennachbarn, die können dies alles in einem Satz.

Ich sehe ihn sofort an einem Tisch mit anderen Gästen sitzen. Er ist es, der Mann vom Bahnhof, die stechenden Augen, die Baskenmütze, die kantigen Gesichtsbacken und die leicht bräunliche Hautfärbung, an der man den Südländer erkannte. Beim ersten Treffen auf dem Bahnhof, als er, von der Polizei gehetzt, die Koffer verlor, er mich damals ansah und ich sofort wusste, den siehst du noch einmal wieder. Jetzt war es schon das zweite Mal, nach Punta Del Easte.

„Hallo, guten Tag." Mit einem Blick zu den Nachbarn sagte ich: „Trinken wir ein Kölsch?" „Ja." „Gut, gehen wir an die Stehtische draußen." Ich wollte beeindrucken, ging voraus.

Meinen großzügigen Kofferzusteller anschauend: „Nun was wollt ihr von mir?" „Unser Geld!" „Geht nicht, das behalte ich," war der kurze Wortwechsel. Den hatte ich tatsächlich beeindruckt, aber nicht lange. „Wir werden Mittel und Wege finden, es uns zu holen", meinte der Knabe.

Meine Hand in der Hosentasche umfasste den Revolver, das machte mich richtig stark. „So, wie deine beiden Freunde in Rio, die waren zu langsam. Merke dir", sagte ich zu ihm, „bei mir dürft ihr nicht erst rufen, sondern müsst sofort schießen. Das ist eure einzige Chance, aber dann habt ihr das Geld auch nicht. Schreibt es ab, und wir haben Frieden! Junge, ist sonst noch was?"

Jetzt musste er doch erst einmal Luft holen. „Armer Kleiner", sagte er und ging, ohne mit mir das Kölsch zu trinken. Weg war er und ich bekam weiche Knie, was hatte mich nur zu solcher Frechheit getrieben.

Nach einem Kölsch'n Sechs-Gänge-Menü, nämlich einer Frikadelle und fünf Kölsch, ging es mir wieder recht gut. Mal sehen, was passiert!

Nein, jetzt muss ich schon vernünftig werden und meine nächsten Schritte planen. Ein Telefon brauchte ich. Da ein Netzanschluss sinnlos war, besorgte ich mir ein Handy. Auch so ein Ding. Fast jeder Haushalt und alle 14-jährigen hatten so was, und ich war bisher ohne ausgekommen.

Als nächstes, das hätte ich schon längst machen sollen, ein Telefonbuch und den Anschluss Stollnikov in Köln heraussuchen. Achtmal Stollnikov, aber davon einmal in Rodenkirchen, ein besonders teures Wohngebiet, das könnte es sein.

Wenn ich jetzt anrufe, was soll ich sagen? Ein Treffen vereinbaren, ist das vernünftigste. „Leider nicht zuhause, sprechen sie ihre Nachricht, jetzt." Mist, aber der slawische Ton in der Sprache, die Nummer ist richtig. Die Adresse aus dem Telefonbuch und mit dem Taxi hin. Im Hintergrund eines mit einer Hecke umzäunten Parks, ein richtig schönes kleines Herrenhaus, wie ich mir das gedacht hatte. Die Fenster alle mit Läden verschlossen, ganz offensichtlich niemand zu Hause. Pech gehabt.

Auf dem Weg zurück in die Neusser Straße, ich gehe diesmal zu Fuß, ein Verkehrsstau. Zwei Feuerwehrautos, Polizei vor dem Haus, in dem ich wohne. Rauch aus dem Fenster im Obergeschoss. Herrje, meine Wohnung. „Stopp, Sie können nicht weiter." „Ich wohne hier."

„Bitte kommen Sie." Wir gehen zu dem rechts parkenden Klein-bus der Polizei, einem Opel. Der Beamte fragt: „Wie heißen Sie, welchen Beruf haben

Sie, seit wann wohnen Sie hier, wo waren Sie, Ihre Ausweispapiere bitte!" Verdammt, jetzt wurde ich aktenkundig, das konnte ich nun gar nicht gebrauchen.

Auch drückte mich mein umgeschnallter Bauchgürtel mit meinem Geld, den ich immer bei mir trug und besonders die Pistole in der Hosentasche, die ich sonst nicht merkte. Aber Kleidung ablegen, dafür gab es bei der Polizei keinen Grund. „Kann ich in meine Wohnung?"

Ja, ich konnte in Begleitung eines Polizisten. Es qualmte und glimmerte noch an ein paar Stellen, aber der Brand selbst war gelöscht, und ein Feuerwehrmann kümmerte sich um den Rest.

Mit einem „Kommen Sie bitte morgen gegen 10.00 Uhr auf unser Revier, wir haben noch ein paar Fragen", war ich entlassen. Da kam auch noch der Vermieter. Er war mehr neugierig und stellte ebenfalls einige Fragen.

Außer den angebrannten Polstermöbeln, dem Teppich und dem schwarzen Ruß in der gesamten Wohnung sah ich zunächst keine Schäden. Das war wohl jetzt ein Supergau, denn die Polizei wollte von mir bestimmt noch einiges wissen.

Was sollte ich ihr erklären zum Beispiel bei der Frage, wo sind Sie beschäftigt und von was leben Sie.

Mit zwei Aktenordnern unter den Arm in denen sich meine wenigen wichtigen Unterlagen, Versicherungs-Policen und die Kontoauszüge befanden, verließ die Wohnung. Unten merkte ich, dass ich noch nicht einmal abgeschlossen hatte.

Im Kaufhof ganz in der Nähe besorgte ich mir eine größere Aktentasche. Auf der Toilette packte ich noch meinen Geldgürtel und die Pistole hinein und deponierte die Tasche in der Gepäckaufbewahrung im Bahnhof.

Bei einer Gulaschsuppe und zwei Kölsch bedachte ich mein weiteres Vorgehen bei der Polizei, das ja anstand.

Die Jungs auf dem Revier stellten aber nur ein paar Routinefragen. Wenn die gewusst hätten, mit welchem Bammel ich vor ihnen saß, auf wie viele Fragen ich keine vernünftige Antwort gehabt hätte! Ruck zuck, ich war wieder draußen.

Zum wievielten Male nun schon der gleiche Ablauf! Kleinen Koffer kaufen, die notwendigen Toilettenartikel, Schlafanzug und ein paar Sachen aus der stinkenden Wohnung und ab in ein Hotel, um zur Ruhe zu kommen.

Die Polizei wusste nicht, wo ich war, ich hatte auch keine Aufforderung bekommen, die meinen Aufenthalt betraf, nun denn, dann konnte ich planen.

Die verdammten Hunde von der Geldmaffia waren das bestimmt mit dem Brand, wie immer sie das auch angestellt hatten. Es zeigte, die hatten noch nicht aufgegeben. Na ja, das hatte ich auch nicht erwartet.

Wie werde ich die bloß los? Was mache ich mit meinem Geld? Einfach eine neue Wohnung woanders nehmen, um zu verschwinden, geht nicht. Ohne behördliche Anmeldung mit dem Nachweis einer Abmeldung bekomme ich keinen neuen Mietvertrag. Ordentliches Deutschland.

Meine Banken müssen informiert werden, dass sie mir keine Kontoauszüge mehr zuschicken sollen, sondern dass ich diese in Zukunft abhole, damit keiner hinter meine Kontostände kommt und Fragen stellt, die ich nicht beantworten kann.

Bastian besuchen? Was soll ich mit ihm bereden? Mein Taxifreund aus Rio hatte doch gesagt, ich soll mich mal wieder melden. War das eine Möglichkeit? Rio de Janeiro ist weit weg und es ist auch sehr schön dort. Also, so schnell wie möglich auf nach Rio.

Aber dort habe ich zwei Tote, oder zumindest Angeschossene hinterlassen. Auch nicht gerade das, was man einen sicheren Hafen nennnen kann.

Ich muss doch mit Bastie sprechen. Ein Anruf

bei ihm, und das war mal wieder echt Basti: „Natürlich, komm her, du kannst bei mir schlafen." Meine Habe wieder in einen Koffer, eine Tasche und den Gürtel mit den Geldtaschen, dann noch die Pistole, ich gewöhne mich daran, beweglich zu sein. Aber ist es das, was ich wollte oder möchte? Verdammt, nein!

Ich war ziemlich am Ende meiner Kräfte und wusste nicht weiter, so dass ich Bastian alles erzählte, was in den letzten Monaten passiert war. Als alles gesagt war, wusste ich, dass ich mich sehr in seine Hände und sogar Abhängigkeit begeben hatte. Aber es musste einmal raus, und ich fühlte mich besser, Reden hilft eben doch. Er ging raus in die Küche, holte noch zwei Flaschen Bier und setzte sich einige Minuten, – sie kamen mir elend lange vor – schweigend hin.

Neuer Name

„Frank, ich würde folgendes machen", so begann er. „Eine völlig neue Idendität, ein anderer Name, einen entsprechenden Pass dazu und alle Verbindungen, die auf dein bisheriges Leben hinweisen, abbrechen." „Und wie soll das gehen?" „Gib mir deinen Pass, ich brauche das Bild und du bist in ein paar Tagen ein anderer, der dann unbekümmert nach Brasilien kann."

„Unbekümmert", wie er das sagte. Ob er wohl selbst daran glaubte? „Komm, wir gehen etwas essen und trinken noch ein Bier!" Aus dem einen wurden dann fünf, und ich sah die Welt schon wieder mit optimistischen Augen.

Auf gehts, in ein neues Leben! Nach drei Tagen besaß ich einen anderen Personalausweis und sogar einen Reisepass, gültig bis 2015. Ich nannte mich nun Frederik Kohl, geboren am 2. September 1976 in Emden, Ostfriesland. Auf meine Frage „Wer ist das?" meinte Bastian: „Den gibt es nicht mehr, das bist jetzt du." 1.500 Euro sollte das kosten. Ich gab Bastian 2.000 DM, denn ich war ja wieder wer.

Die Konten bei meinen drei Banken auflösen und die Überweisungen aus Zürich beenden, sowie die Mietzahlungen einstellen, war eine Tagesarbeit.

Frankfurt – Rio war schnell gebucht. Abschied von Bastian. Beim Zoll in Frankfurt ein nervöser Schreck. Zum ersten Mal musste ich meinen neuen Pass vorlegen. Frederik Kohl, kein Problem, ich saß im Flugzeug.

Zeit zum Nachdenken. Aber nicht um zurückzublicken, davor hatte ich Angst, die verdrängte ich. Die Gedanken gingen nur noch vorwärts.

Kassensturz musste auch sein, und dieser sah

nicht schlecht aus. Immer noch lagen ca. drei Mio. in Zürich, und rund 100.000 DM Taschengeld hatte ich bei mir. Zudem war ich Besitzer einer Brotfabrik in Sao Paulo.

Aber wo war Piro? Die Gedanken an sie stimmten mich traurig. In der Hektik der letzten Wochen hatte ich sie verdrängt, aber jetzt, ich begann wieder ruhiger zu werden, war sie wieder da, die Sehnsucht nach ihr.

Airport Rio de Janeiro. Mit einem Taxi zu dem mir schon bekannten Hotel am Strand von Le Bonnet. Ich fragte den Fahrer nach einem Kollegen namens Johse, was mit einigen sprachlichen Problemen verbunden war. Er kannte ihn zufällig. Ich bat ihn, ihm von meiner Ankunft zu erzählen und ihm zu sagen, wo er mich erreichen kann.

Ich stand noch unter der Dusche, als das Telefon klingelte und Johse sich von der Rezeption des Hotels aus meldete. „Komm bitte hoch auf mein Zimmer." Seine Freude bei der Begrüßung konnte ich nicht ganz teilen, und er merkte sofort, dass etwas nicht stimmte.

„Ja, Johse, grande Katastrophe, Komplikationen zu Hause." Blödsinn, diese Wortwahl, er sprach doch gut deutsch. Aber so benimmt man sich wohl im Ausland, wenn man die Sprache nicht beherrscht und sich mit den Einheimischen verständigen will.

„Johse, ich möchte ein Auto kaufen, kannst Du mir bitte dabei helfen?" Wir verabredeten uns für den nächsten Morgen. Beim Autokauf stellte sich heraus, dass ich eine nicht ganz unwichtige Kleinigkeit übersehen hatte. Frederik besaß keinen Führerschein, der in seiner Brieftasche trug noch den Namen Frank Brandt.

Ich zog Johse von dem Gebrauchtwagenhändler weg und zeigte ihm mein Problem der unterschiedlichen Namen auf Reisepass und Führerschein. Er lachte: „No Problem, gib mir 100 Dollar!" Ich gab ihm 100 Dollar und konnte durch die Scheibe des Büros sehen, wie er Pass, Führerschein und das Geld auf den Tisch legte. Nach zehn Minuten kam er mit einem Kaufvertrag, den ich nicht lesen konnte, zwei Autoschlüsseln und den Worten „alles okay" zurück.

Ich besaß ein Auto, das auch noch für zwölf Monate versichert war. Wie das alles funktionierte, wollte ich gar nicht wissen, denn das hätte ich sicher sowieso nicht verstanden. Nur eins lernte ich, mit Dollars oder DM, ist hier einiges zu bewegen.

Abends war ich dann wieder bei Mama Magda zum Essen eingeladen. Nun interessierte mich doch der Handel, den Papa Sancho betrieb. Wir konnten uns leidlich verständigen, denn er hatte mit den Jahren durch seine Frau sein Deutsch verbessert. Er belieferte die großen Hotels in Rio mit allen, was diese für ihre Küchen benötigten.

Als ich ihm erzählte, dass ich eine Brotfabrik in Sao Paulo besaß und selbst was vom Backen, insbesondere von Roggenbrot, Schrotbrot und Pumpernickel verstand, war er sehr interessiert. Mit dem Versprechen, bald wieder zu kommen, verließ ich diese nette Familie.

Am nächsten Tag machte ich mich auf den Weg nach Sao Paulo. Nach fünfzig Kilometern hatte ich mich an das Chaos auf den Straßen und an mein Auto gewöhnt. Es machte mir nun richtig Spaß, dieses fremde Land zu erkunden. Vierhundert Kilometer in zwölf Stunden. Trotzdem war es erholsam, so frei, so unabhängig zu sein.

Einen Gedanken an die Vergangenheit oder gar, wie es weitergehen sollte, ließ ich erst gar nicht aufkommen. Ich lebte einfach nur in den Tag hinein. „Mensch Frank – ach nein, ich bin ja jetzt Frederik – was ist die Welt so schön!"

Edgar zählte gerade die Brote beim Beladen eines Vehikels, das man hier wohl Auto nannte, als ich morgens in der Fabrik erschien. Der Laden lief recht gut, im Schnitt zwölfhundert Brote und dreitausend Donaths pro Tag. Voller Stolz zeigte er mir das Bankkonto, auf dem sich schon einige Dollars angesammelt hatten.

Das mit den zwölfhundert Broten pro Tag beschäftigte mich. Wenn diese Menge in Sao Paulo zu verkaufen sind, wieviel könnten das dann in Rio sein? Ich musste das einmal mit Papa Sancho besprechen.

Sao Paulo war nun wirklich keine schöne Stadt, die zum Bleiben einlud. Ich fuhr ans Meer nach Santos und verbrachte dort eine Woche am Strand, und ab und zu mal mit einer Senorita.

Aber dann der Gedanke, das kann es doch nicht sein, unter so vielen Menschen und doch einsam und allein, wie soll es weitergehen?

Auf nach Rio, zu meinen Freunden, Mama Magda und Papa Sancho. Bei meinen deutsch-brasilianischen Freunden brachte ich das Gespräch auf meine Tätigkeit als Besitzer einer Brotfabrik. Sancho war sehr interessiert und holte aus dem Lager einige Dosen mit Körnerbrot, das er aus Deutschland importierte.

„Warum backen wir das nicht hier?" war seine Frage. „Ja, warum nicht?" Bis in die Morgenstunden redeten, planten und diskutierten wir mit einer Begeisterung, die seinesgleichen sucht. Zwei Tage später stand fest, nach dem Muster von Sao Paulo installieren wir eine kleine Bäckerei, backen Roggenbrot für die Hotellerie in Rio und versuchen nebenher, Brotkonserven herzustellen.

Sancho war überzeugt, dass sich das gut verkaufen ließe mit seinen Kontakten und Erfahrungen. Ich stellte einhunderttausend Dollar für Anmietung und Einrichtung zur Verfügung. Wenn alles steht, soll Edgar aus Sao Paulo kommen und einen Bäcker einarbeiten.

Mein Anteil, 50% des Überschusses. Die Begeisterung und Freude in dieser netten Familie war unbeschreiblich. Die werden sich da richtig reinhängen, war ich mir sicher, ohne zu ahnen, was ich damit in die Wege geleitet und ausgelöst hatte.

„Sancho, ich fahre nach Hause und hole Dollars", so wollten wir verbleiben. Er aber bat mich, am nächsten Tag noch einmal vorbeizu- kommen. Wir verabredeten uns zum Abendessen im Marriott. Magda, Sancho und Johse kamen und brachten noch jemanden mit.

Mein Gott, was für ein hübsches Ding. Sie wurde mir als Christiana Marcello von Sancho vorgestellt. Sancho entschuldigte sich noch, mich vorher nicht informiert zu haben.

„Sancho, bei solch schönen Überraschungen

brauchst du dich nicht zu entschuldigen." Da ich sie dabei ansah, bemerkte ich einen kleinen Farbwechsel in ihrem Gesicht und wusste nun, dass sie meine deutsche Sprache verstand.

Christiana war in der deutschen Botschaft beschäftigt und hatte den Auftrag, sich um die Kontakte zwischen brasilianischen und deutschen Firmen zu kümmern.

Ich hatte zunächst Schwierigkeiten, dem Gespräch zu folgen, denn sie war wirklich sehr hübsch und lenkte meine Gedanken in eine andere Richtung. Oder war sie nur so schön, weil ich länger keine Freundin mehr gehabt hatte? Egal, sie war da und ich musste mich um sie kümmern.

Sancho offenbarte mir nun, warum er sie mitgebracht hatte. Das brasilianische Militär interessierte sich für Brotkonserven als haltbare Verpflegung in Notfällen und hatte Kontakte zu einer Brotfabrik in Westfalen. Das war ja sehr interessant. Viel interessanter für mich war im Augenblick Christiana.

Brotbacken und in Dosen verpacken wie bisher, ist nicht der richtige Weg. Das Brot muss direkt in den Dosen gebacken und nach dem Auskühlen verschlossen werden. Eine spontane Eingebung von mir, die ich in die Diskussion einbrachte.

Meine Freunde merkten, dass ich mich mehr

Christiana als dem Brotbacken zuwendete, und so war das Thema schnell beendet. Leider endete der Abend ohne Verabredung mit ihr, denn am nächsten Tag ging mein Flieger nach Frankfurt.

In einer Woche bin ich wieder hier, so endete ein Abend, der noch vielschichtige Folgen haben sollte, nur nicht schon in der nächsten Woche.

In Frankfurt fällte ich dann eine verhängnisvolle Entscheidung, wie sich später herausstellte. Ich wollte erst noch einmal nach Köln, unter anderem Basti besuchen, bevor ich dann über Zürich fliegen und meine Dollars holen wollte, um danach wieder zurück nach Rio zu fliegen.

Schnell eingecheckt im Marriott und ab zum Brauhaus Früh. Ich brauchte mal ein richtiges Eisbein und ein paar Kölch. Brasilien ist schön, aber will ich da für immer hin? Ein paar Spezialitäten fehlen mir doch.

Im Knast

„Hallo, bitte machen Sie auf!" Habe ich richtig gehört, wer weckt mich denn da? Es ist neun Uhr, was soll das? Zwei Uniformierte standen vor meiner Zimmertür. „Sind sie Herr Frederick Kohl?" „Ja, nein, doch." Das war nicht gerade überzeugend, was ich da vor Schreck von mir gab.

„Bitte ziehen Sie sich an kommen Sie mit uns!"
„Darf ich fragen, worum es geht?" Keine Antwort, eine unangenehme Ahnung kam in mir hoch. „Bitte, kommen sie mit!" Unten vor dem Hotel wartete noch so ein Grünrock in einem Polizeifahrzeug. Ich mußte einsteigen, und ab ging es zum Polizeirevier Köln-Blaubach.

Die erste Frage auf dem Revier von einem der beiden Beamten war auch gleich eine Feststellung: „Sie sind Herr Frederick Kohl?" „Ja." „Bitte, weisen Sie sich aus." „Hier, mein Reisepass." „Herr Kohl, wissen Sie, warum sie hier sind?" „Nein." Na, der schaute mich vielleicht blöde an.

„Sie haben gegen ihre Bewährungsauflage verstoßen und werden von der Polizei Oldenburg gesucht. Wir werden Sie dorthin überführen, solange bleiben Sie bei uns, ihre Sachen aus dem Hotel holen wir ab."

Na, da hatte ich aber keinen guten Zimmertausch gemacht. Hotel Marriott und jetzt eine Zelle auf der Polizeiwache. Wie komme ich aus diesem Ding wieder raus? „He, ich bin nicht der Kohl, habe nur seinen Pass, ich heiße in Wirklichkeit Brandt." Wie soll ich das erklären? Noch schlimmer, warum habe ich meinen Namen gewechselt?

Bevor die mich nach Oldenburg abschieben,

muss ich das hier klären. Oder habe ich eine andere Möglichkeit? So viele Fragen auf einmal und keine plausible Antwort. Ich hänge wirklich richtig in der Scheiße.

„Bitte, kann ich noch einmal einen ihrer Beamten sprechen?" „Was möchten Sie noch? Wir haben weiter mit Ihrer Sache nichts zu tun." „Ich glaube doch."

Das zunächst gelangweilte Gesicht meines Gegenüber nahm langsam an Spannung zu, als ich versuchte, ihm meinen speziellen Fall zu erklären. „Also, Sie sind nicht Herr Kohl, sondern Herr Brandt und haben sich diesen Pass irregulär besorgt, weil sie bei einem Feuer in ihrer Wohnung in Köln-Nippes für den Schaden nicht aufkommen wollten. Da haben Sie noch einiges zu erklären." Wenn der wüsste, wie recht er hat.

„Bleiben Sie erst einmal hier, bis wir ihre Angaben betreffs der Wohnung in Köln überprüft haben."

Gut, dass ich gestern noch mal ein richtiges Eisbein gegessen habe, denn was mir hier serviert wurde, erinnerte mich an meine Gesellenzeit in der Backstube. Noch einmal kam der nette Beamte zu mir mit der Nachricht, dass er heute nichts mehr unternehmen könnte. Ich hätte morgen wieder

Gelegenheit, meine Situation darzulegen.

So eine Gefängniszelle ist schon ein besonderer Ort. Das beeindruckenste: ein kleines Fenster mit einem Eisengitter. Es ist das symbolische des Gitters, das zeigt, wo man ist, getrennt von der Welt draußen und alleine. Für mich der Eindruck völliger Hilflosigkeit.

Alles andere, wie ich es aus Filmen her kannte, erschien mir gar nicht so neu. Auf einem kleinen Stuhl sitzend, nicht einmal unbequem, vor einem groben Tisch, versuchte ich die letzten Stunden und ihre Geschehnisse noch einmal zu überdenken.

Die große Überraschung, ja geradezu Erkenntnis, nahm ich an mir selbst wahr. Nichts von Angst oder innerer Unruhe spürte ich, als wenn ich diese Situation erwartet und mich darauf vorbereitet hätte. Habe ich mich, ohne es mir einzugestehen, bei alldem, was hinter mir lag, schon auf so einen Verlauf der Dinge eingestellt? So, was ist zu tun?

Möglichst offen sein, kooperativ und eingestehen, was nicht zu leugnen ist.

Mein Geld und das Konto in Zürich, sowie meine Verbindung zu Bastian auf alle Fälle verschweigen. Das war mein Plan, als ich morgens ins Büro gebeten wurde. Oh, diesmal waren drei Zivilisten anwesend, das wertete ich besonders positiv.

Wie recht ich hatte.

„So, sind Sie jetzt Herr Kohl oder Herr Brandt?" Ich blieb bei Brandt. „Können Sie sich erinnern, wo Sie am 14. September dieses Jahres waren?" Moment, das war vor zweieinhalb Wochen. In Brasilien, entweder in Sao Paulo oder Rio, ich müsste genau nachsehen.

„Sie haben an diesem Tag in Oldenburg, im Hotel Donnerschweer übernachtet." „Nein, niemals." „Ihr Reisepass, falls Sie Herr Kohl sind, wurde dort im Hotel vorgelegt. Mit ebenfalls diesem Pass wurde ein Leihwagen gemietet und nicht mehr zurückgebracht. Waren Sie das?" „Nein!" „Können Sie uns das beweisen?"

„Ich besitze in Sao Paulo eine Bäckerei, dort ist zu erfahren, dass ich in diesen Tagen dort war. Hier die Adresse." „Wenn das so ist, warum haben Sie dann einen anderen Namen und einen anderen Pass benutzt, um nach Brasilien zu reisen?"

Jetzt kam der Knackpunkt, ich spürte das. In meine Wohnung in Köln wurde eingebrochen und ein Feuer gelegt, aus einem mir nicht ersichtlichem Grund. Ich hatte Angst und war in Panik. Im Hotel lernte ich einen Mann kennen, dem ich nach ein paar Bier, wohl nicht mehr ganz nüchtern, meine Situation schilderte. Er bot mir für 500 DM einen

Pass an und empfahl mir, das Land zu verlassen.

Meinen Pass behielt er. Heute weiß ich, dass das ein großer Fehler war; aber ich war in Panik und nicht mehr ganz nüchtern.

„Wie finanzieren Sie Ihr Leben?" „Aus den Erträgen meiner Bäckerei." Es folgten noch einige Fragen über mein bisheriges Leben, die ich, meistens wahrheitsgemäß, beantworten konnte.

Die Jungs hatten sicher schon einiges erlebt und waren bei Verhören erfahren, aber ich merkte, das hier war auch für sie etwas neues.

„Gut, Sie hören von uns", und schon war ich wieder in meiner Zelle, in der inzwischen meine Sachen aus dem Hotel lagen.

Das war richtig spannend, und wäre es nicht so ernst gewesen, es hätte mir Spaß gemacht. Nun konnte ich nur warten. „Sie müssen noch eine Nacht bei uns bleiben und haben morgen wieder ein Gespräch." Nett, wie der Wachmann mir das sagte.

Nach einem nicht gerade feudalen Frühstück wurde ich dann in ein Zimmer gebeten. „Sie haben ein Passvergehen begangen und müssen zum Haftrichter", eröffnete mir der Beamte. „Ihnen steht ein Rechtsbeistand zu. Möchten sie einen Anwalt?" „Nein, danke, ich kenne keinen."

Die Richterin, geschätzte mitte vierzig. Kopfschüttelnd meinte sie: „Da habe ich ja einiges gelesen. Wie soll ich das bewerten?" „Frau Richterin, ich habe in Panik eine Dummheit gemacht, aber mit den Dingen von Herrn Kohl habe ich nichts zu tun."

„Sie haben keinen festen Wohnsitz." „Doch, in Sao Paulo." „Da kann ich Sie nicht zum Übernachten hinschicken, das sehen Sie wohl ein." Und ob, dachte ich. Bis ein Urteil gefällt ist, muss ich Sie hierbehalten, denn da ist ja auch noch die Schadenersatzvorderung Ihres Vermieters in Köln. Mietausfall und Reparaturkosten." „Kann ich den Vermieter sprechen, um mich mit ihm zu einigen, wenn ich an meine Rücklagen in Sao Paulo komme?" „Ja!"

„Das halte ich so dann einmal fest. Um zum Abschluss der Sache zu kommen, müssen wir noch einige Nachforschungen anstellen. Vorläufig werden Sie nach Siegburg überführt." Noch eine Frage bitte: „Wenn ich ein Zimmer oder eine Wohnung miete, dann habe ich doch einen festen Wohnsitz, und ich könnte bis zur endgültigen Beurteilung meiner Angelegenheit durch das Gericht in Köln bleiben, oder?" „Na ja, bei ihrem Talent, sich zu bewegen, ist das ein erhebliches Risiko für uns. Sie hören in Kürze von mir. Danke."

Das war einmal ein Umzug der ganz anderen Art. Da kommt ein Beamter, der einen höflich bittet, da man ja gerade nichts anderes zu tun hat, seine paar Sachen zu packen und in das schöne grüne Auto einzusteigen. Auf einem Fensterplatz und in Begleitung fahren wir in den Knast nach Siegburg. Ich kann doch nicht normal sein, dass mich das im Augenblick nicht aufregt. Aber ich kann nun mal im Moment nichts anderes tun als zu warten und zu hoffen.

Meine neue Heimat, Villa JVA Siegburg. Wieviel Türen waren das nur, durch die ich durch musste und jedes mal das Klappern der Schlüssel. Begleitet von einem ernst dreinschauenden, wenn auch netten, blauen Männchen. Meine Kleidung durfte ich behalten, ein Zei-chen, dass ich nur ein Untersuchungshäftling war und noch nicht verurteilt. Na ja, das wird schon noch kommen.

Zwei Tage, in denen ich viel an Piroschka dachte, von ihr träumte und in Gedanken an den Stränden von Rio de Janeiro lag.

Dann ging die Hatz wieder los. Zunächst die Feststellung, dass ich wirklich Frank Brandt war. Nun, das wusste ich auch, aber nun hatten meine Partner von der Justiz das ebenfalls begriffen. Damit konnte ich nicht für die Dummheiten von Frederik belangt werden. Soweit, sogut. Aber dann, das Passvergehen, Identitätswechsel, keinen festen Wohnsitz.

Was mein Gegenüber für eine Funktion hatte, wusste ich nicht, doch ich spürte, dass ich mit ihm reden konnte, er hatte ja in allen Dingen recht.

Festhalten konnte er mich nicht, da ich nicht verurteilt war. Freilassen auch nicht, weil kein fester Wohnsitz vorhanden. „Bitte, sagen Sie mir, was soll ein kleiner, junger Bäckermeister, der einmal eine Dummheit gemacht hat, in dieser Situation machen?"

Diese Frage entlockte ihm ein Lächeln, das ich positiv bewertete. Seine Empfehlung: „Besorgen Sie sich einen Anwalt, oder wir stellen Ihnen einen zur Verfügung, der kann Ihnen eine Wohnung besorgen und unter der Auflage, dass Sie das Land nicht verlassen, können Sie dann bis zur Verhandlung freigelassen werden. Gut wäre noch, wenn Sie die Forderungen Ihres ehemaligen Vermieters begleichen könnten."

Hörte sich nicht schlecht an. Aber Achtung, war das nicht eine Falle, wollten die nicht nur wissen, ob ich so viel Geld habe und dann fragen woher? Nein, ich vertraute dem netten Beamten, er wollte mich wohl loswerden und nicht länger als unbedingt nötig, auf Staatskosten beherbergen.

Der Rechtsanwalt, der mich am nächsten Tag besuchte, wirkte auf mich nicht gerade wie ein erfolgreicher Strafverteidiger, er sah eher aus wie einer, der soeben von einer Demo gegen den Ausbau einer Autobahn kam. Na ja, eben ein Pflichtverteidiger.

Wir einigten uns schnell über das, was zu tun sei. Gespräch mit meinem ehemaligen Vermieter aufnehmen, die Forderungen nicht anzweifeln und ihn bitten, mir die Wohnung wieder zu vermieten. Eventuell noch ein paar DM drauflegen, falls er sofort zusagt und dann das Gericht bitten, diesen Fall möglichst schnell zu bearbeiten, da meine Anwesenheit in Brasilien erforderlich sei.

Zum erstenmal wurde es mir in diesem Knast langweilig und die Gedanken, dass ich für länger in Gewahrsam sein könnte, bedrückten mich. Einzelzimmer, alleine essen, fernsehen und gemeinsamer Hofgang mit allerlei Typen, mit denen ich draußen kein Bier getrunken hätte.

Was macht wohl Piro? Was wird sie von mir denken? Und meine Freunde in Sao Paulo und Rio? Was werden die von mir halten, da ich mich nun schon seit drei Wochen nicht gemeldet habe? Lauter Fragen und keine Antworten. Nur Gitterstäbe, weiß getünchte Wände und das ewige Klappern von Schlüsseln, weil ständig eine Türe auf oder abgeschlossen wurde. 23.00 Uhr, Licht aus, Strom weg.

Kein Fernsehen mehr, zwangsschlafen! Eins wurde mir klar, ich brauchte keine Überlegungen anzustellen, wie es weitergehen soll, oder gar etwas zu planen, ich konnte nur reagieren auf das, was passierte und auf mich zukam. Der einzige Wunsch, hoffentlich bald.

Nach zwei Tagen ging es los, „Sie haben Besuch." Beim Gang über den Flur an den vielen Türen vorbei zum Besucherzimmer, hatte ich doch ein schummeriges Gefühl, ja, ich hatte Angst vor dem, was mich wohl erwarten würde.

Mein Verteidiger, von dem ich mittlerweile wusste, dass er Hartmann hieß, empfing mich per Handschlag. Wie doch die kleinen, normal belanglosen Dinge, in besonderen Situationen eine Bedeutung bekommen. Als ich seine Hand spürte, fiel mir ein, dass ich seit drei Wochen niemand mehr so begrüßt hatte. Er hatte einen dunklen Anzug mit Weste und Krawatte an. Ganz anders, als ich ihn in Erinnerung hatte. Als er fertig war mit seinem Bericht über das Ergebnis seiner Bemühungen, hielt ich ihn für den Weihnachtsmann am Heiligen Abend.

Er hatte eine Einigung mit meinem Vermieter erzielt. Unter der Voraussetzung, das ich meine Schulden, den Brandschaden und die Miete bezahlte, konnte ich wieder einziehen. Damit war auch die Forderung des Staatsanwaltes erfüllt mit dem festen Wohnsitz. „Sie können ihre Sachen packen, noch die Verpflichtungserklärung, dass Sie Deutschland nicht verlassen, unterschreiben, allenfalls zusätzlich noch ein paar weitere Unterschriften, und Sie können gehen. Wenn Sie wollen, fahre ich Sie nach Köln zu Ihrer Wohnung." Ich muss ihn wohl sehr doof angesehen haben, denn sein „Stimmt etwas nicht?" war sicher berechtigt. „Doch, doch!" Ich musste nur tief Luft holen: „Danke."

Nach dreißig Minuten saß ich in seinem Peugeot, Richtung Köln. „Herr Hartmann, wie haben Sie das hingekriegt?" „Nun ja, das ist mein Beruf."

In Köln angekommen, mußte erst einmal eins sein, ein paar Kölsch und ein richtiges Eisbein, das es, nach meiner Vorstellung, eben nur in einem Kölner Brauhaus gibt. Herr Hartmann nahm meine Einladung an.

So, jetzt sah die Welt schon wieder anders aus und in Freiheit konnte ich an die Lösung der anstehenden Probleme denken und sie in Angriff nehmen. Wichtig war, dass ich schnell ein Urteil bekam, damit ich wieder das Land verlassen durfte. Laut Anwalt käme da nur eine Geldstrafe infrage. Ja, Geld war jetzt meine Sorge Nummer eins.

Meine Freunde in Rio brauchten die Dollars für die geplanten Investitionen. Ich mußte Edgar und Sancho informieren. Hier hatte ich ebenfalls eine Menge Rechnungen zu begleichen.

Mittlerweile hatte ich zu meinem Anwalt, Herrn Hartmann, soviel Vertrauen gefasst, dass ich ihm von meinem Konto in der Schweiz erzählte. Natürlich nicht wie viel und wieso, aber ich brauchte seinen Rat, wie ich an einen Teil des Geldes käme, ohne dass ich Deutschland verlassen musste.

Drei Wochen flegele ich mich jetzt schon durch Köln. Mein Geld aus der Schweiz war da, das ging einfacher und besser, als ich gedacht hatte. Aus Brasilien hörte ich nur gutes, die beiden dort schienen ganz begeistert bei der Arbeit zu sein. Zweimal war ich in Rodenkirchen bei der Villa Stollnikov, aber die war verschlossen und kein Hinweis auf Piro zu finden. Wie es ihr wohl geht? Ich dachte viel an sie.

Mein Besuch in Montabaur, um mit Jürgen zu sprechen, brachte mich noch einmal nahe an die Justiz, denn sein Hausbesitzer sagte mir, dass Jürgen im Knast sei. Mehr konnte ich allerdings nicht erfahren und eine Nachricht wollte ich ihm auch nicht hinterlassen, denn eine Verbindung zu ihm konnte nicht unbedingt von Vorteil sein.

Dann endlich kam das lange erwartete Schreiben vom Gericht. Bußgeld, dreißig Tagessätze á fünfzig DM. Wie das Gericht auf diese Summe kommt, erschließt sich mir nicht, aber sehr wichtig, Bußgeld heißt nicht vorbestraft. Ab sofort kann ich mich wieder frei bewegen. Das Thema Frederik Kohl war endlich überstanden.

Chris

Auf geht's nach Rio zu meinen Freunden und Unternehmungen. Was die wohl angestellt haben in der Zwischenzeit?

Flughafen Frankfurt, noch einmal ein kritischer Augenblick am Zoll. Zweck der Reise "Holiday", Aufenthaltsdauer vier Wochen, ging erstaunlich gut.

Am Airport in Rio empfing mich Johse und, welch eine Überraschung, Edgar war dabei. In den 45 Minuten Autofahrt bis zu Mama Magda und Sancho berichteten mir die beiden von ihren Arbeiten und Erfolgen mit unserer Brotproduktion. Sie waren begeistert und sprühten vor Optimismus und Elan. Dem Kreuz und Quer ihrer Erzähl-ungen konnte ich nur mit Mühe folgen, das, was ich da hörte, musste ich noch in aller Ruhe in eine geordnete Reihenfolge bringen.

Bei Magda und Sancho angekommen, die nächste Überraschung, es war noch ein Gast da, Christiana Marsella von der deutschen Botschaft.

Die ganze Begrüßung und die anschließenden Gespräche, meistens ging es um Brotbacken, Pumpernickel und deren Verkauf nahm ich wie in einem Nebel wahr, denn ich hatte nur Augen für das Kind aus der Botschaft. Ich merkte allzu deutlich, was ich in den letzten Wochen vermisst hatte.

Mein „bitte, ich bin nach dem langen Flug jetzt sehr müde und möchte ins Hotel", fand Verständnis. Wir sehen uns morgen, wenn ich ausgeschlafen habe. Christiana kann mich ja ins Hotel fahren. Nein, das macht Johse. Blöd, diese Fürsorge, dachte ich, aber es war nicht zu ändern. Christiana wäre die einzige gewesen, die mich noch etwas hätte wach halten können.

Gut ausgeruht sitze ich nun, nach einem ausgiebigen Frühstück, auf dem Balkon meines Zimmers mit Blick auf die Bucht von Le Bonnet und versuche, das gestern gehörte zu verarbeiten. Verdammt, erst muss ich dieses Weib von Christiana aus dem Kopf kriegen, sie hat mich schon sehr beeindruckt. Erfahren hatte ich von ihr bisher noch nicht viel, genau genommen noch gar nichts, das musste sich ändern.

Die Produktion in Sao Paulo lief gut und Edgar hatte mit Stolz gesagt, dass wir schon einen Überschuss von bald 15.000 Dollar auf dem Konto hätten. Nun ja, man wird sehen. Die Backstube in Rio war ebenfalls gut angelaufen, 23 Hotels wurden mit Roggenbrot beliefert.

Das Militär sei an einer Belieferung mit Brotkonserven interessiert, durch die Verbindung von Christiana über die Botschaft. Hier gibt es aber Probleme mit der Herstellung, insbesondere bei der Verpackung. Das muss ich mir ansehen. Nachmittags zeigte mir Edgar den Betrieb und erklärte mir, was er schon alles versucht hatte, um das Schrot- und Roggenbrot für längere Zeit genuss- und lagerfähig zu halten. „Gut, ich kümmere mich darum, aber sage mal, hast du die Adresse von Christiana?" Lachend sagte er: „Das habe ich gestern schon gemerkt, hier ist ihre Telefonnummer."

Natürlich konnte ich nicht verstehen, was die Stimme am anderen Ende der Leitung sagte, aber diese Stimme alleine ließ schon ein warmes Gefühl in mir aufkommen und soviel wusste ich nun, Christiana war nicht da, aber der Anrufbeantworter intakt. „Ich bin es, Frank, ich möchte dich gerne sehen, ich rufe dich heute Abend noch einmal an. Ich wohne im Hotel „Flora, Le Blanc"."

Endlich einmal Zeit, darüber nachzudenken, wie es mit mir und meinem Leben weitergehen soll. Was hat der Koffer mit dem vielen Geld mir gebracht und – vor allem – aus mir gemacht?

Herrliche Seereise nach Südamerika, Montevideo, Punta Del Easte, Bueno Aires, Rio de Janeiro und Sao Paulo kennengelernt. Piro erlebt, neue Freunde gefunden, aber auch zwei Menschen verletzt oder gar getötet. Ein Gefängnis von innen gesehen und irgendwie immer gehetzt. Die Bilanz, ein neues anderes Leben, aber zufrieden oder gar glücklich, bin ich das?

Nach dem dritten Campari, in der Sonne sitzend, von meiner Terrasse aus den Blick auf den Strand mit seinen leicht bekleideten Schönen werfend, ja schon ein anderes Leben im Vergleich zur Backstube, aus längst vergangener Zeit, wie mir vorkommt. Aber froh und unbeschwert?

Dafür ist zu viel Ungewissheit und Unruhe in mir. Zum Beispiel die Frage nach Piro, was sie wohl macht und von mir denkt. „Frank", der Ruf unterbrach meine Träumerei. Christiana kam mit lachendem Gesicht angerauscht, „was soll ich telefonieren, wenn ich schon in der Nähe bin", sprudelte sie mir entgegen. Innige Umarmung, dem ein leidenschaftlicher Kuss folgte. Hoppla, bisher waren wir uns noch nicht so nahe gekommen.

Zwei Campari und dann eine zusammenhanglose Fragerei: „Was machst du, woher kommst du, wie geht es dir, wie lange bleibst du?" „Langsam, langsam, trink erst mal und dann von vorne!" Ja, so rasant können Gedanken und Gefühle sein. Vor ein paar Minuten noch Piro im Kopf und jetzt und hier Christiana. Piro werde ich ewig lieben, so glaubte ich, aber Christiana hat den entscheidenden Vorteil, sie ist hier, und das zählt im Augenblick mehr.

Nun erfahre ich, dass sie eifrig und mit Erfolg Kontakt aufgenommen hat zu einem für die Verpflegung des brasilianischen Militärs verantwortlichen Don Sorfano, vom Ministerium of Defence do Brasil. „Machen wir einen Termin mit ihm?" Mein „ja prima" war aber schon von anderen Gedanken und Vorstellungen begleitet.

„Komm mit aufs Zimmer, ich will mich umziehen!" Nun ging alles sehr schnell. Ausgezogen waren wir im Nu, und bis wir uns wieder angezogen hatten, war es draußen schon dunkel.

Schöne Welt, so lässt es sich leben. Nach drei Tagen Sonne, Strand und Chris, wie ich sie jetzt nannte, stellte der Alltag wieder seine Forderungen.

Wir hatten eine Gesprächsvereinbarung mit Don Sarfano in Brasilia. Kurzer Flug und dann dieses Treffen mit ihm, diesem Don, der für das leibliche Wohl der Armadas und, wie ich im Laufe der Unter-haltung hörte, auch für die Corpo de Fuzileiros (die Marine) verantwortlich war.

Wieder eine völlig neue andere Welt für mich, dem Bäckerjungen aus Germania. Allerdings war ich mehr Zuhörer, denn Chris entpuppte sich als gewiefte Geschäftsfrau, mit erheblichem Verhandlungsgeschick.

Für mich war erleichternd, dass Don Sarfano deutsch sprach, wenn auch mit einigen geradezu lustigen Versprechern. Seine Mutter war Deutsche aus dem Schwabenland. So sprach er von Hinkel, Gäule und Semmel (Hühner, Pferde und Brötchen). Sein Interesse war, für die Verpflegung eine witterungs- und klimaunabhängige Notreserve anzulegen, und dazu gehörte auch Brot. Also unser Thema. Wir vereinbarten für den nächsten Tag ein weiteres Gespräch mit dem Ziel konkreter Vereinbarungen.

Auf dem Weg von der Esplanade dos Ministerios, mit dem Taxi zum Hotel, sahen wir einen Teil dieser Stadt: Plattenbauten, Straßen und Gebäude, überzogen mit gelbrotem Staub. Aus dem klimatisierten Auto heraus wirkte die flimmernde Hitze von über vierzig Grad, geradezu bedrohlich.

Jetzt verstand ich, was Don Sarfano meinte, als

er zuvor im Gespräch Brasilia ein missratenes Retortenbaby mit mancher feindlicher Architektur nannte.

Im Hotel bekamen wir an der Rezeption ein frisches Glas Wasser gereicht. Was für ein herrlicher Trank, wie gut können die einfachsten Dinge, im richtigen Moment geboten, doch sein! Die Nacht mit Chris im Hotel, wie gehabt, und dann wieder zu Don Sarfano.

Überraschend, wie sehr interessiert er war. Wir, nein ich muss sagen Chris, vereinbarte eine Probelieferung, zu liefernde Mengen, Termine und Preise mit Zahlungsabwicklung. Mir wurde es heiß trotz des klimatisierten Raumes.

Es folgte eine überaus herzliche Verabschiedung. Noch im Ge-bäude des Ministeriums sagte ich zu Chris: „Weißt du eigentlich, dass wir etwas verkauft haben, das wir noch gar nicht besitzen und auch nicht genau wissen, wie es hergestellt wird?" „Das ist jetzt Dein Job", war ihre kurze Antwort.

Im Hotel, bevor wir es Richtung Flughafen verließen, ein folgenschweres Ereigniss. Don Sarfano kam per Auto mit einigen Herren die mit Kameras ausgerüstet waren, auf uns zugeeilt. „Bitte, noch ein paar Fotos, das Journal „Do Brasil" wird über unsere Vereinbarung berichten." Der Politiker in ihm brauchte wohl die Publikationen. In Minutenschnelle klicken die Kameras, lächeln, Händedruck, wie man das halt für die Zeitung so macht.

Nun aber schnell zurück nach Rio. Zwei Tage mit viel Arbeit benötigten wir, um das Nötigste in die Wege zu leiten. Edgar musste nach Rio kommen, um das Brot in Dosen zu backen. Chris eröffnete eine Firma, die unsere Ware vermittelte, und Papa Sancho erhielt den Auftrag für die Anlieferungen an die verschiedenen Militärstandorte.

Mein Gott, was habe ich hier in Gang gesetzt! Ich hatte keine Zeit, über meine weitere Zukunft nachzudenken, ich wurde einfach von den Ereignissen getrieben.

Ja, und dann kommt Chris wieder einmal freudig erregt angeflogen, wie es so ihre Art ist, mit einer Zeitung in der Hand. „He, wir werden bekannt. Die „Do Brasil" berichtet über uns. Schau du bist gut getroffen." Tatsächlich, eine Aufnahme, Don Sarfano, mit mir händeschüttelnd den Liefervertrag begrüßend. Au, meine Begeisterung hielt sich in Grenzen. Ich wusste es nicht, aber ich spürte es, das geht nicht gut aus.

Ein Foto von mir in dieser bekannten Zeitung. Chris merkte, dass sich meine Freude in Grenzen hielt. „Was ist los mit dir, gefällt dir das nicht?"

„Doch, doch!" Oh je, das war gelogen.

Morgen schauen wir uns an, was Edgar erreicht hat mit seinen Backversuchen.

Chris ist früh zur Arbeit in ihr Büro. Wir waren seit gestern sehr einsilbig: sie merkte das und war etwas beleidigt. Zu recht, es lag an mir. Dieses verdammte Bild in der „Do Brasil" gefiel mir gar nicht.

Wieder verschwinden

Wie recht ich hatte mit meinen Ängsten, zeigte sich schneller als erwartet. Gerade fertig mit dem Frühstück, da kommen drei Gestalten an den Eingang des Hotels und ich sehe ihn wieder, den südländischen Typ mit den stechenden Augen, der mit den Koffern vom Kölner Bahnhof.

Ich wusste sofort, die hatten mich auf dem Bild erkannt und die Spur mit Erfolg aufgenommen. Für langes Nachdenken und Planen blieb keine Zeit. Aufs Zimmer, das nötigste in den Koffer, mit dem Aufzug in den Keller, an leeren Gemüsekisten und sonstigem Abfall vorbei, durch den Hinterausgang, der für die Anlieferung reserviert war, auf die Straße.

Zwei Gassen weiter zur Strandpromenade. „Hallo Taxi!" einsteigen und jetzt, wohin? Der Fahrer schaute mich fragend an, mir fiel auf die Schnelle nur ein Wort ein, von dem ich wusste, dass er es verstand. Bahnhof. Mit meinem Koffer in der Hand, aber nicht zum Bahnhof, sondern in eine Taverne nebenan, die zu dieser morgendlichen Zeit schon gut besetzt war, mit Cariocas. Bei einem Kaffee, dieser schwarzen Brühe, wie sie hier üblich war, versuchte ich, Ruhe zu finden, um nachzudenken.

Also, die sind immer noch hinter ihrem Geld her, zurzeit natürlich meins, und wissen nun wieder, wo ich mich aufhalte. Über meine diversen Unternehmungen werden sie unterrichtet sein und diese beobachten, um mich dort zu erwarten. Was bleibt mir anderes zu tun, als schnell zu verschwinden..... Mal wieder. Aber wohin und wie erkläre ich das Chris, Edgar und Papa Sancho? Ihnen musste ich eine Nachricht hinterlassen.

Es war schon komisch, mit einem Koffer, den ich als sehr lästig empfand, durch die Gassen von Rio zu schlendern. Schreibpapier und Couvert kaufen. Dann noch zur Banko do Brasil, Dollars holen. Die Info an meine Lieben und ja, auch Geschäftspartner, bedrückte mich.

Liebe, sehr liebe Chris! Ich kann dir nicht viel erklären, ich hoffe aber, dass du mich verstehst, wenn du bei unserem Wiedersehen, das ganz bestimmt folgt, erfährst, warum das alles geschieht.

Mache aus unserer Unternehmung eine erfolgreiche Sache, gemeinsam mit Papa Sancho und Edgar, es sind zuverlässige Freunde. Informiere sie, soweit du das für nötig hältst. Damit das Geschäft ins Rollen kommt, 50.000 Dollar in bar anbei. Es ist keine Abfindung für dich, denn du bist unbezahlbar. Ich weiß, wir werden uns wiedersehen. Frank.

Jetzt gab es nur noch eine Schwierigkeit. Wie bekomme ich den Brief und die Dollars zu Chris? Unser Hotelkunde mit der Backstube hatte den Kontakt und die Anschrift, dort hinterließ ich mein Päckchen mit der Bitte zur Aushändigung. Zu riskant? Nein, das würde klappen. Nun nur noch eine Frage, wohin mit mir?

Flughafen kam nicht infrage, das hatte ich schon einmal versucht, mit katastrophalen Folgen. Im hinteren Teil des Bahnhofplatzes entdeckte ich eine Hinweistafel für Busfahrten, mit Orts- und Preisangaben. Egal wohin, Hauptsache schnell weg. Belo Horizonte 19.00 Uhr, wenn ich das richtig entziffern konnte, Ankunft ca. 8.00 Uhr. Wou, dreizehn Stunden Busfahrt, das war auf jedenfalls weit genug weg.

Die Zeit bis zur Abfahrt, das sollte ich bewältigen. Nach einem, mir fürchterlich lang erscheinenden Nachmittag, saß ich nun in einem Überlandgefährt, das nur zur Hälfte mit Cariocas besetzt war. Na ja, gute Nacht. Das war nicht schön, aber immer noch besser als im Gefängnis von Siegburg oder sonstwo, redete ich mir ein.

An verschiedenen Haltestellen, die mir alle nicht sehr vertrauenserweckend aussahen, gab es etwas zu trinken, ich begnügte mich mit Kaffee. Beim nötigen Gang zur Toilette, einem Ort, den man im Urwald von Brasilien wohl so bezeichnete, lokkerte ich den Gürtel mit den Dollars, den ich um die Lenden geschnürt hatte. Sie drückten und waren sehr warm, aber auch zur Zeit meine einzige Habe.

Lahm, müde, geschlafen hatte ich nicht, aber auch nicht über mein weiteres Vorgehen nachgedacht. Einfach nur gedöst, zeigte die Uhr 9.30 in Belo Horizonte an, als wir ankamen. Nicht bedacht, sondern nur aus einem Gefühl heraus handelnd, ging ich auf einen Blechkarren zu, ein Auto, Baujahr 1950 und sagte zu dem Fahrer: Flughafen.

Erst als der Wagen fuhr, fiel mir ein, hier wird es hoffentlich einen Flughafen geben. Tatsächlich, netter Schuppen. Erst einmal blaue Bohnen, wie sollte es anders sein in Brasilien, ein Steak und dazu viel Coca-Cola. Draußen, in der Flughalle, versuchte ich dann, von der Abflugtafel etwas zu entnehmen. Maceió, Porto Alegro, Salvador, Manaus, Sao Paulo,

Rio – nur Inlandflüge, aber ich wollte doch weg aus Brasilien.

In der Auslage des einzigen Geschäftes, das ich sah, lagen Reiseangebote bereit, hier griff ich kräftig zu. So bestückt setzte ich mich mal wieder, trank eine Tasse Kaffee und studierte die Angebote. Weiter in meinen Plänen brachte mich das aber nicht, wie sollte es auch, denn ich hatte gar keinen Plan.

Das muss anders gehen, dachte ich mir. In dem nahe gelegenen Geschäft, einem Reisebüro, wie sich herausstellte, fragte ich in deutscher Sprache: „Kann mir jemand helfen?" Siehe da, mit den Worten: „Was kann ich für Sie tun?" kam ein junger Mann zu mir. Er sah mich etwas erstaunt an, denn er konnte sich wohl nicht erklären, dass da einer vor ihm stand, der vor Überraschung und Freude feuchte Augen hatte.

„Ich möchte verreisen, schnellstmöglich, auf einen anderen Kontinent." Blöder kann man sich sicher nicht ausdrücken als ich in diesem Moment. So was Doofes, da hätte ich gleich sagen können: ich will fliehen.

Die nächsten Worte retteten alles. Er fragte: „Sie kommen aus Deutschland?" „Ja!" „Ich habe in Marburg studiert", lächelte er. Sich umdrehend und zum Schreibtisch gehend, kam der entscheidende Moment. Geht er ans Telefon und ruft die Polizei? Oder?

Nein, er setzte sich an den Computer.

„Die nächste Möglichkeit mit sofortigem Anschluss ist Colombo, Sri Lanca, über Rio. Die Nachfrage von mir: „Was heißt über Rio?" „Sie haben in Rio neunzig Minuten Zeit zum Aus- und Umsteigen, brauchen den Check in nicht zu verlassen." Der hatte mich durchschaut, war aber hilfsbereit. „Also dann bitte, Colombo." Ticket gekauft, herzliches Dankeschön.

Fünfundvierzig Minuten später saß ich im Flugzeug nach Rio, dahin, wo ich vor circa zwanzig Stunden per Bus abgereist war. Wenn das kein Blödsinn ist, was dann!

Beim Landeanflug in Rio verwarf ich schnell den Gedanken, eventuell doch Chris anzurufen, aber nein, lieber keine Spur hinterlassen. Das Umsteigen ging schnell und reibungslos,von einem Ausgang zum anderen, nun saß ich im Flieger nach Colombo.

Sri Lanca

Colombo, wo fliege ich da hin, was mache ich da? Meine Gedanken schwirrten nur so durcheinander.

Erstaunlich gut ausgeruht und nach einem, wenn auch nicht gerade feudalen Frühstück, aber mit Tomatensaft und viel Kaffee, stehe ich nun mit dem wenigen Handgepäck, darunter natürlich ein Koffer, im Flughafen von Colombo.

An einem Schalter, der mir nach Information aussah, fragte ich das mich so nett anschauende Mädchen: „Spricht hier jemand deutsch?" Ein mit Turban behüteter junger Mann kam und fragte in bestem Deutsch nach meinen Wünschen. „Ich möchte ein nettes Hotel in einer kleinen Stadt außerhalb von Colombo." Es war ihm anzusehen, dass dieser Wunsch für ihn neu war. Seine Empfehlung: „Hotel Lionel Wendt" in Beruvela. „Wie weit ist das von hier?" Mit einem Taxi circa neunzig Minuten. „Wenn Sie möchten, rufe ich einen Wagen mit einem Fahrer, der deutsch spricht." Das war mal ein brauchbares Angebot.

Nun sitze ich in einem Gefährt, das man hier wohl Taxi nennt. Einen TÜV gibt es bestimmt nicht in diesem Land, das zeigt mir der Zustand dieses Autos, dessen Stoßstange vorne rechts mit einem Draht befestigt ist. Beim Start hinterlässt es eine bläuliche Wolke.

Neben mir Shira, mit diesem Namen stellte sich mein Fahrer vor. Mit Freude stellte ich fest, dass er, wenn auch reichlich holprig, deutsch sprach. Nicht nur am Auto, sondern auch an Shira erkannte ich, das ich mich nun auf einem anderen Kontinent befand. Shira war klein, drahtig und mit einer Hautfarbe, nicht schwarz, nicht braun, nicht weiß, sondern von allem etwas, ein gelbliches Gemisch.

Was für ein Unterschied zu den Brasilianern, bei denen ich noch vor zwanzig Stunden war. Shira plauderte so richtig drauf los, er war glücklich, dass er deutsch sprechen konnte, nun ja, was er dafür hielt, er wollte es zeigen und gleichzeitig üben. So erfuhr ich eine ganze Menge, unter anderem von ihm und seiner Familie. Seine Schwester hatte sich in einen Urlauber verliebt und lebte in Bochum, mit einem Mann, der bei Opel arbeitete. Seine Kenntnisse der deutschen Sprache hatte er, wohl auch seine Schwester, von einem Deutschen, der in Bentota ein Hotel besaß. Sie hatten beide dort gearbeitet. Ich sollte ihn später noch näher kennenlernen.

An der Hotelrezeption, wohin er mich begleitet hatte, gab ich ihm zehn Dollar extra, mit der Bitte verbunden, mich morgen gegen elf Uhr wieder hier abzuholen. Ich war mir sicher, dass er bestimmt komme.

Schönes Hotel, mit einem von Palmen umgebenden Pool und eigenem Badestrand. Aber viel wichtiger, wie geht es nun weiter?

Ausgeruht, gut geschlafen und gefrühstückt, sehe ich dem Tag mit Optimismus entgegen. Wie erwartet, kommt Shira pünktlich. „Bitte zeige mir deine Heimat!" Dem Wunsch folgte er nur zu gerne, wie ich merkte. Berovela, Bentota, Galle, die Stockfischer – ein ausgefüllter Tag – und zum Abschied mein Wunsch, das am nächsten Tag zu wiederholen, nur in eine andere Richtung.

Zurückblickend stelle ich am Abend fest, ein schönes Land, beeindruckend, die grünen mit Tee bepflanzten Hügel, herrliche Sandstrände und die bunt bekleideten Frauen, mit ihren glänzenden schwarzen Haaren.

Bei diesen Gedanken fällt mir dann Chris ein. Auch an Piro denke ich, wie weit liegt das schon zurück? Wie mag es ihnen gehen, was werden sie von mir denken?

Pünktlich war Shira am nächsten Tag wieder da und es ging nach Kandy. Die Tempeltänzer, schaurig zu sehen, wie sie mit blanken Füssen über glühende Holzkohlen liefen. Auch beeindruckend, das Elefantenkrankenhaus, eine Tierpflege der besonderen Art.

Zum Abschluss dieses Tages fuhr Shira mit mir zu seinem Oheim, wie er ihn nannte. Es ging einen Bergpfad hinauf, der wahrlich nicht für ein Auto vorgesehen war. Nicht nur die ausgewaschene Schotter-straße, sondern auch das dichte Gehölz, die

Baumäste streiften das Wagendach, einfach abenteuerlich, bis eine Behausung auftauchte.

Beim Eremit

Zwei wirre Steinhaufen, verbunden mit einem Geflecht aus Holzstämmen und Ästen, davor auf einem Holzstamm sitzend, ein weißhaariger Mann mit Vollbart.

Während wir ausstiegen, kam er in einer geradezu majestätischen Weise auf uns zu, die mich sofort beeindruckte. „Goodevening, he Shira", seine ersten Worte. Mit dem Blick zu mir: „He Shalan." „Ich habe dir einen deutschen Freund mitgebracht, er heißt Frank." Was dann kam, war schon sensationell für mich. In perfekter deutscher Sprache sagte er: „Guten Tag, Frank, ist das eine Freude, deutsch sprechen zu dürfen – herzlich willkommen!"

Shira war es anzumerken, wie er sich freute, seinem Oheim einen Deutschen vorstellen zu dürfen. Und ich erst, treffe in dieser Wildnis einen, mit dem ich reden kann. Was dann auch ausgiebig geschah.

Zunächst jedoch alles ziemlich wirr durcheinander. Woher, wohin? Ich wollte wissen, wieso er so gut deutsch spricht, alles reichlich ungeordnet und in keinem Zusammenhang.

Shira unterbrach das Gespräch mit einem Blick

auf die Uhr und sagte: „Wir müssen wieder fahren, denn es wird bald dunkel." Oh je, diesen Weg im Dunkeln, das verstand ich. „Schade", meinte Shalan, „aber bleiben Sie doch heute bei mir, Shira kann sie morgen wieder abholen."

Ich war so eingenommen von der Persönlichkeit Shalans, dass ich spontan sagte: „Gerne, wenn das möglich ist."

Shalan ging mit mir in einem dieser Steinhaufen und zeigte mir eine mit Schaffell überzogene Liege mit den Worten: „Hier kannst du schlafen." Oh, er duzte mich.

Auf einem rasch herbeigezogenem etwas, das wohl die Funktion eines Tisches erfüllen sollte, servierte er mir dann in einer tiefen Holzschale eine Suppe, in der ich drei Dinge erkannte: Reis, Fettaugen und sie war heiß, der weitere Inhalt war für mich undefinierbar. Nun ja, ich habe sie gegessen. Schnell war es dunkel, das offen flackernde Holzfeuer erzeugte schemenhafte Schatten, ein einzigartiges Szenarium um uns herum.

Shala erzählte mir aus seinem Leben. Der Vater war ein Deutscher, vormals an der Botschaft in Colombo beschäftigt. Er war in Dinkelsbühl aufgewachsen und hatte später in Tübingen Religion und Germanistik studiert.

Zwischenzeitlich lebten die Eltern wieder in Colombo. Er ging zu den Franziskanern als Novice ins Kloster. Dort fand er aber nicht die Erfüllung seiner Vorstellungen und Wünsche. Vor der Ablegung des Gelübtes reiste er in das Land, in dem seine Eltern mittlerweile lebten. Nun war er schon fast zwanzig Jahre in dieser Einöde.

Nicht Gott geweiht oder einem höheren Wesen einer anderen monistischen Religion, sondern ein Leben mit und in der Natur. Daraus die Erkenntnisse vom Werden, Bestehen und Vergehen von allem Irdischen.

Er zeigte Respekt vor der Natur und jedem Lebewesen und akzeptierte auch deren Grausamkeiten. Er sagte: „Ich habe gelernt, andere Wesen mehr zu lieben als mich selbst."

Beeindruckend, nicht nur was, sondern auch wie er es sagte. Mit der Vorbildung seines Studiums hat er hier in dieser Einöde seinen Weg zur persönlichen Lebensgestaltung gefunden. Untermauert wurden seine Worte noch durch das Umfeld, in dem wir uns befanden. Eine dunkle sternklare Nacht, ein traumhaftes Firmament mit seiner Ruhe und einer unendlichen Tiefe.

Einzelne Sternschnuppen huschten vorbei und zwangen unseren Blick immer wieder zum Himmel.

Das Knistern des Holzfeuers, eine geradezu passende Melodie, aber doch einengend.

Die besondere Stimmung veranlasste mich, ihm mein Leben, vom Geldkoffer am Kölner Bahnhof, bis heute zu schildern. Mit jedem Satz mehr, in dem ich ihm mein Tun offenbarte, spürte ich eine innerliche Befreiung, denn noch nie hatte ich darüber gesprochen. Es war, als wenn ich einen bis dahin gar nicht gespürten Ballast abgeworfen hätte. Eine körperliche Befreiung von Fesseln, die nicht sichtbar waren.

Wir gingen – die Sterne waren schon verschwunden –, ein Zeichen dass der Tag bald anbrach, jeder für sich in die eigene Steinburg zum Schlafen.

Seltsame, zunächst nicht erkennbare Geräusche, waren das, was ich als erstes wieder wahrnahm. Fest und traumlos hatte ich geschlafen. Noch in der Aufwachphase betrachtete ich die mit Fellen abgehängte Decke. Die eindringenden Sonnenstrahlen produzierten ein Lichtgitter über den ganzen Raum. Nicht gerade sportlich fit, noch mit der Unterwäsche bekleidet, die ich über Nacht angelassen hatte, denn mehr besaß ich im Moment nicht, ging ich ins Freie.

Shalan saß auf einem Holzstumpf vor einer Ziege, die er gerade melkte und rief mir ein fröhliches „Guten Morgen, komm' frühstücken!" zu. Er brachte mir eine warme Milchsuppe mit für mich wiederum nicht erkennbarem Inhalt und Obst. Ja, und was war das? Fleisch, aber nicht gebraten, nicht gekocht oder geräuchert, nur mit guten Zähnen zu genießen.

Lange saßen wir uns schweigend gegenüber; ich musste das alles erst in mich aufnehmen, und er ließ mir die Zeit dazu. „Komm', ziehe dich an und lass uns etwas spazieren gehen." Diese Worte brachten mich in die Wirklichkeit zurück. Noch immer in der Unterhose sitzend, unbewußt die Wärme genießend, hatte ich den im Gehölz verschwundenen Ziegen nachgeschaut.

Er, mit einem Umhang, mehr Sack als Tasche, gingen wir einen schmalen Pfad entlang, ohne zu reden. Plötzlich blieb er stehen und grub einige Wurzeln aus, die er in seinen Umhang packte. „Das ist für die Bergziegen, die kommen jeden Morgen, holen sich die Wurzeln, und ich darf sie dafür melken. So leben wir von- und füreinander", erklärte er mir.

Unser Weg führte durch hügeliges Gelände; immer wieder musste ich stehen bleiben, weil er abseits des Pfades von Stäuchern und Bäumen Früchte pflückte: Mangos, Papaya und kleine, gelbrote Früchte, die wie Kirschen aussahen. Die Zeit verstrich, und der Tragesack war reichlich gefüllt, als wir uns auf den Heimweg machten.

„Sie säen nicht und ernten doch", mußte ich ihm nun mal sagen. Er lachte, wir verstanden uns ohne viele Worte. „Morgen gehen wir in den Tee", dieser Satz traf mich wie ein Donnerschlag. Morgen? Shira wollte doch heute kommen und mich wieder zurückholen in die Zivilisation. „Shira wird gleich kommen." Als ich ihm das sagte, war sein „Ja" mehr Frage als Antwort.

Shiras Auto stand schon da, als wir unsere Hütten erreichten. Er hatte einige Pappkartons, gefüllt mit einer Vielzahl von lebensnotwendigem Bedarf mitgebracht: Salz, Zucker, Essig, Öl, eine Art Brot – eine Komposition zwischen Knäckebrot und Zwieback –, und Nudeln erkannte ich auch noch. An unserem Tisch sitzend, Obst und eine Wurzel, ähnlich roher Kartoffel essend, meinte Shalan mit einem Blick auf die gefüllten Kartons: „Ja, Shira ist ein guter Mensch."

Innerlich spürte ich, dass eine nicht ausgesprochene Frage zwischen uns stand. Wie geht es weiter? Einsteigen, abfahren oder morgen mit Shalan in den Tee. Ich musste mich entscheiden. Nicht denkend, rechnend oder planend, sondern dem Gefühl folgend, kam es aus mir heraus: „Shalan, darf ich noch etwas bleiben?"

Deutlich sichtbar war ihm die Freude anzumerken, als er mit „Natürlich, gerne!" antwortete. Ich bat Shira, in mein Hotel zu fahren, das Zimmer aufzulösen, die paar Sachen von mir einzupacken und bei Gelegenheit mitzubringen. Die notwendigen Dollar gab ich ihm. Mit etwas Beklemmung, aber doch zufrieden, sah ich ihn mit seinem Auto wegfahren.

Wie lange lebe ich nun schon mit Shalan zusammen, in dieser Natur? Mein Zeitgefühl ist völlig abhanden gekommen. Das Licht, die Sonne, bestimmt den Tagesablauf, der schon mal unterbrochen wird von kurzen heftigen Regenschauern. Wirkliche Abkühlung bringen sie aber nicht in dieser bergigen Region. Fast gleichbleibende Temperaturen. Selbst in den Stunden der Dämmerung ist es nicht nötig, sich wärmer zu kleiden.

Der Regen bringt nicht nur das nötige Wasser für die Vegetation. Der kleine Bach in unserer unmittelbaren Nähe wird kurzzeitig ganz schön wild und spült die unter einem Holzverschlag angefallenen Fäkalien, unsere Notdurft, weg. Eine tolle Konstruktion hat sich Shalan da einfallen lassen. Auf die andere Ernährung hat sich mein Körper erstaunlich schnell eingestellt: Reis, Ziegenmilch, Salat und luftgetrocknetes Ziegenfleisch, das Shalan selbst herstellt, sowie viel Obst.

Die Bäume hier, die keinen Winter kennen, tragen das ganze Jahr über reife Früchte, Blüten und Früchte gleichzeitig an einem Baum. Ich lerne, welche Kräuter und Blätter roh, mit Essig und Öl verfeinert, zu genießen sind und solche, die nur gekocht oder gebrüht gegessen werden dürfen. Es gib auch welche, die unbedingt zu vermeiden sind.

Außer den nötigen Fragen und Hinweisen reden wir am Tag sehr wenig. Mittlerweile bringe ich es fertig, ohne zu denken, nur dasitzend, mein Umfeld zu betrachten. Dann wieder höre ich Shalan zu, wenn er mir seine Vorstellung von Leben und Glück erklärt.

Er benutzt dann Sätze wie: „Man kann ein Leben nicht verbreitern oder verlängern, aber vertiefen." Sein Glück beschreibt er mit fortschreitender Erkenntnis, die Freude über das ständige Entdecken neuer Unkenntnisse in den Erfolg des Verstehens zu verwandeln. Der Triumph neuer Unwissenheit ist die Voraussetzung dazu. Sein Fazit, der vermeintlich Allwissende ist nicht glücklich, sondern geistig tot.

Daraus ergibt sich auch, dass wir unsere Kindheit als die glücklichste Zeit sehen, weil wir permanent Neues in uns aufnehmen und gleichzeitig mehr Unwissenheit erkennen. So sind auch Menschen, die ständig mit großen Kinderaugen staunen, glückliche Menschen, auch weil sie so neue Phantasien entwickeln.

Ich frage mich, was ist es, das in den Wäldern der Einsamkeit zu uns kommt. Wie kann Wildnis Ruhe und Zufriedenheit bringen? Es ist die Tiefe des eigenen Lebens. So, wie die Tiefe eines großen Meeres still und ruhig ist, an der Oberfläche aber brandet. So leben verschiedene Menschen draußen in der Welt, der angepasste, der mit der Herde geht, daher aber immer irgendwelchen Ärschen hinterherläuft, der oberflächliche, der sich treiben lässt wie ein Schiff, das seinen Hafen nicht kennt und für den somit jeder Wind richtig ist, oder der vermeintlich kluge Philosoph, der in der eigenen Daseinsverwaltung versagt.

Solche Gedanken bewegten mich, aber ich konnte Shalan nicht in allen Gedankengängen folgen. So sagte ich ihm: „In der Welt ist es nicht so schwer, nach den Vorstellungen der Welt zu leben; ebenso ist es leicht, in der Einsamkeit nach den eigenen Prinzipien sein Dasein zu gestalten. Aber groß ist jener, der sich im Moloch des Weltgeschehens behauptet."

An dem Abend, als ich ihm das sagte, erkannten

wir beide, dass ich nicht mehr lange mit ihm die Einsamkeit teilen würde. Ich hatte viel gelernt, unter anderem über die Gestaltung eines zufriedenen Lebens nachgedacht; aber das war eigentlich nicht das Leben, wie ich es mir vorstellte und wünschte.

Beim nächsten Besuch von Shira würde ich mit ihm zurückkehren in die Zivilisation. Die Wochen und Monate mit Shalan, seine Einstellung zum Leben, seine klugen Worte, waren eine Bereicherung für mich. Aber, hatten sie mich auch klüger oder gar weiser gemacht in Bezug auf die Bewältigung meines Lebens? Die Zukunft würde es zeigen.

Es gibt Tage, an denen die Natur den Menschen mit besonderer Zärtlichkeit umfasst und eine gewisse Zufriedenheit auslöst. Aber im Trubel der Welt aufgewachsen, um diese dann für immer hinter sich zu lassen, dafür lebe ich nicht, dafür bin ich nicht geschaffen. Man läuft einem schönen bunten Schmetterling nach, obschon man weiß, dass man ihn nicht erwischt. Und wenn doch, schlägt das Gefühl des Triumphes um in Mitleid mit diesem herrlichen Geschöpf, und man entlässt es wieder in die Freiheit. So fühlte ich mich jetzt.

Als wir des Abends wieder vor unserem Feuer saßen, sagte ich: „Shalan, wenn Shira das nächste Mal kommt, fahre ich mit ihm zurück nach Hause."

Shalan nickte nur, dann sprachen wir lange kein einziges Wort, wir verfielen in ein geradezu „festliches Schweigen."

Meine Gedanken folgten den Worten: „Zurück nach Hause." Wo ist das für mich, was ist mein Zuhause? Soweit hat mich mein Geldkoffer gebracht, dass ich mir diese Frage ernsthaft stelle.

Nachdem ich die Entscheidung getroffen hatte, Shalan und diese Behausung zu verlassen, kam das Gefühl in mir auf, die Tage seien länger und die Nächte einsamer. Nein, ich war für das Dasein eines Eremiten nicht geschaffen.

Es vergingen noch über zwei Wochen, erstmals hatte ich angefangen, die Tage zu zählen, bis Shira kam. Dann ging alles sehr schnell, in diesem Augenblick viel zu schnell.

Die Monate mit Shalan hatten mich doch im Innern tief bewegt, ich hatte mich verändert. Nach einer herzlichen letzten Umarmung mit ihm saß ich nun wieder in dem Vehikel, das hier ein Auto war, und es ging den Bergpfad hinab nach Berovela.

Schlafen konnte ich diese erste Nacht im Hotel nur sehr schlecht. Das weiche Bett mit seinem weißen reinen Überzug war ungewohnt. Ebenso das Frühstück am nächsten Morgen mit dem gedeckten Tisch, dem Tischtuch und den Servietten. Dies erweckte in mir – vor meinem Besuch bei Shalan als selbstverständlich empfunden – eine neue, besondere Aufmerksamkeit.

Da ich jedes Zeitgefühl verloren hatte, musste mir Shira sagen, dass ich elf Monate in den Bergen gewesen war. Am Pool, im Schatten der Palmen liegend, dachte ich zurück.

Da lebt ein Mensch in der Einsamkeit. Selbst, was ein Asket zum Fristen seines Lebens braucht, fließt ihm nur kümmerlich zu. Nahrung, Lagerstatt und Arzneien, für den Fall einer Krankheit, hat er nur, im Vergleich zur Außenwelt, in sehr bescheidenem Maß. Ist die Einsicht, durch Bescheidenheit, Glück – vergleichbar mit innerer Ruhe – zu erreichen, wie Shalan es erlebt, übertragbar?

Ich wollte oder konnte dem nicht folgen. Meine Augen sehen nicht nur das Licht der Sonne, das Grün der Natur oder den Sternenhimmel bei Nacht. Ich muss meinen Körper und sein Wesen ganzheitlich betrachten. Mein Mund steht für das Wort, für ein gutes Wort, auf das andere warten. Meine Lippen stehen für einen zärtlichen Kuss, meine Füße sind da, um den Weg zu meinem Nächsten zu gehen. Mein Herz soll Empfindungen aufnehmen und weitergeben, damit meine Arme zum Beispiel nicht nur herzlose Greifer sind, sondern sich auch einer schutzbringenden und herzlichen Umarmung fähig erweisen.

Was muss geschehen, damit ich wieder in diese Welt zurückfinde. Nach Hause, aber wo ist das? Deutschland ja, aber was hält, was verbindet mich dort noch?

Die Villa von Piro in Rodenkirchen fällt mir ein, an sie hatte ich in der Wildnis nicht mehr gedacht. Hier in der Zivilisation fällt sie mir als erstes wieder ein, da es mehr als eine nette und temperamentvolle Begegnung gewesen ist, mit einem schnellen und unnatürlichem Ende. Aber wieso Ende, das muss es nicht sein!

Da sind meine Freunde und Unternehmungen in Brasilien, Edgar, Magda, Sancho und, vor allem Chris. Dass mir im Zuge dieser Überlegungen gleich zwei Frauen einfallen, kann ein Zeichen dafür sein, dass ich doch mehr vermisst habe, als ich mir eingestehen wollte.

Da bleibt nichts anderes, als ab nach Brasilien. Ich muss hinein in den Trubel, muss sehen, was passiert ist, was meine Freunde machen. Ich muss testen, wie ich die elfmonatige Einsamkeit verkraftet habe und ob ich Erkenntnisse daraus in diesem meinem, fast neuen Leben verwenden kann.

Zurück ins Leben

Nun sitze ich also wieder in einem Flugzeug, im Anflug auf Rio. Von Shira habe ich mich verabschiedet mit dem Versprechen, ihn wieder einmal zu besuchen und mit vielen Grüßen an Shalan.

Wie melde ich mich bei Chris, sind meine Gedanken bei der Landung. Das Hotel in der Bucht von Le Bonnet, wie gehabt. Der erste Eindruck, wie bei meinem letzten Aufenthalt, wiederum mit dem gewohnten Blick auf den Strand mit seinen vielen schönen, braunen Körpern, die mit ihren Bewegungen Fröhlichkeit ausstrahlen und Begehrlichkeiten wecken.

Nun war es Zeit, Chris anzurufen. Ihre Stimme erkannte ich sofort, wenn ich auch nicht verstand, was sie sagte. „Ola, hier Frank! Sage jetzt bitte gar nichts, sondern komm in das Hotel, das du kennst. Ich habe viel zu erklären und zu berichten." „Hei, jei, jei!" war die Antwort, mehr nicht. Es verging keine Stunde, die mir allerdings sehr lange vorkam, und sie flatterte herein. Ernst, ja fast böse, so hatte ich den Eindruck, schaute sie mich an. Die Begrüßung, per Handschlag, äußerst unterkühlt, ich hatte Verständnis dafür.

„Bitte Chris, höre jetzt einfach einmal zu!" Nun

erzählte ich, zum zweiten Mal, meine ganze Geschichte, angefangen vom Koffer in Köln bis heute. Je mehr ich erzählte, umso befreiter fühlte ich mich. Sie unterbrach mich nicht, sondern hörte nur zu, zum Schluss mit hochrotem Kopf und feuerroten, glänzenden Wangen. Sekunden nach meiner Erzählung, die mir endlos lange vorkamen, stand sie auf, kam zu mir und bot mir ihren Mund zu einem innigen Kuss. Mir blieb nur noch ein Wort: "Danke!"

Nun war sie es, die berichten musste. Nichts kam von ihren Gefühlen, Sorgen, Gedanken und sicherlich auch Ängsten zum Aus-druck. Es folgte in nüchterner Bericht über unsere geschäftlichen Unternehmungen. Eine einzige Erfolgsstory. Sowohl in Sao Paulo, als auch in Rio liefen unsere Geschäfte gut. Ich erfuhr eine Menge Details mit dem Ergebnis, dass ein beachtlicher Überschuss, trotz weiterer Investitionen, von meinen Freunden erwirtschaftet worden war.

Ihrem praktischen Vorschlag, Edgar morgen kommen zu lassen und gemeinsam mit Papa Sancho alles weitere zu besprechen, stimmte ich gerne zu.

„Nun Chris, das ist morgen, und heute? Ich denke, sobald du frei hast, kommst du vorbei und wir vergessen, was morgen sein soll." Hach, wie die Augen leuchteten, als sie Ja hauchte. Schöne Welt.

Die Sonne leuchtete schon in unser Zimmer, als wir nach einer langen Nacht wach wurden. Nach dem Frühstück holten uns dann die banalen Probleme des Alltags wieder ein. Es war schon Nachmittag, als wir dann bei Mama Magdalena und Papa Sancho zusammenkamen. Edgar war auch schon da.

Die Begrüßung und Freude war groß, aber unausgesprochen stand die Frage im Raum, warum ich so schnell und ohne Abschied verschwunden war. Meine Freunde mussten sich mit der Erklärung: „Ich bin wieder da, stellt keine Fragen!" zufrieden geben.

Ich erfuhr nun Erstaunliches. Sie hatten sich alle mächtig und erfolgreich engagiert. Mittlerweile hatten wir vier Firmen: die Produktion in Sao Paulo mit Edgar als 50%tigem Anteilseigner, die Backstube in Rio, die Chris und Edgar gemeinsam führten, eine Agentur, die ausschließlich das Militärgeschäft betrieb, und bei der Chris als Gesellschafterin eingetragen war. Für den praktischen Vertrieb zu den Militärstandorten hatte Papa Sancho mit Chris ein gesondertes Geschäft gegründet. In allen Fällen war ich mit 50% als Eigner vertreten. Chris hatte diese Verträge gemacht. Wou, wou!

Die Probleme, die es zu besprechen gab, waren

lösbare Alltagssorgen bis auf eins: die Beschaffung von Mehl und Schrot aus Roggen in einer gleichbleibenden und geforderten Qualität. Das war schwierig, aber absolut notwendig für die Produktion. Der Import aus Europa wurde diskutiert, aber als zu teuer verworfen.

„Können wir uns nicht eine kleine Mühle kaufen? Ich besorge einen Müllermeister aus Deutschland" war mein Einwand. Verrückte Ideen sind manchmal die einfachsten. Chris wollte sich schnellstens darum kümmern.

Am späten Abend, im Hotel gab mir Chris noch einen Kontoauszug mit den Worten: „Das ist dein Konto." – Bisher hatten wir von Geld nicht geredet. Der Kontoauszug zeigte ein Guthaben von 27.000 Dollar. Na, wenn das kein guter Tag war! „Ich sollte wieder in die Berge gehen", sagte ich scherzhaft zu Chris. Ihre Antwort: „Nur ja nicht!" Damit war sehr viel ausgedrückt.

Die nächsten Tage vergingen mit Sonne, Strand und Liebe. Dass das nicht immer so bleiben konnte, war uns beiden klar. So war es keine Überraschung für sie, als ich ihr sagte, nun müsse ich mich aber einmal um einen Müller aus Deutschland kümmern und noch einiges mehr zu Hause erledigen. Da gebrauchte ich plötzlich wieder das Wort zu Hause, obschon ich nicht genau wusste, wo das war.

Mit einem schwer zu beschreibenden Gefühl saß ich mal wieder im Flugzeug beim Landeanflug auf Frankfurt. Was wird mich hier erwarten und was werde ich vorfinden bei dieser Reise, von der ich sagte „Nach Hause". Recht müde vom Nachtflug betrachtete ich die mir bekannte, jedoch, wie mir vorkam, neue Landschaft, aus dem Fenster des dahinrasenden ICE nach Köln.

Wie mag es wohl in meiner Wohnung aussehen? Mit einer regelmäßigen Mietüberweisung hatte ich mir diese Bleibe gesichert. Wohnung, oh je! Im Trubel der letzten Monate, es war mehr als ein Jahr, hatte ich den Wohnungsschlüssel, wer weiß wo, liegengelassen. Was ist zu tun?

Der Vermieter, – Herr Schmitz, wie kann man in Deutschland und dann noch in Köln auch anders heißen, – wird mir sicher Zugang verschaffen können. Er lachte, als er mich sah, nun, dazu hatte er auch allen Grund. Regelmäßige Mietzahlungen, nebst Nebenkosten und Abschlag, für eine so gut wie nicht benutzte Wohnung! Er gab mir einen Zweitschlüssel mit der Anmerkung, gelegentlich die Wohnung aufgesucht zu haben, um nach dem Rechten zu sehen und auch mal zu lüften.

Der nächste Tag verging mit dem Einkauf einiger Kleinigkeiten, die man so benötigt und, schon wieder einmal, mit der Kontrolle meiner Kontoauszüge. Ich besaß immer noch über 2,5 Millionen DM.

Mit einem gemieteten Leihwagen fuhr ich dann nach Rodenkirchen zur Villa Stollnikov. Überaus nervös, weil ich nicht wusste, wie ich mich verhalten sollte, wenn ich jemand antraf. Einen Plan hatte ich nicht. Aber Piro ging mir eben nicht aus dem Sinn. Das Tor zur Anlage, in dem das Haus stand, war offen, die Gartenanlage sah gepflegt aus. Mir schlug das Herz bis zum Hals.

Aber die Tür war verschlossen, die Rollläden an den Fenstern herabgelassen, ein Zeichen, dass zur Zeit die Villa nicht bewohnt war. Im hinteren Teil des Gartens war ein Mann bei der Arbeit. „Guten Tag, ich möchte zu Frau Stollnikov." Seine Gedanken konnte ich erahnen: „Das kann kein guter Freund sein, sonst wüsste er, dass sie nicht da ist." „Die Gräfin ist nicht da", mehr kam von ihm nicht. Also musste ich nachhelfen: „Ich bin ein Bekannter aus Punta Del Easte, bitte sagen Sie mir, wie ich die Gräfin erreichen kann!" Mein Interesse galt jedoch nicht der Gräfin, sondern ihrer Tochter. „Die Gräfin ist in Amerika." „Ist ihre Tochter bei ihr?"

Bei diesem Dialog war dann doch zu viel Neugier für ihn, er blockte ab. „Bitte, ich bin ein Freund von Piroschka, ich möchte wissen, wie ich sie erreichen kann." Als ich ihn dabei anschaute wie ein begossener Pudel, ließ er sich erweichen. „Fräulein Piroschka ist in Kolumbien, eine Adresse habe ich nicht, aber sie kommt in circa vierzehn Tagen hier nach Köln." „Ja, besten Dank, auf Wiedersehen." Wie man das so aus gewohnter Höflichkeit sagt, ohne zu denken, denn den wollte ich nun wirklich nicht wiedersehen. Aber Piro, in vierzehn Tagen.

Zwei Sachen gab es bis dahin zu erledigen. Bastian aufsuchen, beim letzten Versuch, ihn zu treffen, war er im Gefängnis, und einen Müller zu finden, der bereit war nach Brasilien zu kommen für den Fall, dass es mit der Mühle klappte.

Über Bastian erfuhr ich, dass er, mittlerweile in Diez im Gefängnis saß. Mein Besuch bei ihm erinnerte mich an mein Intermezzo in Siegburg. Durch fünf Türen, die, jede einzeln aufgeschlossen und hinter mir wieder abgeschlossen wurden, kam ich in einen Besprechungsraum mit vergitterten Fenstern.

Basti hatte Tränen der Freude in den Augen, als er mich sah. Noch sieben Monate hatte er vor sich, dann waren seine zwei Jahre um. Warum er in Haft war, fragte ich nicht, und er selbst sagte dazu auch nichts. Beim Abschied gab ich ihm die Adresse von

Chris mit der Einladung: „Wenn du raus bist, komm nach Rio zu mir!" Bastian, ein Typ mit krummen Lebensstil, aber einem guten Herzen, so empfand ich ihn.

Die nächste Aufgabe, ein Müller musste her. Von Chris hatte ich per Telefon erfahren, dass es möglich war, eine kleine Bachmühle, die für unsere Ansprüche genügte, zu erwerben.

Nach telefonischer Kontaktaufnahme mit der Bundesanstalt für Getreideverarbeitung in Detmold und der Fachschule für Müller in Locham bei München entschied ich mich für einen Gesprächstermin in Locham. Doch das Ergebnis war unbefriedigend. Ein junger Müllermeister, frisch von der Schule kommend, das war mir zu riskant. Ich brauchte einen erfahrenen Mann. Der Schulleiter wollte sich darum bemühen.

Die nächten Tage in Köln schlenderte ich durch die Stadt, genoss das lange vermisste Kölch und ein gutes Eisbein. Jedoch war ich auch voller Unruhe und Unsicherheit, wenn mir die Frage, wie soll es weitergehen, in den Sinn kam. Meine Situation war sicher nicht lebensbedrohend, trotzdem hatte ich Sorge und gelegentlich einen Anfall von Ängstlichkeit.

Wie geht es weiter, wie wird Piro reagieren,

wenn ich so plötzlich vor ihr stehe, nachdem ich sie doch so unvermittelt, mitten in ihrer Geburtstagsfeier, verlassen habe, ohne eine Mitteilung zu hinterlassen?

Die Wahl der richtigen Gedanken, so hatte ich von Shalan gelernt, macht uns glücklich oder betrübt uns, bis hin zum ängstlich sein. Wenn wir glückliche Gedanken hegen, sind wir glücklich, haben wir unglückliche Gedanken, sind wir unglücklich, sind wir im Kopf ängstlich, werden wir voller Angst sein.

Mir fielen die sieben Worte von Mark Aurel, dem Kaiser Roms und Philosophen ein: „Unser Leben ist das Produkt unserer Gedanken."

Diese Worte befolgend, fröhlich denkend, steckte ich mir eine Nelke ins Jacket. Wieso ist eigentlich bei einem Herrenjacket ein Loch im Kragenrevers, nur für die Nelken?

Alleine, dass mir diese Frage in den Sinn kam, zeigte mir auf, dass ich auf dem richtigen gedanklichen Weg war. So setzte ich mich fröhlich gelaunt ins Auto und, ab Richtung Rodenkirchen, Richtung Piro. Vom Gittertor aus an der Einfahrt sah ich die Nobelkarossen stehen, zwei Daimler, ein Porsche und einen Lancia. Das beeindruckte mich schon, soll ich da jetzt reingehen? Nein, das muss ich anders anfangen.

Die Telefonnummer, Stollnikov Rodenkirchen, hatte ich mir vorsorglich notiert. Also Handy raus und anrufen. „Guten Tag, bei Stollnikov." „Ich möchte Fräulein Piroschka sprechen." „Moment bitte." Mein Herz schlug so sehr, dass sich mein Hemd bewegte. „Ja, bitte." Tiefes Durchatmen. „Hallo, Piro, leg bitte nicht auf, sage nichts! Ich muss dich sprechen." „Fraaaaank!" „Wann können wir ungestört reden, es ist wichtig?" Lange Pause. „Sage mir bitte, wann und wo, ich mache es möglich." „Mein Gott, du bist es." „Wann und wo?" „Morgen 10.00 Uhr in Köln, Café Reichert." „Okay, danke, bis morgen." Ihre Stimme und dann das, mein Gott, ich wiederholte es, mein Gott. Das wird ein langer Tag bis morgen.

Eine halbe Stunde saß ich schon da, viel zu früh, als sie durch die Türe kam. Nein, sie kam nicht, sie rauschte herein. Echt Piro, genau wie ich sie in Erinnerung hatte. Mein „schön, dass du da bist" waren mehr gestammelte Worte. „Piro, wir haben uns sicher viel zu erzählen, aber höre mir bitte erst einmal zu!" Diesen Satz hatte ich mir vorgenommen und auch einigermaßen gut rübergebracht.

Vom Bäckermeister in Deutschland, über den Koffer vom Kölner Bahnhof, offenbarte ich mich auch ihr, bis hin zu der überstürzten Abreise in

Punta Del Easte. Von meinen Brotproduktionen in Brasilien und von Shira, sowie meinem Leben bei Shalan. Aber auch von den Ängsten und Verfolgungen wegen des Geldes.

Zum Ende schaute ich sie an, und ich sah, dass sie weinte. „Entschuldigung, das wollte ich nicht." Ich nahm ihre Hand, als sie sagte: „Ich kann jetzt nicht reden, das muss ich erst alles in mir aufnehmen und verarbeiten."

Nach endlos langen Minuten des Schweigens meine Aufforderung: „Bitte, nun erzähl du!" Sie und ihre Mutter waren zunächst überrascht, dann enttäuscht, und zum Schluss hatten sie sich Sorgen gemacht und sogar die Polizei eingeschaltet. Dann die Tage, Wochen und Monate, in denen sie nichts von mir hörten und sie sich mein Verhalten nicht erklären konnten. „Ich wusste immer, dass du nicht freiwillig so einfach abgehauen bist und hatte zum Schluss nur noch Angst."

Es war schon weit über Mittag, wir hatten die Zeit vergessen, als eine Frage unausgesprochen zwischen uns stand: Wie geht es nun weiter?

Noch während der Geburtstagsfeier und dann bei der Suche nach mir hatte sich ein Mann besonders hilfreich um sie gekümmert. Ein liebenswerter, netter Mensch, er hat sie auch des öfteren besucht.

Dann einige gemeinsame Reisen und nun waren sie seit vier Wochen verlobt und planten die Hochzeit. „Erzähl mir mehr von ihm", bat ich sie. „Muss das sein?" „Ja." So erfuhr ich außer dem allgemeinen, er sei lieb, nett, klug und anscheinend sehr reich. Kommt aus Kolumbien und hat noch ein Haus in Punta Del Easte.

Stunden waren nun schon vergangen, das lange Sitzen wurde unbequem. „Piro, hier ist meine Telefonnummer. Verarbeite, was du gehört hast, denke darüber nach und bitte, ruf mich an, damit wir weiter reden können!" „Und wenn ich das nicht tue?" Sie wurde schon wieder keck und spitzbübich. So kannte ich sie. „Dann komme ich nach Rodenkirchen." „Ja, ich rufe dich an."

Das war dann der Abschluss eines langen denkwürdigen Tages, dessen Folgen in diesem Augenblick keiner von uns auch nur im Geringsten erahnen konnte.

Meine Gedanken und Gefühle schlugen Kapriolen und endeten in wirren Fantasien. Piro, bei allem, was ich ihr gesagt hatte, mein Verhältnis zu Chris hatte ich ihr verschwiegen. Feigling, nannte ich mich dafür selbst.

Zwei Tage irrte ich in Köln umher, bis der Anruf kam. „Hei, Frank, meine Mutti will dich sehen!

Kommst du heute abend zu uns?" „Ja, acht Uhr."
Was war das für ein doofer Satz fiel mir ein: „Meine
Mutti will dich sehen". Sie nicht?

Ganz brav und konservativ, mit einem Blumenstrauß für Mutti und einer Orchidee für sie, klingelte ich mit klopfendem Herzen Punkt acht Uhr an der Tür. Hei, sah sie gut aus, wie sie mit einem Lächeln da stand und die Frau Gräfin mit strenger Miene im Hintergrund.

Der Abend begann sehr angespannt, verlief dann aber äußerst harmonisch. Piro hatte der Gräfin alles erzählt, und die offenen Fragen konnte ich gut und gerne beantworten. Gegen Ende sagte die Gnädig-ste: „Bleiben wir Freunde! Ich möchte noch einmal mit Ihnen Skat spielen." Das hatte sie wohl auf dem Kreuzfahrer beeindruckt.

Schon zum Gehen bereit, sah ich auf der Anrichte ein Bild von Piro mit einem Mann, das mich elektrisierte. „Ist das dein Verlobter?" „Ja." Mir war sicher anzumerken, dass ich das Bild besonders anstarrte, daher die Frage von Piro: „Kennst du ihn?" Die Pause, die nun eintrat, muss ungebührlich lag gewesen sein. „Ja, ich glaube, ich kenne ihn. Er gehört zu den Männern, die in mein Zimmer in Punta Del Easte eingedrungen sind, und hier in Köln habe ich ihn auch schon einmal gesehen, bei den

Leuten, die mich verfolgten." Das war genug, um sich wieder zu setzen.

Die Gräfin war es nun, die das Wort ergriff, denn Piro was blass geworden und auf den Stuhl gesunken. „Du irrst dich auch nicht?" „Nein, dieser Mann hat versucht, gemeinsam mit einigen anderen mir das Geld wieder abzujagen, es wird wohl seines gewesen sein." „Lass uns morgen telefonieren." Mit diesen Worten ließ ich die beiden mit dem soeben erfahrenen und ihren Gedanken zurück.

Für mich stand fest, das kann kein Zufall sein. Aber den Aufwand einer Heirat mit Piroschka zu betreiben, nur um an das Geld zu kommen oder um sich für die vielen Fehlschläge in diesem Bemühen zu rächen? Das kann es auch nicht sein.

Nach unruhiger Nacht, noch vor dem Frühstück, das ich in ge-wohnter Weise in einem Café einnahm, war Piro am Telefon. „Komm bitte vorbei, lass uns reden!" „Ja, ich komme, es dauert noch etwa eine Stunde."

Als ich kam, lagen schon einige Bilder auf dem Tisch. Ich sollte mich überzeugen, ob er das auch wirklich war. Kein Zweifel, es war der Mann, von dem ich nun erfuhr, dass er Garcia Racordes hieß.

Das Entsetzen der beiden war ihnen deutlich anzumerken. Garcia, ein Mann aus dem Drogenumfeld! Der ist doch so nett, gebildet und weltmännisch. So verliebt in Piro. Wie sie dazu stand, konnte ich nicht richtig erkennen. Dafür war ich auch nicht der objektive Betrachter, denn Piro war nun einmal eine Traumfrau in meinen Augen und, ich spürte es deutlich, auch in meinem Herzen.

Nach den vielen nun folgenden Fragen, warum, wieso, wie kann das sein, können wir uns so geirrt haben, erlaubte ich mir zu sagen: „Wenn ihr an einer Klärung interessiert seid", sofort merkte ich, das dass der falsche Ansatz war, denn aus beiden sprudelte heraus: „Natürlich sind wir interessiert", „dann plant konkrete Maßnahmen, um die Wahrheit zu erfahren." – „Soll ich euch alleine lassen?" „Nein, bleib, hilf uns!" sagte Piro.

Fazit der folgenden Diskussion: erstens, Hochzeit verschieben, einen plausiblen Grund dafür suchen. Ich spürte, dass ich nun wirklich nichts dagegen hatte. Zweitens: Garcia in Cartagena, Kolumbien, wo er wohnte besuchen, um dort eventuell mehr zu erfahren. Drittens: die neuen Informationen über seine Tätigkeiten zunächst verschweigen und meine Person nicht erwähnen.

Die Gräfin war es dann, die, mit einem Blick auf die Uhr, unsere Runde beendete. „Garcia will heute nachmittag kommen, du gehst besser, nicht, dass er dich hier noch sieht."

Bei meiner Rückfahrt in die Stadt schwirrten mir so viele Gedanken durch den Kopf, dass ich einige Male Glück brauchte, um keinen Unfall zu verursachen.

Am nächsten Tag war ich mit einem anderen Ereignis beschäftigt. Chris teilte mir mit, dass die Möglichkeit bestand, eine für unsere Ansprüche geeignete Mühle zu kaufen. 70.000 Dollar. Nun, meine Freunde in Rio und Sao Paulo sollten nicht wegen den Problemen, die ich hier hatte, zurückstehen. Mühle kaufen, Überweisung der Dollar erfolgt heute noch, ich komme bald. Das musste sie doch fröhlich stimmen.

Was mache ich da bloss, Piro hier, Chris dort? Die Zeit wird es zeigen, war das Ergebnis meiner Gedanken.

Jetzt werde ich mich wieder um meine Unternehmungen in Brasilien kümmern. Ein Müller muss her. Das Arbeitsamt, den Schulleiter in Locham nochmals angesprochen und, siehe da, es gab einige Interessenten. Da die beruflichen Biographien der Bewerber keine Besonderheiten ergaben und alle gewillt waren, das Risiko Brasilien auf sich zu nehmen, entschloss ich mich für Jens Flohe, weil seine Mutter Spanierin war und er diese Sprache etwas konnte.

Also, nächste Woche fliegen wir zusammen nach Rio, er freute sich riesig.

Mit Piro verständigte ich mich per Telefon. Ich wollte mich da nicht zu sehr reinhängen. „Bin ab jetzt in Rio zu erreichen!" Als Adresse gab ich ihr die Anschrift von Sancho. „Piro, berichte mir bitte was du erreichst und was du weiter planst!"

Wieder einmal im Flieger Richtung Rio. Neben mir Jens, der mir immer besser gefiel. Er machte nicht nur einen unternehmungsvollen Eindruck auf mich, ich merkte auch, dass er wohl ein Fachmann auf seinem Arbeitsgebiet war. Nebenbei erfuhr ich noch, dass er auch eine Prüfung als Braumeister abgeschlossen hatte. Kann nichts schaden, wer weiß!

Freudige Begrüßung durch Mama Magdalena, Papa Sancho und natürlich Chris, sowie Johse, der uns mit seinem Taxi am Flughafen abgeholt hatte. Schnell wurde mir von den geschäftlichen Aktivitäten berichtet, bis hin zum geplanten Mühlenkauf. Es gab einige Bedenken. Wir vereinbarten, morgen mit dem Auto von Johse die Mühle zu besichtigen. Chris und Papa Sancho wollten mitfahren, und auch Jens sollte mitkommen.

Nach einer schönen Nacht mit Chris, für den Augenblick war Piro vergessen, saßen wir nun im

Auto Richtung Serra da Bocaina. Drei Stunden Fahrt waren angesagt. So schön und romantisch die Fahrt auch war, über eine Schotterstraße, mehr ein Bergpfad, durch einen Regenwald mit unzugänglichem Hinterland, kamen mir doch erhebliche Bedenken, über diese Strecke Getreide und Mehl zu transportieren. Das war auch der Grund, warum Chris den Ankauf noch nicht realisiert hatte.

Serra da Bocaina, eine herrliche, in der wilden Natur gelegene Kaffeefazenda, ehemalige Kaffeeplantage, jetzt ein Hotel mit Pool und einem kleinen Wasserfall in der Nähe. An diesem Flüsschen eine Mühle, die sowohl für die Stromversorgung einmal gedient hatte, wie auch für den Eigenbedarf an Mehl. Jens schaute sich das alles mit besonderer Aufmerksamkeit an. Ja, man kann hier auch mahlen, aber?

Die Entfernung bis Rio, der Transportweg und die nötigen Investitionen, nein, das ist nichts, war unsere einhellige Meinung, schade. Jens war so begeistert von dem landschaftlich schönen Umfeld und dem Hotel, dass er am liebsten geblieben wäre. Ich vereinbarte ein Gespräch mit dem Inhaber des Hotels und Jens. Das Ergebnis, Jens konnte bleiben, um die Mühle als Touristenattraktion auszubauen.

Ich bezahlte Jens noch für einen Monat und gab

ihm zusätzlich Geld für den eventuellen Rückflug. Dazu fühlte ich mich verpflichtet, denn letztlich hatte ich ihn zu der Reise nach Basilien animiert. Wir fuhren ohne Jens zurück.

Wir müssen uns also mit den Gegebenheiten wie bisher begnügen. Aber es lief ja auch so recht ordentlich, wir machten Gewinn mit unseren Geschäften.

Seit gut zwei Wochen drücke ich mich nun schon in Rio herum. Ab und zu mal ins Büro zu Papa Sancho, den Rest des Tages am Strand und abends Chris. Gelegentliche Gedanken an Piro verdränge ich.

Und dann, eines Morgens, gerade wollte ich ins Büro, klingelte das Telefon. „Eine Frau Piroschka möchte Sie sprechen." „Ja bitte, stellen Sie das Gespräch durch." „Nein, sie ist hier unten in der Rezeption." Bumm, das schlug bei mir ein wie eine Bombe. Piro hier.

Das schöne Luderleben, gerade noch Chris mit einem Kuss verabschiedet, und nun Piro vor der Türe. Weiche Knie war noch das Wenigste, was ich verspürte, als ich den Aufzug in die Hotelhalle nahm.

„Du bist verrückt", etwas anderes fiel mir nicht ein, als ich sie begrüßte. Hei, Frank, ihre Worte. Ich nahm sie bei der Hand: „Komm setz dich", trink etwas und erzähle!" In die weichen Polstersessel im Empfang, mehr fallend als sich hinsetzend, schauten wir uns lachend an. „Na, deine Freude hält sich in Grenzen", waren ihre ersten Worte. Sie hatte meine Verunsicherung sofort erkannt. „Nein, ich freue mich, dich zu sehen." Das war gelogen, aber was sollte ich sonst sagen.

„Komm, erzähl nun, was hast du erreicht? Bist du mit deinem Garcia klar gekommen, weißt du nun mehr über ihn?" „Oh, das ist alles so furchtbar. Wirklich wissen tue ich nicht mehr, aber ahnen oder glauben. Was er so treibt, scheint nicht sauber zu sein. Über die Verschiebung der Hochzeit war er sehr böse, zumal ich ihm keinen wirklich triftigen Grund nennen konnte und dadurch etwas herumstam- melte. –

Auf meine Bitte, ihn nach Cartagena begleiten zu wollen, reagierte er verstört und ziemlich schroff. Es war schon mehr ein Streit." Dann fragte er: „Hast du deinen ehemaligen getroffen?" Meine Antwort: „Und wenn? Bitte, entschuldige, das war sicher dumm von mir und nicht so vereinbart, aber ich war so erregt. Nun weiß er also, dass wir Kontakt haben."

„Was willst du weiter machen?" „Morgen nach

Punta Del Easte fliegen und ihn dort in seinem Haus besuchen, er weiß, dass ich komme."

Nun war ich derjenige, der erzählen musste. Ich nahm allen Mut zusammen und offenbarte ihr mein Verhältniss zu Chris und dass sie hier sei, mit dem Zusatz: „Das hätte ich dir schon in Rodenkirchen sagen müssen." Sie lächelte. Wie echt das aus ihrem Innern kam, war schwer zu beurteilen, aber ihr Spruch, der folgte, löste eine positive Stimmung aus: „Glaubst du, ich hätte erwartet, dass du so lange ohne Frau lebst?"

„Gut, heute abend kommt Chris, dann essen wir zusammen. Ich muss aber auch ihr erst noch erklären, dass es dich gibt.

Nochmal zu Garcia, und wie es weiter gehen soll. Das ganze Gerede bringt keinen weiter. Was hältst du davon, wenn ich morgen mitfliege, und wir klären mein Problem mit ihm in einem offenen Gespräch. Wie immer es auch ausgehen mag, es wird Klarheit bringen, auch für dich." „Okay, das ist ein guter Vorschlag."

Piro checkte im Hotel ein, und ich hatte nun die pikante Aufgabe, Chris von ihrer Existenz und auf ihre Anwesenheit hier im Hotel vorzubereiten. Es ging besser als gedacht. Das versprach ja ein spannender Abend zu werden, essen mit Chris und Piro an einem Tisch. Im Vorfeld schlugen meine Gefühle Kapriolen, meine Seele verlor den Boden unter den Füßen.

Doch der Abend gestaltete sich völlig anders als erwartet und von mir befürchtet. Die beiden begrüßten sich mit einem ernsten Lächeln, wenn es so etwas überhaupt gibt, und alsbald waren die jungen Frauen in Gespräche vertieft, bei denen das Gefühl in mir aufkam, nur noch eine Randfigur an diesem Tisch zu sein. Sie verstanden sich prächtig, hatten genügend Themen. Meine Probleme, die sie ja beide bestens kannten, spielten dabei keine Rolle. Wahrscheinlich wurden sie auch nur geschickt umgangen.

Leicht vom Wein benommen, wurde es ein schöner langer Abend. Vor dem Einschlafen noch ein letzter Gedanke von mir. Ich liege hier mit Chris im Bett, und hinter der Wand neben mir schläft Piro.

Auch Chris machte sich so ihre Gedanken, denn vor dem Einschlafen sagte sie: „….und morgen fliegst du also mit Piro nach Punta Del Easte."

Garcia Racordes

Im Flugzeug Richtung Montevideo, neben Piro sitzend, kam von ihr nur einmal der Satz: „Chris ist eine nette Frau, Du hast viel Glück." Was sollte ich dazu sagen? Was ich dachte: „Ja, die zweitschönste Frau, die ich kenne." Nein, das unterließ ich.

Vier Stunden im Auto bis Punta Del Easte, die Strecke kannte ich. Großes abgeschlossenes Eisentor, Piro verschaffte sich per Sprechanlage Eingang.

Jetzt kam es darauf an, der erste Satz, der erste Eindruck ist wichtig, Hochspannung bei uns beiden. „Herr Racordes ist noch nicht da, wird aber erwartet", teilte uns eine hübsche Kleine mit, die Piro besonders begrüßte. Sie kannten sich also. Auf der hinteren Terrasse des Hauses bekamen wir einen Kaffee, und somit hatte ich Gelegenheit das Anwesen zu betrachten. Grüner gepflegter Rasen, Springbrunnen, Tennisplatz, und weiter draußen erkannte ich eine Golfanlage.

Typisch für die Drogenbarone aus Kolumbien, die hier lebten und einen Teil ihres Geldes anlegten außerhalb der Zugriffsmöglichkeiten der kolumbianischen Justiz. „Hei, Piro!" – er sprach ihren Namen nicht ganz aus. Als er mich sah, blieb er abrupt stehen. Na, war der überrascht. Mit einer geradezu ungeschickten Handbewegung zeigte er auf mich. Man sah, wie er durchatmete und tief Luft holte. Dann kam ein: „Was will der denn hier?" in bestem Deutsch mit bösem Blick auf Piro.

„Mit dir reden und einiges klären." Im Stillen

verbuchte ich für mich, eins zu null. Nochmaliges Luftholen, schon mehr Schnaufen von ihm, spannende Sekunden, dann: „Lasst uns erst essen, bevor wir streiten." Donnerwetter, eins zu eins.

Es gab eine hervorragende Antipasta mit schwerem Rotwein. Ab und zu ergriff er einmal die Hand von Piro. Sie ließ sich das, den Eindruck hatte ich jedenfalls, gerne gefallen.

Dann ging es los: „Garcia, lass uns versuchen, eine Einigung zu erzielen. Du willst dein Geld zurück. Ich gebe es nicht mehr her, da es illegales Geld ist, mit Drogen erworben. Von Cartagena, mit den Orten dazwischen bis hier hin nach Punta Del Easte, hast du ein gutes Geschäft, ich weiß es, denn das hat mich interessiert. Ich vergesse das, dafür lässt du mich endgültig in Ruhe und unterlässt es mir deine Jungs auf den Hals zu hetzen.

Einen ziemlich ausführlichen Bericht über die Machenschaften habe ich bei einem Notar in Deutschland hinterlegt. Er übergibt diesen, bei einem plötzlichen Tod meinerseits, oder wenn ich mich nicht alle vier Wochen bei ihm melde, der deutschen Justiz." Jetzt war es Piro, die blass wurde.

Er schaute mich nur ernsthaft an. Meine Worte waren der bisher größte Bluff meines Lebens, aber im Pokern hatte ich Erfahrung. Genauso, wie ich es geplant hatte, waren sie mir herausgekommen.

„Garcia, du bist dran." Das nennst du Einigung? Ich verzichte auf mein Geld und bekomme von dir nichts?" „Doch, mein Schweigen." Minutenlang war Ruhe. Es kam noch eine Flasche Rotwein. „Wie kann ich dir vertrauen, wenn ich auf so viel Geld verzichte?"

„Gar nicht! Für mich ist das Geld alles, was ich besitze. Bei dir, so scheint mir, läuft das unter anderem, wenn ich mich so umschaue. –

Frage Piro, ob sie mich für vertrauenswürdig hält. Ich denke, ihr wirst Du glauben." Er prostete mir zu. „Gut, trinken wir auf diesen Abend. Übernachte bei uns, und morgen reden wir weiter."

Es wurde noch ein langer Rotweinabend und Garcia wurde mir immer sympathischer. Ich konnte mich des Eindrucks nicht erwehren, dass es ihm auch so erging.

Gut ausgeschlafen auf der Terrasse ankommend, saßen Piro und Garcia schon beim Frühstück. Es war leicht zu erkennen, dass sie die Nacht gemeinsam verbracht hatten. Piro, so glaube ich, zeigte mir das ganz bewusst. Garcia machte die nach außen hin getragene Harmonie sichtlich Spaß. Seinen Vorschlag, noch ein paar Tage zu bleiben, nahm ich dankend an. Das konnte nur richtig sein, um mein Verhältnis zu ihm endgültig zu klären.

Nun war ich schon sechs Tage hier. Es herrschte eine ausgesprochen lockere, sogar fröhliche Atmosphäre. Eine Gelegenheit, mit Piro alleine zu sprechen, ergab sich nicht. Diese Bemühungen, das spürte ich, wurden schon im Ansatz von beiden geschickt unterbunden.

Aber so ging es nun mal nicht ewig weiter, die Stimmungslage wurde verkrampfter, weil jeder wusste, es muss eine Entscheidung her. Drei Worte fielen mir dazu ein, Krieg oder Frieden.

Es war mal wieder Assadazeit, man hat das Gefühl ein halbes gegrilltes Rind kommt auf den Tisch, Fleisch, Fleisch, Fleisch. So zeigt sich das hier, selbst in einem Haus wie diesem, wo doch von erheb-lichem Wohlstand gesprochen werden kann. Ein besonderer Rotwein wurde gereicht.

Ich wusste, jetzt erfahre ich, wie es weitergehen soll. Garcia nahm dann die Geschichte in die Hand. „Frank, Piroschka hat mich überzeugt, dass du ein netter Mensch bist." „Na! dachte ich, das ist ja schon mal was." „Ich glaube dir, wenn du sagst, alles zu vergessen, was du weißt. Denke aber immer daran, es ist besser, uns als Freunde zu haben, als umgekehrt."

Das war eine versteckte Drohung. Es sprach

von „uns", klar, der Begriff Drogenkartell kam mir in den Sinn. „Es gibt aber eine Bedingung", dabei schaute er Piro an, die mit dem Kopf nickte. „Du musst zu unserer Hochzeit kommen." Er lachte dabei, ja, so sehen Sieger aus. Piro ergänzte: „Und Chris mitbringen." Peng, die Fronten waren wirklich geklärt.

Am nächsten Tag ging dann alles sehr schnell. „Danke für die gute Zeit, lasst rechtzeitig von euch hören wegen des Hochzeitstermins!"

Punta Del Easte, Montevideo, Rückflug nach Rio. Jetzt, in der Maschine hatte ich zum erstenmal Ruhe, über das Zurückliegende nachzudenken.

Piro heiratet diesen Garcia, trotz seiner dubiosen Geschäfte. Ich vermochte das nicht richtig einzuordnen. Eine weitere Verfolgung der Mafia wegen des Geldes war meinerseits nicht mehr zu befürchten, jedenfalls glaubte ich den Worten Garcias. Es fiel mir schwer, aber mein Urteil über ihn, eigentlich ein netter Kerl.

Unter völlig neuen Voraussetzungen traf ich nun Chris wieder. Hauptthema, keine Angst mehr. Nebenbei erzählte ich ihr, dass wir zur Hochzeit von Piro fahren. Das, so glaube ich, hörte sie am liebsten.

Seit drei Wochen genieße ich nun schon wieder Sonne, Strand und Chris. Schöne Zeit, aber innerlich war ich leer, weil ohne richtige Aufgabe.

Ich besuchte Edgar in Sao Paulo und war überrascht, was für eine gute Backstube er eingerichtet hatte. Das Geschäft mit den Hotels war noch ausgeweitet worden und lief bestens.

Außerden gab es mittlerweile auch ein Ladengeschäft, das ausschließlich deutsches Brot verkaufte. Perfekter Weise befand sich das Geschäft, geradezu ideal, im Gebäude des deutschen Hauses. Eine Idee, die ich mit nach Rio nahm.

Edgar war ein richtiger Unternehmer geworden. Übrigens, mit Erfolg in eine Brasilianerin verliebt. Eine schöne Zahl am Rande, aber nicht so unwichtig, auf meinem Konto bei der Banko de Brasil war ein Plus von rund 34.000 Dollar vermerkt.

Zurück nach Rio und von dort mit Chris nach Serra da Bocaina. Ich wollte Jens besuchen und ein paar Tage in der gepflegten Anlage verbringen.

Die Fahrt, wieder über die schon einmal beschriebene Schotterpiste, mit dem schier undurchdringlichen Urwald links und rechts. Bei einer kleinen Pause am Rand der Straße tobten einige Affen vor uns her, die, als sie uns sahen, fürchterlich keifend im Busch verschwanden.

Bei der Ankunft in der Kaffeefacenda, sofort wieder der atemberaubende Eindruck. Der gepflegte Rasen, das Hotelgebäude mit seinem Südstaatenprofil, die Poolanlage, umgeben von Palmen, die Serra, das kleine Flüsschen, dessen Lauf mehr zu erahnen als zu sehen war. Eine paradiesische Atmosphäre.

Wir hatten gerade im Hotel eingecheckt, da kam Jens zur freudigen Begrüßung. Nur Positives und Lobendes war von ihm zu hören. Sofort mussten wir mit ihm zur Mühle. Was er uns dann zeigte, war mehr als eine Überraschung, es war sensationell.

Zwei Sudkessel, eine Filteranlage und einige andere Geräte, deren Verwendungszweck ich nicht erkannte sowie ein paar Holzfässer standen herum. Jens braute Bier.

Vor drei Monaten hatte ich ihn zum Mahlen von Mehl nach Brasilien geholt – und nun das. Der Hotelbesitzer hatte seine Begabung erkannt und ihn mit seinen Fantasien gewähren lassen. Dabei noch finanziell, wie auch praktisch, zum Beispiel bei der Beschaffung der Gerätschaften, unterstützt. Der durch das Mühlrad betriebene Generator lieferte den Strom für die Anlage.

Herr Westphal, von mir nach seinen Ideen befragt, sagte: „Es ist mehr als ein Mäzenatentum für einen Hobbyisten. Der Bedarf für meine Gäste ist zwar noch sehr gering, aber der Ausschank exklusiv.

Ich werde versuchen, das Bier unter dem Namen German-Bräu zu vermarkten. Dort, wo früher Kaffee wuchs, kann auch Getreide und Hopfen gedeihen. Die Energiekosten sind durch die Mühle gleich null. Visionen hatte er wirklich.

Drei Wochen sind wir nun schon hier. Schöne Tage am Pool, unterbrochen von einigen Touren in einem geländegängigen Auto mitten in den Regenwald. Immer wieder begleitet von Pumas, Affen, Papageien, Tukanen und Schlangen.

Eine völlig andere Vegetation und Tierwelt, als ich sie bei Shalan in Sri Lanka kennengelernt hatte.

Nun war es aber Zeit, wieder nach Hause, so nannte ich gegenwärtig Rio, zu fahren. Eines wusste ich beim Abschied, die Entwicklung dieser Mühle und das German-Bräu im Urwald werde ich im Auge behalten.

Die Hochzeit

Im gewohnten Hotel an der Le Bonnet händigte man mir einen Brief aus: Absender Garcia Racordes, Cartagena. „Wir freuen uns auf Euren Besuch, zu unserer Hochzeit. Hotel Florenca, Cartagena, ist für Euch gebucht vom 23. bis 29. dieses Monats, Verlängerung möglich. Viele Grüße, Garcia und Piroschka."

„He, Chris, was haben wir heute für ein Datum?" „Warum, der 19." „Wir fliegen in drei Tagen nach Kolumbien." „Du bist verrückt, das geht nicht." Und es ging doch. Meine Aussage dazu: „Wenn du so wichtig bist für deine Verwaltung, werden sie noch einmal auf dich verzichten müssen, sonst kündigst du, und sie verlieren dich ganz."

Chris wusste nicht, ob sie ihren Arbeitsplatz noch hatte, wenn sie zurückkam, aber wir reisten nach Cartagena.

Wie manchmal auch kleine Dinge zum Problem werden können, zeigten unsere Überlegungen: Was packen wir ein, was ziehen wir zur Hochzeit an? Wir wissen ja gar nicht, wie das dort abläuft? Was schenken wir? Ein Problem, das wohl alle Frauen dieser Welt gemeinsam haben.

Vom Flughafen Bogota aus ging es mit einem kleinen zweimotorigen Seelenverkäufer nach Cartagena an die Karibikküste. Weiter mit dem Taxi in die Hotelzone Bocagrande zum Haus Florenca. Nach dem üblichen „Buenos Dias", „Ihre Reservierung ist erst für morgen vorgesehen." Mein „Sollen wir bis morgen früh am Eingang warten?", wurde mit einem nicht gerade gastfreundlichen Blick und der Aussage beantwortet: „Es dauert leider noch eine Stunde, bis das Zimmer fertig ist."

Wir hatten noch nicht die nächste Sitzgelegenheit gesehen, als ein im besten Hoteldress gekleideter Herr anrauschte. „Sie sind Gäste von Don Garcia?" „Ja!" „Bitte, kommen Sie und seien Sie auch meine Gäste, bis ihr Zimmer fertig ist! Was darf ich bringen lassen?" Das hörte sich gut an und machte Eindruck.

Zum ersten Male hörten wir dieses mit einer gewissen Untertänigkeit und von einem Bückling begleitete „Don Garcia", was uns nun stets begleiten sollte.

Chris und ich fanden es lustig. Wasser und Saft wurde gereicht. Wir waren noch mit der weiteren Bestellung beschäftigt, als der Untertan mit der Nachricht kam: „Sie werden am Eingang erwartet."

Hoppla, der Funk schien hier zu funktionieren. Ein uniformierter Mann bat uns in eine Limousine der Sonderklasse, getönte Scheiben, Polster, in denen wir versanken, und ein kolossaler Innenraum. „Chris, hier haben zehn Personen Platz", sagte ich.

Wir hatten kaum Gelegenheit, etwas zu sehen oder gar zu erkennen. Unser Gefährt fuhr, nein glitt nahezu geräuchlos wie auf Schienen durch die Gegend.

Nachdem wir ein riesenhaftes, schmiedeeisernes vergittertes Tor, an dem auf beiden Seiten Uniformierte standen, passiert hatten, stoppte der Wagen. Beide Türen wurden von außen geöffnet und – da stand sie, Piro, am Fuße der Treppe.

Wie eine Göttin aus Marmor, so kam sie mir vor. Sie lächelte mit den Worten: „He, willkommen!" Mir schien ihre Stimme etwas rau, und bei der Umarmung bemerkte ich ein kleines Tränchen in ihren Augenwinkeln. „Kommt herein! Wie war die Reise? Garcia ist noch nicht da, er kommt später." O Gott, war sie nervös.

Chris hielt mich an der Hand fest, als wir die Stufen hinaufgingen. Sie zitterte ein wenig, und das lag sicher nicht an er Anstrengung des Treppensteigens. „Was möchtet Ihr trinken?" „Piro, ich möchte mich setzen, bring was Kühles, ohne Alkohol." Das hier musste ich erst in mir aufnehmen. Drei braune Wesen, wohl Mulattinnen, in weinroten Gewändern mit weißen Häubchen, rauschten herbei. Karaffen mit buntem Inhalt, Gläser und kleine Snacks wurden mit dienernder Geste gereicht.

Der große Raum mit den Teppichen an der Wand, die schweren Eichenholzstühle mit dem entsprechenden Tisch, an dem mindestens zwanzig Personen Platz nehmen konnten, die Kristall-Gläser – überwältigend. An der Decke ein Kandelaber, auf den Anrichten die Kerzenständer aus massivem Blei und den entsprechenden Kerzen.

„Du schaust Dich so verwundert um?" „Ach ja, Piro, so stelle ich mir eine Burg im Mittelalter vor." Es war nicht der Augenblick vornehmer Zurückhaltung. „Komm, schaut Euch den Rest der Burg an!"

Nach dem folgenden Rundgang blieb nur eine Feststellung: Das hier ist eine andere Welt: die Tennisplätze, die Golfanlage, die an der Steilküste zur Karibik endete, und das alles eingefasst von einer zwei Meter hohen Mauer, die von kleinen Wachtürmen unterbrochen wurde.

„Ich weiß, wie das alles auf Euch wirkt, aber bleibt ein paar Tage hier, und Ihr werdet vieles anders bewerten als beim ersten Hinsehen", sagte Piro. „Ich möchte jetzt am liebsten ins Hotel, bitte, versteh das, Piro."

„Ja, gut, Chris, Du wirst morgen um vier Uhr abgeholt; wir fahren zu mir, ein reiner Damentag erwartet Dich, so ganz ohne Kerle. Du Frank, wirst um sieben Uhr abgeholt, es wird für Dich sicher spannend werden."

„Zu Dir, wo ist das?" meinte Chris. „Nicht weit von hier, an der Küste habe ich ein gesondertes Zuhause. Ein Geschenk von Garcia zur Hochzeit. Das macht man hier so. Es gibt keine Eheverträge, auch keine weiteren Mittel, falls es mit dem Glück nicht klappt. Dafür erhält die Frau bei der Eheschließung ein Geschenk, das sie für diesen Fall weitgehend unabhängig machen soll, ich habe dafür Casa Corchio erhalten."

Mit einem kleinen Bummel durch die Altstadt von Cartagena verbrachten wir den restlichen Vormittag. Es gab nur ein Thema, die Burg da draußen am Meer und wie sich Piro wohl darin fühlte.

Pünktlich um vier Uhr stand die Limousine vor dem Hotel, und Chris rauschte ab. Nicht, ohne mir noch zuzurufen: „Mensch bin ich gespannt!" Mir ging es ebenso, als ich später abgeholt wurde.

Mit ausgestreckten Armen kommt Garcia auf mich zu: „Willkommen, Amigo, lass Dich drücken! Na, soviel Herzlichkeit. Über die Terrasse ging es in die Gartenanlage, die bestückt war mit dutzenden von Stehtischen, allerdings mit einer noch recht überschaubaren Anzahl von Gästen.

„Komm, ich mache Dich mit einigen Freunden bekannt, die deutsch sprechen." Es wurde Aquadiente serviert, ohne dass nach einem Getränkewunsch gefragt wurde. Das schien hier so üblich zu sein. Wem dieser Schnaps zu stark war, der bediente sich aus den Karaffen mit Wasser.

Mit fünf Gesprächspartnern am Tisch, alle gekleidet wie Banker auf einer Vorstandssitzung, wurde in deutscher Sprache geplaudert. Ich empfand das als angenehm. Gut, dass ich mich auch in den Dunklen geworfen hatte. Erst im Laufe des Abends wurde mir bewusst, das war so gesteuert.

Aus dem Lautsprecher kam Valentanos- und Reggeton-Musik. Auf meine Frage: „Was wird dahinten gebaut?" erhielt ich die Auskunft: „Das wird der Altar für die Trauung." Nach und nach füllte sich der Park. Da mehrmals das Landegeräuch von Helikoptern die Musik übertönte, hatte ich den Eindruck, die Gäste flogen ein.

Garcia kam: „Frank, komm mal mit, ich möchte mit Dir reden. Jack und Renge", mit einer Geste deutete er an, dass die beiden mitkommen sollten. Zu viert in einem Büro, einer Art Salon sitzend, begann Garcia: „Frank, wir feiern heute, man nennt es bei Euch den Junggesellenabschied. Es wird Dir einiges seltsam vorkommen, aber ich hoffe, Du hast Spaß.

Vorher aber, da wir gerade alle zusammen sind, hör' mich bitte an. Deine Unternehmungen in Sao Paulo und Rio interessieren uns.

Du hast Geschäftsverbindungen zu circa achtzig Hotels und zur Armee, außerdem backst Du Brot. Das alles bringt Dir höchstens hunderttausend Dollar im Jahr. Wir wollen Dir das ganze abkaufen. ZweiMillionen Dollar und Du bist den Ärger los."

Ich spürte meinen Herzschlag bis zu Hals. Meine Gedanken purzelten durcheinander. Gutes Geschäft, ja, aber was wird aus meinen Freunden, Edgar, Papa Sancho und Chris? Was will er, oder besser die damit?" „Garcia, Du willst doch nicht sofort eine Antwort?" „Doch!" das war klar und hart.

Nun ja, mein Freund, du bist zwar hier der Chef, aber so nicht mit mir. „Garcia, heute nein, ich muss denken; reden wir morgen weiter. Was wollt ihr damit?"

Jack ergriff die Initiative: „Wie ich von Garcia weiß, bist Du noch nicht lange einer von uns, mit uns lässt es sich gut leben, wenn man dabei ist, aber eben nur gemeinsam. Wir wollen Zugang zu den Hotels und den weiteren Verbindungen." Also dem Militär, dachte ich. „Was wollt Ihr denn backen?" Jack und Garcia wechselten einen Blick, und Garcia nickte mit dem Kopf. „Zusätzlich zum Brot Oblaten mit unserem Mehl." Bei dem Wort Mehl lächelten alle. Jetzt war mir klar, was das bedeutete, Oblaten mit ihrem Stoff.

Ich wusste sofort, mit diesem Wissen nicht zu kooperieren, wäre bestimmt nicht lebensfördernd. „Lasst uns morgen über Details sprechen." Jack sagte: „Gut, aber wir reisen morgen mittag ab." Das war ein dummer Bluff, denn sie waren doch zur

Hochzeit gekommen.

„So, und jetzt lasst uns feiern!" Garcia löste mit diesen Worten die Runde auf.

Der Gedanke an das Angebot und die möglichen Folgen ließen mich nicht mehr los. Von dem dargebotenen Essen, dem reichlichen Aquardiente und dem Rotwein machte ich nur spärlich Gebrauch.

Gegen Mitternacht kamen einige Musiker, und mit einem Tusch und großem Hallo, wurde eine Schar leichtbekleideter Tänzerinnen empfangen. Mir schien, das halbe Folies-Bergère war eingeflogen.

Ich war zutiefst beeindruckt. Die funkelnden Lichter, die Musik, der Geruch, oder sollte ich sagen die Duftmichung von Parfüm und Zigarrenrauch, ja die gehobene Dekadenz. Dazu noch der an der Tür stehende Aufpasser, ein Zwei-Meter-Mann mit einem Gesicht wie ein polierter Apfel. Es war mir nicht danach, davon Gebrauch zu machen.

Ich verließ ohne Verabschiedung das Fest. Beim Hinausgehen wurde ich noch einmal daran erinnert, wo ich mich befand. Am Tor standen einige Uniformierte mit weißem Koppel und Schulterriemen, sowie mit kurzläufigen Maschinen gewehren bewaffnet.

Zu bedenken gab es genug, aber erst einmal musste ich schlafen. Der ungewohnte Schnaps wirkte ebenfalls. Chris war noch nicht da. Durch ein Poltern im Zimmer wurde ich geweckt. Chris kam nach Hause, es war schon hell. „Kommst Du jetzt erst?" „Ja, noch nicht geschlafen." „Oh je, komm, erzähl."

„Tolles Haus am Meer. Es waren circa vierzig Frauen anwesend und eine tolle Stimmung. Keine Männer, aber ein Ballett in Männerkleidung. Eine Riesensause, Piro mittendrin. Viele Grüße übrigens von der Gräfin, sie freut sich, Dich zu sehen. Selbst die Taxifahrer waren Frauen. Und bei Dir?"

„Setz Dich jetzt erstmal, im Stehen hältst Du das nicht durch, was ich zu erzählen habe." Möglichst ausführlich schilderte ich ihr den Abend und insbesondere das unsittliche Angebot. Sie nahm meine Hand und schaute mich an: „Was nun?" Außer mit einem Schulterzucken konnte ich mich dazu nicht äußern.

„Du gehst jetzt schlafen, und ich mache mich auf den Weg zu den Gaunern." „Soll ich mitkommen?" „Nein." „Aber schlafen kann ich jetzt auch nicht mehr." „Versuche es."

Garcia empfing mich bereits auf der Treppe, er sah etwas zerknittert aus, wie auch Jack, der neben ihm stand. „Komm, Kaffee?" „Ja, schwarz, und bitte ein Crouson!" „Na, alles klar?" eröffnete Garcia das

Gespräch. „Nein, gar nichts!" Klare Kante zeigen, hatte ich mir vorgenommen. „Was geschieht mit meinen Leuten, Edgar, Sancho und Chris?" „Edgar beschäftigen wir gerne weiter, für Sancho haben wir keine Verwendung, und Chris wäre eine große Hilfe, wenn sie dabei bleibt. Gib ihnen etwas vom Kaufpreis ab, und Du wirst sehen, sie sind zufrieden."

Es war einer der Augenblicke im Leben, von denen man im nachhinein nicht weiß, woher die Gedanken und Ideen plötzlich herkommen. „Ihr habt doch Kontakt und Einfluss in der Gastronomie, in den Bars im Umfeld von Rio. Ich werde deutsches Bier brauen, mit dem Geld von Euch. Nehmt mir dreihundert Hektoliter pro Woche ab und der Deal ist gemacht."

Schade, dass ich in diesem Augenblick die Gesichter nicht fotografieren konnte, so herrlich verblüfft schauten sie aus. „Du willst Bier brauen, wir verkaufen in der Woche zehntausend Hektoliter, Deine paar Liter bringen wir leicht unter, wenn es genießbar ist." Garcia war es, der das sagte.

„Gut, treffen wir uns nächste Woche in Rio; Ihr wisst, wo ich zu erreichen bin. Bringt das Geld mit, einen Notar habt ihr bestimmt auch. Hand drauf, Boenno. Dann will ich jetzt nach Hause." „Geht nicht, Frank, hier ist jemand, der Dich sehen will."

Es war die Gräfin, die auf mich gewartet hatte. „Ja, Frank, wer hätte das gedacht", so empfing sie mich. „Ja, Gräfin, wer hätte das gewusst", antwortete ich mit einem Ausspruch von Jan von Werth.

„Auf dem Schiff und in Punta Del Easte war ich froh, Euch beide so glücklich zu sehen. Dann kamst Du mit Nachrichten nach Rodenkirchen, die uns den Boden unter den Füssen wegzunehmen drohten, und nun feiern wir Hochzeit." „Ja, Gräfin, verrückte Welt, hoffen wir gemeinsam, dass alles so zufrieden bleibt, wie es aussieht. Wir sehen uns morgen bei der Trauung."

Chris saß unten im Salon des Hotels und sprang auf, als sie mich sah. „Na, wie war es?" „Alles verkauft." Knapp und direkt gab ich Antwort. Erst als ich es ausgesprochen hatte, kam es mir brutal vor. Ich sah es Chris an, sie war betroffen. „Was geschieht nun mit uns?"

Ziemlich eintönig und nicht nur, weil wir beide müde waren, verging der restliche Tag.

Das große, feudale Hochzeitsfest begann schon mit der Anfahrt. Die Limousine, die uns abholte, war mit weißen Blumen und weißen Bändern geschmückt. Weiß, die Farbe der Unschuld. Na ja, den Ausspruch sollte man nicht so eng sehen. Auf dem Parkgelände ringsum prachtvoll dekorierte Pavillons. Vor dem Altar, eine Art offene Kapelle, Stuhlreihen für die Gäste.

Chris und ich hielten uns die Hand und schwiegen, in Gedanken versunken, das ganze betrachtend. Die aufspielende Musik zeigte, dass es los ging. Ich hätte mir den Hochzeitsmarsch vorstellen können, aber es waren beschwingte Rhythmen, die erklangen.

Und dann kamen sie. Hinter jugendlichen Kirchendienern, der Bischof im farbenprächtigen Ornat. Zwei Paare, wohl Eltern oder Trauzeugen, die Gräfin erkannte ich. Dann das Brautpaar. Schick sah sie aus, meine Piro. Diesen Gedanken verbat ich mir sofort wieder. Ihr Blick, lächelnd, geradeaus gerichtet und angespannt. Aber auch glücklich? Ich war sicherlich der falsche Betrachter in diesem Augenblick.

Die Zeremonie bis zum Jawort und dem obligatorischem Kuss ging ohne besondere Aufregung an mir vorbei. Doch dann kam eine Szene, nein, ich empfand es als Ritual, das mich beeindruckte. Ein großer dreiständiger Kerzenleuchter wurde vor das Brautpaar getragen. Garcia zündete die linke Kerze an, die rechte Piro. Beide nahmen diese dann aus dem Leuchter und brannten damit die mittlere Kerze an, um anschließend die eigenen zu löschen. Mit der nun gemeinsam entzündeten Flamme in der Hand, verließen sie den Traualtar durch den Mittelgang der Stuhlreihen.

Alle Gäste standen auf und applaudierten. Eine kleine Träne in den Augenwinkeln konnte ich nicht verhindern, ich schaute Chris an und stellte fest, sie weinte. Doch dann legte sie ihren Kopf an meine Schultern und lächelte. Ein großartiger Augenblick. Die Musik setzte wieder ein und die fröhliche Melancholie war vorbei.

Da wir in Südamerika waren, begann eine Art Karneval in Rio. Nur noch beschwingte, sich im Rhythmus bewegende Gäste. Es dauerte eine ganze Zeit, bis das Brautpaar auftauchte und zum Tanzen gedrängt wurde, dem es dann auch artig folgte.

Essen, trinken, Alkohol in jeglicher Form vermied ich, und permanent Musik. Das Brautpaar war belagert von Gratulanten. In diese Reihe wollten wir uns nicht einordnen. Der Gräfin winkte ich einmal aus der Ferne zu. Chris und ich drehten einige Tanzrunden, ansonsten waren wir doch reichlich isoliert in diesem Trubel. Wir verbrachten die Zeit mit einem Rundgang durch die Anlage, saßen eine Zeitlang an der Steilküste auf einem Felsen. Wir redeten nicht viel und ließen das Geschehen auf uns wirken.

Als es langsam dämmerte und der Abend anbrach, bewegten sich plötzlich dutzende kleine Lichter über den Rasen. Man hatte Schildkröten Kerzen auf den Rücken gesetzt, die diese durch die Anlage trugen. Gleichzeitig begannen die in den Bäumen aufgehängten Lampions zu leuchteten. Mein Gefühl schwankte zwischen Begeisterung und überzogenem Theater.

Ich nahm Chris an der Hand und sagte: „Lass uns schlussmachen hier!" „"Ja, gerne."

Piro, die ich suchte, fand ich im Salon. „He, endlich kann ich Dir auch gratulieren." „Wurde auch Zeit, ich habe schon nach Dir Ausschau gehalten, denn wir verschwinden jetzt von hier." „Wo geht es denn hin?" „Das weiß keiner, auch Du nicht." Da war er wieder, der Schelm in ihr. „Hallo, Garcia, Glückwunsch, mach mir das Mädchen glücklich, wir sehen uns bald." Das war es.

Müde, voller besonderer Eindrücke, die jeder für sich verarbeiten wollte, sanken wir in die Betten.

„Chris, wir werden uns alle bei Papa Sancho treffen; ich werde versuchen, den Verkauf zu erklären und jedem zweihunderttausend Dollar anbieten. Ich hoffe, dass sie zustimmen." „Viel Geld, das wird ihre Enttäuschung mildern." „Chris, wir beide haben noch viel vor uns." „Bist Du sicher?" „Höre ich da Zweifel heraus?" „Ich habe den gestrigen Tag noch nicht verarbeitet", soweit Chris. „Komm, lass uns die neuen Aufgaben angehen." Das war unser Dialog am anderen Morgen.

Der Verkauf

Rückflug. Nun saßen wir alle zusammen bei Papa und Magda Sancho, Edgar, Chris und auch Johse, durch den ich sie kennengelernt hatte.

Über zwei Jahre ist das nun schon her. Erfolgreich haben wir, eigentlich mehr sie, gearbeitet und sind dabei Freunde geworden. Alle schauten auf mich, denn sie spürten, dass etwas Wichtiges anstand. „Freunde, ich habe alles verkauft, Sao Paulo, Rio und den Vertrieb."

Absolute Stille herrschte im Raum. „Jeder von Euch, Papa, Edgar und Chris erhält zweihunderttausend Dollar für seine Anteile. Es ist mir nicht leicht gefallen, ohne Euch zu fragen, diese Entscheidung zu treffen, aber Chris weiß, ich hatte nicht viel Auswahl und ich glaube, im Interesse von uns allen gehandelt zu haben. –

Edgar, Du kannst weiter arbeiten wie bisher, wenn Du willst, Papa, der Vertrieb wird von den anderen übernommen. Chris und ich werden etwas neues anfangen." Peinliches Schweigen, ein paar nicht zuzuordnende Laute. Dann Papa Sancho: „Zweihunderttausend Dollar, ich kann es kaum glauben, sind ein gutes Argument." Er ist halt Kaufmann.

„Wer will das denn haben?" Diese Frage hatte ich befürchtet, sie musste ja kommen. „Es ist eine Gruppe von Leuten mit vielen Unternehmungen, einige davon fragwürdig und am Rande der Legalität.

Man sollte ihnen besser keinen Wunsch abschlagen, wenn sie ein Vorhaben planen, deshalb auch meine Entscheidung." „Und bei denen soll ich arbeiten?" warf Edgar in die Runde. „Edgar, ich kümmere mich um Dich, zunächst hast Du ja keine Not, das verspreche ich übrigens Euch allen." Damit war alles gesagt, und wir konnten gehen.

Betrübt darüber, dass ich meine Freunde, die mir so vertraut und geholfen hatten, mit solch einer Nachricht überraschen musste, aber auch zufrieden, weil ich ihnen mit den Dollars einen kleinen Wohlstand bescherte, denn das war für sie viel Geld, fuhren wir ins Hotel zurück.

Die nächsten zwei Tage verliefen ruhig, bis dann wieder Bewegung in unser Leben kam.

Chris wurde aus der Botschaft entlassen, sie hatte sich doch zuviel Freiheiten in den letzten

Wochen genommen. Dann die Nachricht von Garcia: „Sind Montag 13.00 Uhr bei Dir im Hotel, erwarte uns bitte."

Montag? Heute war Mittwoch. „Chris, lass uns raus zu Jens fahren, ich will sehen, was er macht."
„Okay."

„Na, was macht das Bier?" So begrüßte ich den am Empfang des Hotels mehr zufällig stehenden Herrn Westphal, als wir eintrafen. „Na ja, wir müssen mit Brauen etwas langsamer machen, die Leute trinken zu wenig", lachte er.

„Haben Sie heute abend Zeit für uns?" Auf diese Frage kam nur ein kurzes „Ja, 20.00 Uhr." Chris meinte: „Das war aber kurz und knapp, er scheint nicht begeistert."

Draußen an der Mühle trafen wir Jens, auf einer Bank sitzend und eine Zigarre rauchend. „Das sieht nicht sehr stressig aus", so kam ich auf ihn zu. Schnell war das Wichtigste erzählt. Es gab wenig, bei genauer Betrachtung nichts zu tun, keine Abnehmer, und Herr Westphal war unzufrieden mit der Entwicklung.

„Dann ist es ja gut, dass ich da bin, es gibt Arbeit. Bis heute abend brauche ich eine Liste, auf der steht, was alles nötig ist und eventuell noch angeschafft werden muss, um in der Woche fünfhundert Hektoliter Bier zu brauen." Das schlug bei ihm ein wie eine Bombe. „Pass auf, heute 19.00 Uhr auf meinem Zimmer, und kein Wort an Herrn Westphal." „Jawohl, Chef", sagte er lachend und zog von dannen. Er vertraute mir einfach und traute mir auch einiges zu. Chris begleitete das ganze zwar mit einem Lächeln, aber auch mit einem Kopfschütteln. Ich deutete das so wie: Na, Du machst wieder Sachen!

„Chef, das geht nicht", war das erste, was Jens sagte. „Jens, Du sollst mir sagen, was geht und nicht, was nicht geht." Zusammenfassend seine Meinung: „Die Mühle ist dafür nicht geeignet, es sind mindestens zweihundetfünfzigtausend nötig, um eine komplette Anlage zu erstellen, ohne die Kosten für die Räumlichkeiten, bei dieser vorgegebenen Menge." „Na also, geht doch Jens, wir reden morgen weiter."

Mit Westphal ging alles sehr schnell. Er war bereit, mir das ganze Paket, Mühle und Braulizens zu verkaufen. Er wollte es loswerden.

Chris hatte die ganze Angelegenheit bisher nur begleitend beobachtet, aber jetzt, auf dem Heimweg nach Rio, verlangte sie, zu Recht, eine Erklärung. „Chris, wir sind jung, haben keine Arbeit, etwas Geld und sehr starke Freunde – nein, Freunde nicht

– aber Geschäftspartner, auch wenn es Drogenbosse sind. –

Ich will versuchen, daraus etwas zu machen, mit Dir an meiner Seite. Wir brauen deutsches Bier, German-Bräu, verkaufen es an die Leute, denen viele Bars, Hotels und Kneipen gehören, die mit Nachdruck unser Bier dort unterbringen. Wenn Garcia dem zustimmt, werden wir ein GB, German-Bräu, im Vergleich zum HB, Hofbräu, vertreiben. –

Das ist die Idee, alles andere ist Arbeit und Technik." Dicke rote Backen vor Aufregung hatte Chris, als sie sagte: „Ich bin dabei." Am liebsten wäre ich mit ihr auf die Rückbank des Autos, aber bei diesem Betrieb auf der Straße blieb nur ein Kuss, der schon verkehrsgefährdent genug war.

Pünktlich, wie vereinbart, erschien am nächsten Tag Garcia. Er brachte noch Roger Batista und einen weiteren Gentleman aus seiner Clique mit, den ich von der Hochzeit her kannte. Kurzes „Hallo", Durchlesen der Verträge, keine weiteren Fragen. Roger stellte den Alukoffer, den er bei sich hatte, auf den Tisch, öffnete ihn mit den Worten: „Willst Du zählen?" Lauter Bündel mit hundert Dollarnoten. Der Diehl war gelaufen.

Es ging alles so schnell, dass mir erst im nachhinein Bedenken kamen, ob das auch richtig war.

Mir war wohl auch anzumerken, dass ich etwas nervös auf den Koffer mit den Dollars schaute. Schon wieder ein Koffer mit Geld.

„So, Leute, jetzt habt Ihr noch einen Auftrag zu erfüllen, nämlich mein Bier zu verkaufen, ich verlasse mich da auf Eure Zusage."

Was nun kam, hatte ich nicht erwartet. Die Jungs hatten sich mit dem Thema befasst und waren interessiert, von mir zu erfahren, wie ich mir das vorstellte. Aber außer der Idee und einer Person, die das Bier brauen konnte, hatte ich nicht viel zu bieten. Das wollte ich aber nicht offenbaren. Garcia sagte „Wir haben eine Brauerei, leite sie und mache das für uns!"

Der schlaue Geschäftsmann erkannte eine weitere Vertriebsquelle für seine diversen Unternehmungen. Also war der Gedanke von mir doch sinnvoll. „Nein, Garcia, Ihr könnt mir helfen, vielleicht Eure Brauerei verkaufen, aber das German-Bräu mach ich alleine." Das war wieder einmal einer jener Augenblicke in meinem Leben, in denen der Pokerspieler in mir geweckt wurde, da war ich in meinem Element.

„Gut, wir nehmen den Koffer wieder mit, und Dir gehört die Brauerei." „Lieber Garcia, jetzt müsste ich eigentlich beleidigt sein, dass Du annimmst, ich kaufe etwas von Dir, was ich noch nicht gesehen habe, von dem ich nicht weiß, wo das liegt und wie es aussieht. Bitte traue mir doch etwas mehr zu." Er lachte! „Zugegeben, ich bin interessiert, aber ich gebe keine Millionen dafür aus." „Gut, Frank, schaue es Dir an und wir reden weiter, morgen, zwei Stunden mit dem Auto, ich komme Dich abholen." Noch ein Drink, und das Trio verschwand.

Was passiert mit mir? Wieder ein Koffer voller Geld und eine ungewisse Zukunft. Meine Freude hielt sich in überschaubaren Grenzen, als Chris kam und ich ihr das Geschehene schilderte.

„Jens und Edgar sollen heute kommen, damit sie morgen mitfahren können. Und hier das Schmerzensgeld. Zweihunderttausend Dollar für Dich und bringe bitte Papa Sancho seinen Anteil, er wird sich freuen."

Edgar war den Tränen nahe, als ich ihm abends sein Geld übergab, so viel hatte er noch nie auf einmal gesehen. Es erfüllte mich ein bisschen mit Stolz, ihm diese Freude bereiten zu können, er hatte es verdient.

Zehn Monate ist das nun schon wieder her, mit viel Arbeit, aber auch erfolgreichen Taten. Das von Garcia erworbene Gebäude war mehr ein massiver

Getränkeschuppen als eine Brauerei. Wir hatten sie nach den Vorgaben von Jens eingerichtet. Zudem hatte er noch eine Idee seiner Braukunst eingebracht. Neben Hopfen und Gerstenmalz setzte er noch Brombeerfrüchte und bestimmte Blätter hinzu, was unserem Bier einen unverwechselbaren süß-herben Geschmack verlieh.

Die Herstellung war patentiert und als Gebrauchsmusterschutz unter German-Bräu, gleich GB, eingetragen. Der Umsatz stieg stetig, dank der Unterstützung meiner nun doch "Freunde" aus Kolumbien.

Chris war die Chefin vom Ganzen, sie ging völlig auf in Ihrer Arbeit. Jens und Edgar verdienten gutes Geld, selbst Papa Sancho hatten wir wieder eingebunden in unserem Team. Er organisierte den Vertrieb.

Und ich? Ich warf ab und zu mal einen Blick auf die diversen Kontoauszüge und verbrachte sonst den Tag am Strand und die Nacht meistens mit Chris. Ja, ich war zufrieden, auch ein wenig stolz auf das Erreichte, aber glücklich, wie ich es von Shalan her kannte, sicherlich nicht. Mir schien etwas zu fehlen, was ich aber nicht näher bezeichnen konnte. Dafür spürte ich zuviel Unruhe in mir. Selbst die turbulenten Wochen des Karnevals in Rio empfand ich als oberflächliche Ablenkung.

So ein Gefühl, ich muss was unternehmen, es muss was passieren, bohrte in mir. Als wenn in den letzten Jahren nicht schon genug passiert wäre. Aber das süße Nichtstun war für mich kein dauerhafter Zustand.

Wie geht es wohl Bastian, sitzt er noch im Gefängnis? An Piro zu denken, hatte ich mir selbst verboten, aber das gelang nicht immer.

Die Kontakte mit Garcias Geschäftspartnern beschränkte ich auf ein Mindestmaß, denn mit denen wollte ich nicht in Verbindung gebracht werden, wenngleich der größte Teil unseres GB Verkaufs über ihre Vermittlung ging. Das regelte aber Chris, ich wollte gar nicht soviel davon wissen, denn der stetig steigende Bedarf an unserem Bier, der im Augenblick gute Gewinne brachte, wurde nicht nur aus Gastfreundschaft von diesen Herren so vorangetrieben. Irgendwann musste da noch etwas kommen, so befürchtete ich.

Chris kam dann mit der Nachricht: „Frank, ich fliege morgen nach Brasilia und treffe dort unseren Freund, den Militärboss Don Sarfana, Du kennst ihn ja. Garcia wird auch kommen, die beiden scheinen sich gut zu kennen." Na, da will ich aber dabei sein. Also auf, in die Hauptstadt.

Wieder diese trockene, staubige Stadt mit ihren Bauten aus Plattenbeton. Das Büro von Don Sarfana, in dem wir uns trafen, eine kühle Oase, ein Wohlfühlort. Garcia war schon da, die Begrüßung von Don Sarfana fröhlich und herzlich, ebenfalls von Garcia. Die Frage nach Piro, wie es ihr geht, brandete in mir auf, aber ich unterdrückte sie.

Mir schien das ganze etwas überzogen und aufgesetzt, ein Blickkontakt mit Chris zeigte mir, dass sie auch so dachte. Nach dem üblichen „Wie geht es?" und dem Austausch von Nettigkeiten kam dann Garcia zur Sache.

„Ich beliefere Don Sarfanas Leute mit allem, was sie brauchen, über verschiedene Firmen, auch Getränke aller Art. Das geht leider nicht mit Deinem Bier, denn die Waren für die Armadas müssen von brasilianischen Firmen kommen. Das ist nun einmal German-Bräu nicht. Don Sarfano will es aber haben, der Bedarf ist enorm und übersteigt mit Sicherheit Deine Vorstellungen, auch ist Deine Anlage zu klein für die infrage kommende Menge."

Diese Worte waren an mich gerichtet, jedoch antwortete Chris mit der Frage: „Was haben Sie denn für eine Idee?"

Deutlich war beiden anzumerken, dass ihnen missfiel, wie Chris sich einbrachte. Eine Frau in dieser südamerikanischen Männergesellschaft und noch dazu auf diesem Niveau. Hier machten kolumbianische Drogenbosse Geschäfte mit der brasilianischen Regierung.

„Frank", dabei übersah Garcia ganz bewusst Chris, „baue mit Deinen Leuten eine große Brauerei, wir stellen die Dollar zur Verfügung, gebe dem Bier einen anderen Namen und gründe mit uns eine brasilianische Gesellschaft." „Und was wird aus mir?" „Du ziehst Dich zurück und lebst mehr als gut von dem Gewinn."

Don Sarfano sagte: „Wir brauchen Deine Lizenz und das Rezept, welches ihr patentiert habt." Garcia wirkte ärgerlich über die offenen Worte von Don.

„Frank, Du weißt, wir können das auch anders regeln, aber so ist es einfacher." Das war wieder mal eine offene Drohung von Garcia.

„Lieber Garcia, ich habe Don Sarfano als Gentleman kennengelernt, sowas gefällt ihm bestimmt nicht." Das saß, sekundenlanges, eisiges Schweigen.

„Garcia, mach mir ein anderes Angebot, aber bitte keinen Handel wie auf einem Basar. Wir treffen uns morgen wieder wie gute Geschäftsleute und gute Freunde." Mein Blick zu Chris zeigte mir, wie nervös sie war, sie wusste nicht, was sie mit ihren Händen anfangensollte, die leicht zitterten.

„Gut, ich lass Dir heute noch ein Angebot ins Hotel schicken und bin morgen um diese Zeit wieder hier." Dass wir so schnell wieder in der Hitze vor dem Gebäude standen, hatte wohl keiner erwartet. Von Chris kam nur ein langgezogenes Puuuh.

„Liebe Chris, jetzt gehen wir in den Pool, erfrischen uns, gehen etwas essen, schlafen uns aus, und dann reden und planen wir."

„Herr Brandt, hier ist ein Brief für Sie mit dem Vermerk eilt." Mit diesem Telefonanruf wurde ich geweckt. Chris kam weniger als leicht bekleidet aus dem Bad, „Wir haben Post, erst der Brief, oder?" lächelte ich sie an. „Nein, wir haben zu tun." Also ging ich an die Rezeption und holte den Brief.

„An Herrn Frank Brandt. Für die käufliche Übernahme Ihrer Brauerei, den damit verbundenen Lizenzen, den Rezepten sowie die Übernahme Ihrer Kunden, bieten wir fünf Millionen Dollar. Wobei wir ausserdem erwarten, dass Sie Ihren Braumeister überzeugen können, weiterhin für uns zu arbeiten. Bis morgen", Garcia Racordes.

Kein Basar! Leichthin spricht man von einem Dreizeiler, wenn so eine kurze Mitteilung gemeint ist. Das waren fünf Zeilen mit einem gewaltigen Inhalt. Chris und ich schauten uns an, zunächst sprachlos. Chris legte dann ihren Kopf an meine

Schulter und ein paar Tränen kullerten über ihre Wangen.

Sie hatte sofort erkannt, Ablehnen geht nicht, aber was wird dann aus uns. Eine eigentümliche Situation, da kommt ein Brief, der uns reich macht, und wir können nicht jubeln, weil uns die Folge, eine gemeinsame Zukunft, ungewiss erscheint. Ich wurde an den Abend, in der Gefängniszelle in Siegburg erinnert. Meine Unsicherheit, meine Ängste, mit damals drei Millionen auf dem Konto. Was für ein Wirrwar an Gefühlen. Und jetzt das Gleiche? „Chris, lass uns in die Bar gehen und versuchen, etwas Ruhe zu erlangen, damit wir wieder klar denken können."

Nach ein paar allgemeinen, notwendigen Sätzen wie: Wo wollen wir uns hinsetzen, was trinken wir? und einem kräftigen Schluck Calvados war es Chris, die den entscheidenden Satz sagte: „Ich werde zuhause in Rio bleiben, das ist meine Heimat."

Damit war im Kern alles ausgesprochen, was sie dachte: Verkaufen, Dollars verteilen und wieder etwas Neues beginnen, auf dem Fundament eines bescheidenen Wohlstandes. So war sie, die Unternehmerin Chris, die Situation erkennen, nicht alles bis ins Detail durchplanen, aber auf die Gegebenheiten einstellen und entscheiden. Dafür hatte sie meine Bewunderung. Alternativen zu diskutieren erübrigte sich da. Die Entscheidung stand fest.

Don Sarfano und Gracia empfingen uns freundlich, aber doch merklich distanzierter als am Vortag. Mir war es recht, ich wollte die Sache so schnell wie möglich hinter uns bringen. Deshalb eröffnete ich das Gespräch auch umgehend. „Also, kein Basar, lasst uns die Verträge machen." „Okay, in drei Tagen, am Donnerstag mit Notar bei Dir im Hotel", gab Garcia zurück.

Eine Einladung zum Essen lehnten wir ab, und so standen wir nach weniger als eine Stunde wieder im rotstaubigen Brasilia.

„Mensch, Chris, was machen wir für Sachen", war das einzige, was mir einfiel, als wir im Taxi auf dem Weg ins Hotel waren. Zwei Tage Zeit hatten wir nun nur noch in Rio, um eine Liste mit der Reihenfolge der durchzuführenden Maßnahmen und deren Notwendigkeit zu erstellen. Bis zur Vertragsunterzeichnung wollten wir noch niemanden informieren. Über unsere Zukunft und die Verwendung des Geldes redeten wir nicht. Chris wusste ja, dass dies ausschließlich in meinen Händen lag.

Meine Gedanken befassten sich noch einmal mit den Geschäften, die Garcia mit den Armadas machte. Im Ergebnis war ich froh, damit nicht mehr in Verbindung gebracht werden zu können. Es war schon ein starkes Gaunerstück.

Will ich hier in Zukunft Leben? Trotz Sonne, Strand, genügend Dollars und natürlich Chris, bekam ich erhebliche Bedenken. Es war kein Heimweh, wie die Sehnsucht nach Deutschland, aber als neue Heimat wollte mein Gefühl dieses Umfeld hier nicht akzeptieren.

Garcia schickte mir den Vertragsentwurf am Vorabend des Treffens. Die folgenden Stunden verbrachten wir damit, ihn ausführlich zu studieren. Wir waren uns einig, dem ist nichts hinzuzufügen, alles schien korrekt. Unsere Bankverbindung, die Unterschrift. Der Deal ist gelaufen.

„Ja, Chris, sollen wir, noch können wir aussteigen?" „Schatz, haben wir überhaupt eine andere Wahl?" Chris hatte recht, ohne die Hilfe von Garcias und dessen Verbindungen konnten wir unser Bier nicht in den gewünschten Mengen verkaufen. Also, morgen Adios, German-Bräu.

Wir unternahmen einen ausgedehnten Spaziergang am Meer entlang. Albern spritzten wir uns mit den Füßen nass und versuchten, lustig zu sein. Eine seltsame Stimmung in dieser warmen Sommernacht umgab uns.

Garcia erschien pünktlich, mit weiteren vier Figuren, zwei davon stellte er mit dem Titel Notar vor. „Viele Grüße von Piroschka, sie hat sich gefreut, von Dir zu hören", so eröffnete er das Gespräch.

Dann ging alles sehr schnell, keine Einwände, keine weiteren Details, Übergabe bei Bankbestätigung, nächste Woche Freitag. Das war es.

Chris und ich, wir waren uns einig, erst wenn das Geld auf dem Konto war und damit alles abgewickelt, unsere Freunde zu informieren. So ging Chris noch die ganze Woche, – es war ja auch im wahrsten Sinne des Wortes, die letzte Woche – in die Brauerei zur Arbeit.

Der Abschied

Für Sonntag hatte ich alle ins Hotel eingeladen. Chris hatte die neugierigen Fragen nach dem "warum" abgeblockt. Fünf Tage vergingen, in denen mir nur das Thema durch den Kopf ging: Was mache ich weiterhin? Den Verkauf melden und Steuern zahlen, nicht erfreulich, aber es musste wohl sein. Die Freunde großzügig auszahlen, okay.

Aber dann? Bleibe ich in Rio, wie verwende ich das Geld? Chris hatte ja schon deutlich gesagt, dass sie Brasilien auf Dauer nicht verlassen würde. Am Ende der Woche, als die Bankbestätigung kam, stand mein Entschluss fest. Ich will mein weiteres Leben nicht Leben in Rio verbringen.

Auch ein durchaus praktischer Grund gehörte noch dazu. Ich wollte mich, soweit wie möglich, aus dem Umfeld von Garcia mit seinen Freunden und deren Geschäften entfernen.

„Hallo, Garcia, sucht Du mich?" Samstag saß er im Frühstücksraum des Hotels, als ich nichtsahnend den Tag beginnen wollte. „Ja, grüß Dich, wo ist Chris?" „Noch oben, sie kommt gleich."

„Piroschka lässt Dich grüßen, sie ist im Grunde schuld, dass ich hier bin. Sie möchte, dass ich Dir meine Hilfe anbiete, bei der Verwendung des Geldes, denn Du bist ja jetzt reich."

Etwas flappsisch fragte ich: „Willst Du es mir wieder abnehmen?" Wir lachten, und ich empfand so etwas wie Sympathie für ihn. Aber bereits, als ich das merkte, war ich selbst erschrocken; das kann doch nicht sein, dieser Drogengangster, der auch noch meine Piro geheiratet hat – ist mir sympathisch.

Im Augenblick wirkte er nett, freundlich und ehrlich. Chris kam, und bei der Begrüßung hatte ich einen Augenblick Zeit zum Nachdenken. „Ja, ein paar Probleme gibt es. Da ist die Steuer in diesem Land und, wie bekomme ich die Dollars nach Deutschland?" Damit hatte ich nicht nur eine Frage an Garcia gestellt, sondern auch Chris, die das mithörte, signalisiert, dass ich nicht in Rio bleiben würde.

Feigling, taufte ich mich innerlich, weil ich Chris nicht dabei anschaute, sondern meine Tasse Kaffee betrachtete.

Der überraschende Besuch von Garcia entwickelte sich dann zu einem Glücksfall. Ob Piro das geahnt hatte? Laut Garcia sollte ich den Behörden hier nichts melden, mein Name würde nirgends auftauchen, wenn ich mich ruhig verhielt. Das war wieder so eine Sache, die Probleme auf seine Art und Weise zu lösen. „Mit Deinem Geld kannst Du hier Diamanten kaufen und dann nach drüben transportieren, aber mit dem Risiko, dass Du erwischt wirst beim Transfer." –

„Mach einfach folgendes: Gründe in Deutschland eine Firma für Kaffeeimporte! Kaufe hier für Deine Dollars Kaffee und verkaufe diesen in Deutschland gegen DM! Als Verkaufspreis nimmst Du nicht mehr als Deine Kosten, Zollgebühren und Transport, dann wirst Du ihn auch schnell in Deutschland los und hast keinen Gewinn, den Du versteuern musst." „Garcia, Du bist wirklich ein netter Gangster." „Lieber Frank, ich tue das nur, weil ich Piroschka beweisen will, dass ich Dir geholfen habe."

Verdammt, immer wieder Piro! Das war es dann auch. „Tschau, adios, mach es gut und viele Grüße an Piro!"

Mit etwas Beklemmung schaute ich in die Runde meiner Freunde: Edgar, Jens, Papa Sancho und Chris. Was hatten wir in wenigen Jahren alles gewagt und mit Erfolg bewegt: Brot gebacken, Mehl gemahlen, Bier gebraut. Mit Hotels und sogar mit dem Militär Geschäfte gemacht, und immer sind sie meinen Ideen gefolgt, haben eigene eingebracht und mir vertraut. Nun muss ich ihnen sagen, Schluss, Ende, aus, ich habe alles verkauft.

So fing ich denn auch mit dem positiven an. „Ihr habt sicher gemerkt, dass sich etwas Besonderes getan hat, und ich freue mich, dass ich Euch daran beteiligen kann. Hier, für jeden von Euch, ein Scheck über zweihunderttausend Dollar, für Eure Arbeit und Euren Einsatz. Chris, Deiner ist etwas höher." Er lautete auf eine Million, den Betrag nannte ich jedoch nicht. „Ich habe alles verkauft und gehe nach Deutschland zurück." Das Schweigen in der Runde brachte mehr zum Ausdruck, als viele Worte es getan hätten. „Jungs, Chris und ich haben alles versucht, aber es ging nicht anders."

He, das war gelogen, nichts hatten wir versucht, sondern nur einfach zugeschlagen und kassiert, wenn auch unter Druck. Was werdet ihr jetzt machen? Jens teilte ich noch mit, dass sie ihn behalten wollten. „Du kannst gut verdienen."

Papa Sancho stand auf, nahm meine Hand und sagte "Danke" mit Tränen in den Augen. Für ihn war es das zweitemal, dass ich ihm zu einem guten Geschäft verholfen hatte. Seine geschäftliche Existenz war für lange Zeit gesichert. „Ich fahre heim", brachte Edgar hervor. Und Jens: „Mal sehen." Chris wirkte fast teilnahmslos, ohne Regung, ihre gebräunte Gesichtsfarbe, die ich so sehr mochte, wirkte fahl und blass. „So, jetzt ist Ende mit der Trübsal!" Was für ein Blödsinn. Ich verteile über anderthalb Millionen Dollar und spüre so etwas wie Traurigkeit in der Runde. Wir waren halt zusammengewachsen zu einer Gemeinschaft und merkten, dass sie nun auseinander ging.

„Also, Leute, wie immer folgt dem Ende ein neuer Anfang. Edgar, wenn Du zurück nach Deutschland gehst, gründe eine Firma für Kaffeeimport in Hamburg oder Bremen! Papa machst Du zu Deinem Agenten hier. Papa, Du besorgst, solange ich Dollars habe, Rohkaffee, Kolumbien oder Brasil. Edgar, Du verkaufst diesen in Deutschland für DM. Überlegt Euch das! Wenn ja, besprechen wir die Details morgen bei Sanchos." Noch ein kräftiger

Händedruck mit jedem, Papa Sancho umarmte mich; für ihn war ich zum Glücksbringer geworden. „Wir sehen uns morgen", das war es.

Der wirklich emotionalste Teil rückte näher und war nicht mehr aufschiebbar, Chris. Wir hatten uns eine Strandbar direkt an der Copa Cabana ausgesucht. Herrliches Wetter, leichte Brise vom Meer her und schon zwei Caipirinia intus, als wir zur Sache kamen. Chris war es, die mal wieder auf Klarheit drängte. Sie holte den Scheck heraus, wedelte einige Male damit hin und her mit den Worten: „War es das? Zu wenig, Du Idiot!" Ihr Lachen dabei zeigte, wie es gemeint war.

„Wie geht es mit uns weiter?" „Vorschlag, Chris. Komm mit nach Deutschland, lerne meine Heimat kennen, wir wickeln den Kaffeeverkauf ab, da gibt es genug Arbeit, bei der Du Dich einbringen kannst, und dann sehen wir weiter." „Du unruhiger Geist, Dir zu widersprechen fällt jedem schwer, auch mir."

„Dann lass es sein, komm mit, Du kannst jederzeit wieder zurück, wenn Du Heimweh hast." Mir kam es wie Stunden vor, in der wir uns ohne Worte anschauten, obschon es keine Minute war. Dann ihr „Okay, ich komme mit."

Ich konnte nicht anders, stand auf und küsste sie so lange, bis am Nebentisch die Gäste in die

Hände klatschten. „He, Du Raudi, die Leute!" „Na und, lass uns zu Dir fahren!" Aufstehen und los, war ein gemeinsamer Bewegungsablauf. Wir kamen aber nicht weit, die nette Bedienung kam angelaufen, wir hatten vergessen zu bezahlen. Ja, wir hatten es eilig.

Mama Sancho hatte ein Assado vorbereitet, als wir uns am nächsten Abend mit Edgar dort trafen. Ach, was waren sie glücklich, so viel Geld hatten sie noch nie auf einmal besessen. Der Abend war ein fröhliches Beisammensein. Edgar wollte zurück, er interessierte sich dafür, wie man eine Firma gründet, die Kaffee importiert, und Papa Sancho hatte schon Kontakt aufgenommen wegen einer Kooperation mit Plantagenbesitzern, zwecks Ankauf von Rohkaffee.

Mit Rücksicht auf Chris dauerte es noch zwei Wochen bis zu unserem Abflug nach Frankfurt. Sie musste ihre Wohnung auflösen, die Dinge, die ihr besonders am Herzen lagen, bei Sancho unterstellen und dann, immer wieder, neue Verabschiedungen, mit und bei all denen, die ihr sehr nahestan den.

Bei mir war das anders, meine ganze Habe ging in einen "Koffer", ich reiste wahrlich mit leichtem Gepäck. Beim Zusammenpacken meiner Sachen, am Abend vor der Abreise, kam eine Gefühlswelle in mir hoch.

Alles, was ich besitze, geht also in diesen einen Koffer, das ist auch nicht das, was ich einmal wollte und angestrebt hatte. Und dann noch: Wo soll ich hin, wo ist mein Zuhause, wer wartet auf mich? Mein Gepäck sind Erinnerungen an Erlebnisse und Begegnungen. Die Bilder sind in keinem Rahmen, hängen an keiner Wand, sie sind in mir, in meinem Kopf, in meinem Herzen.

Ja, ich besitze, grob überschlagen, sechs Millionen, je zur Hälfte in Dollar und DM, auf verschiedenen Banken, das ist beruhigend. Aber in diesem Augenblick macht es mich nicht glücklich.

Mit diesen Gedanken gehe ich an die Bar des Hotels, erlaube mir zwei Whisky, ganz gegen meine sonstige Gewohnheit, und nehme mir vor, das muss sich ändern. Ich will ein Zuhause, eine Heimat, einen Ort, von dem ich sagen kann, hier gehöre ich hin.

Ich erinnere mich an ein Gespräch mit Shalan, der ja glücklich war in seiner Einsamkeit, in dem ich ihm sagte: Ist nicht ein restlos glücklicher Mensch ein Mensch ohne Wille, ohne Perspektive und Ziele, ein Mensch mit verödender Kraft? Ist es nicht auch traurig, wenn es nur noch den alleinigen Wunsch gibt, zu leben, man könnte sagen, das Glück zu haben, zu überleben. Damals war Shalan sehr nachdenklich geworden.

„Noch einen Whisky, bitte." Danach wusste ich, ich habe noch viele Wünsche und Ziele. Also auf, an die Arbeit, an die Bewältigung des Lebens!

In diesem, genau richtigen, Augenblick kam Chris von ihrer letzten Verabschiedung ins Hotel. Ich ging mit ihr auf unser Zimmer, nicht, wie gewohnt, mit dem Aufzug, sondern über die Treppen des Hauses. Kraftvoller als sonst, mir war ja inzwischen bewusst geworden, ich hatte noch Wünsche und Ziele. Also, packe ich sie an!

Zurück in Deutschland

Wieder einmal ein Flug von Rio de Janairo nach Deutschland. Wie oft nun schon? Diesmal ging es jedoch nach Hamburg.

Wie wir bald feststellten war unser Plan, die Dollars in Kaffee zu verwandeln, diesen nach Deutschland zu verschiffen und dort in DM zu verkaufen nun doch etwas zu einfach gedacht. Die deutschen Behörden, insbesondere das Finanzamt, war so nicht zu umgehen.

Zwei Wochen hatten Chris und ich vergeblich versucht, die Dollars heimzuholen, ohne Erfolg. Edgar war etwas mies drauf, weil das mit der Gründung einer Firma zwecks Kaffeeimport keinen Sinn machte.

Er war noch bei uns, als wir in Hamburg auf dem Fischmarkt in einem Lokal saßen, etwas bedrückt, weil uns keine Lösung einfiel. Chris hatte plötzlich die Idee: „Lass uns Garcia informieren, der weiß bestimmt einen Rat!"

Unser Hotelzimmerchen in Hamburg auf dem Steindamm, in dem wir seit unserer Ankunft wohnten, und dann das nasse, kalte Hamburger Wetter, im Vergleich zu der Bucht von Le Bonnet in Rio bei 28 Grad, wo unser bisheriges Zuhause war, trug ebenfalls zur trüben Stimmung bei. Unter diesen Umständen, das wusste ich, war Chris nicht zu motivieren, in Deutschland zu bleiben. Aber sie war eine ehrgeizige Kämpferin, und dass unser Plan mit den Dollars und dem Kaffeeimport nicht funktionierte, wollte sie so nicht hinnehmen.

Sie war es dann auch, die den Kontakt zu Garcia aufnahm, um ihm über unser Problem zu berichten. Dass in einer Welt mit Machogehabe und -gedanken, wie der von Garcia, Chris es war, die ihn ansprach, konnte ihm eigentlich nicht gefallen. Umso höher bewertete ich seine Zusammenarbeit mit ihr, mit einem typischen Garcia-Ergebnis.

Nach drei Tagen und 210 DM Telefonkosten, E-Mails oder sonstigem Schriftverkehr, das hatte ich auch schon gelernt, gab es nicht, denn das hinterließ eventuell Spuren, schien alles geklärt.

Papa Sancho sollte den Kaffee kaufen, natürlich beste Qualität, und bei einem von Garcia genannten Händler. Diesen dann nach Bari in Süditalien verschiffen und an einen Señor Baresi liefern. Señor Baresi würde uns, nach Abzug von 500.000 Dollar, seiner Provision, den Gegenwert in Euro auszahlen.

So war er, der Garcia, er wusste Wege, kannte Leute und machte mit sogenannten Freunden gute Geschäfte. Er war aber auch, davon war ich mittlerweile überzeugt, ein verlässlicher Partner.

Mir blieben bei der ganzen Transaktion noch 2,7 Millionen DM. Sollte ich jetzt noch über einen herben Verlust nachdenken? Nein, abhaken und Ende. Aber was nun?

Es zog mich zurück nach Köln, in die ehemals vertraute Umgebung. Wieder ein kleines Hotel und warten auf die Nachricht aus Bari. Mit Chris wurde es schwieriger, sie war nicht mehr die lustige und unternehmungsfrohe Person, wie ich sie hatte kennen und auch lieben gelernt. Sie hatte Heimweh, was ich bei einem Vergleich von Köln und Rio De Janeiro auch nachvollziehen konnte.

Eine Dampferfahrt auf dem Rhein von Köln nach Rüdesheim, vorbei an den Burgen und Weingütern, konnte sie auch nur für einen Augenblick erheitern. Es war vergebens, sie wollte nach Hause. So vereinbarten wir, dass sie noch bleiben möge, bis der Deal mit Señor Baresi abgewickelt war.

Hatte ich bisher ungeduldig darauf gewartet, dass eine Nachricht aus Bari kam, so war ich jetzt enttäuscht, dass es auf einmal so schnell ging.

Ein Telefonat mit dem Inhalt „Kaffee angekommen, erwarte Sie, Baresi", empfand ich etwa so, wie der Beginn eines Abschiedes. Noch ein etwas komplizierter Flug, Köln – Bari, die restliche Strecke mit dem Auto zu Herrn Baresi. Ein netter Herr, überaus freundlich und das Angenehmste, er sprach deutsch. Ein paar höfliche Worte, und er kam sofort zur Sache.

„Mit vielen Grüßen von Don Garcia darf ich Ihnen das überreichen." Er legte mir dabei einen Metallkoffer auf den Tisch: „Wie vereinbart, 2,7 Millionen DM, möchten sie zählen?" bemerkte er lächelnd. „Nein, danke." Nach weniger als einer Stunde saßen wir wieder im Auto Richtung Flughafen.

Meine Hand berührte den "Koffer" neben mir, ich hatte ihn nicht in den Ablageraum des Autos gestellt, dafür war mir der Inhalt zu wertvoll.

So hatte alles angefangen, mit einem Metallkoffer am Kölner Bahnhof, dessen Inhalt mein Leben so sehr verändert hatte. Dann immer wieder meine ganze Habe in einem Koffer, meistens auf der Flucht. Mein Schicksal war wohl dieser einfache Bedarfsgegenstand.

„Träumst, Du?" hörte ich Chris, wie aus weiter Ferne fragen. „Ja, von Koffern." Das konnte sie nicht verstehen. Ich nahm ihren Kopf in die Hände und küsste sie, und sie begann zu weinen. Ja, der Abschied hatte begonnen.

Mittlerweile waren wir, vom Flughafen Köln-Bonn aus, schon über vierundzwanzig Stunden ohne Schlaf unterwegs und mit unseren Kräften am Ende. Der Flughafen von Bari ist nicht gerade ein internationales Drehkreuz und sehr überschaubar. Wann geht der nächste Flieger? Chris, lass uns ein Hotel aufsuchen und erst einmal ausschlafen.

Der Taxifahrer, den wir baten, uns in ein Hotel zu fahren, zog ein wenig die Stirn in Falten, denn es war mittlerweile 3.00 Uhr in der Nacht, und jetzt ein Hotel? Aber er kannte eine Möglichkeit. Mehr eine Absteige für liebesbedürftige Paare, aber uns war es egal, Hauptsache, ein Bett. Übermüdet versanken wir dann auch darin.

Völlig aus dem gewohnten Tag-Nacht-Rhythmus gerissen, brachte uns nach wenigen Stunden Schlaf eine Kanne Kaffee wieder einigermaßen ins Gleichgewicht.

Ein bisher nicht beachtetes Problem kam uns in den Sinn. Wie bekommen wir den Koffer durch den Zoll ins Flugzeug und wenn ja, wie in Bonn wieder heraus? Hei, daran hatten wir nicht gedacht. Wir waren halt doch keine geübten Gauner.

Einen Koffer mit fast drei Millionen DM so einfach auf das Band stellen und beim Einchecken durchleuchten lassen, geht nicht. „Mensch, Chris, wir Deppen." „Na, das bekommen wir wohl doch auch noch hin." war ihre Antwort. Wir haben so viel bewegt, erreicht und geschaffen, da werden wir wohl auch noch diese letzten DM nach Hause bringen. Darin waren wir uns einig, und so schrieben wir, ganz pragmatisch, auf einer Liste alle Möglichkeiten auf, die uns einfielen. Und dann kam die Idee.

„Ich weiß, wie es geht, Liebste. Wir informieren Edgar. Der leiht sich einen Wohnwagen und kommt damit nach Mailand. Wir steigen dort dazu und reisen als Campingurlauber zurück mit unserem brisanten Gepäck. Wir mieten hier ein Auto und fahren den Italienischen Stiefel entlang, genießen die Reise und haben ein paar schöne Tage vor uns." „Du bist verrückt, aber Okay"

Edgar wurde informiert, wir mieteten einen Lancia Cabrio, und in einer Woche waren wir mit Edgar am Comer See verabredet. Ein Akt, der gerade mal drei Stunden dauerte.

Wir waren wieder voll in Aktion und ausgelassen fröhlich, als wir die ersten Kilometer von geschätzten tausend auf den italienischen Strassen angingen. Schon nach wenigen Kilometern, in Giovinacca, einem kleinen idyllischen Ort, gab es den ersten Cappuccino.

Fünf Tage brauchten wir bis Como. Fünf herrliche Tage im Cabrio, bei schönstem Wetter an der Adriaküste entlang. Pescara –Teramo – Maserata. In Ancona verbrachten wir einen ganzen Tag, um dann die Küste in Richtung Bologna zu verlassen. Durch die Ebene nach Milano rasten wir.

Danach bezogen wir ein Zimmer im Hotel De Leaste, direkt am Comer See. Wir spürten beide, es war so etwas wie eine Abschiedstour. Umso intensiver genossen wir sie.

In einem ruhigen unbeobachteten Augenblick, als ich über unsere Situation nachdachte, fiel mir dazu der Begriff "fröhliche Melancholie" ein.

Edgar war verständigt, er wusste, wo wir zu finden waren. Schon nach zwei Tagen, für unser Gefühl, viel zu schnell, begrüßten wir ihn mit großem Hallo. Sein Gefährt, ein Opel mit einem Wohnanhänger, war schon ein erheblicher Kontrast auf dem Parkplatz des Hotels, neben den dort parkenden

Edelkarossen, einschließlich unseres Lancias. Den gaben wir noch am gleichen Tag mit etwas Wehmut zurück, hatten wir doch mit ihm eine wunderschöne Reise gemacht. Jetzt saßen wir eingeengt im Opel, hinter uns der Wohnanhänger, und waren Richtung Grenze unterwegs.

So, jetzt war es soweit, Grenzübergang nach Lugano, jetzt würde sich zeigen, ob unser Plan auch funktionierte. Gut, dass die Grenzbeamten unser Herzklopfen nicht hören konnten. Es waren nette Leute, sie winkten uns einfach durch. Keiner wollte in dem Schrank im Wohnwagen nachsehen, wo unser Koffer stand.

Noch eine Nacht auf dem Campingplatz in Chur und weiter zur Grenze nach Konstanz. Von der schönen Schweiz sahen wir nicht viel, wir waren zu aufgeregt.

Durchwinken an der Grenze, und wir waren mit unserem Koffer in Deutschland. Hei, die ganze Anspannung fiel von uns ab, wir lachten und alberten wie die Kinder beim Geburtstag. Wir hatten es geschafft.

Der Rest war traurige Abwicklung. Edgar überraschte uns mit der Mitteilung, dass er mit zurück nach Brasilien wollte. Gefährt abgeben, zwei Flugtickets für Edgar und Chris. Edgar gab ich noch hunderttausend DM mit, er hatte sie verdient, und ich konnte das verkraften. Mit Chris hatte ich mich ausgesprochen; ich konnte sie nicht halten, und so beeilten wir uns, den Abschied schnell hinter uns zu bringen.

Auf der Besucherterrasse des Frankfurter Flughafens sah ich der Maschine nach und musste weinen. Mit einem Blick zum Horizont fasste ich meine Gedanken zusammen. Was hatte mir der Koffer vom Kölner Bahnhof gebracht?

Viel von der Welt gesehen, viel Geld erworben, aber der wirkliche Reichtum in mir waren die Menschen, die ich hatte schätzen und lieben gelernt auf diesem Weg. Nun stand ich da, alleine, einsam, daher armer und doch reicher Junge.

Das neue Leben

„Guten Morgen Laura. Wie war das Wochenende?" „Gut Chef. Aber eine schlechte Nachricht." „Egal, erst einen Kaffee." „So, und was gibt es?" „Die HAGA steht auf 25." „Das sind ja über 10% Minus, da bin ich ja circa 30.000 Euro ärmer." „Och, Chef, sagen wir doch besser, weniger reich."

Es war schon eine sehr lockere Kommunikation, die wir pflegten, vertrauensvoll, persönlich, aber auch mit der nötigen Distanz, die nun einmal nötig ist zwischen Chef und Sekretärin, wenn die Zusammenarbeit dauerhaft funktionieren soll.

Seit über zwei Jahren ist sie nun schon so etwas wie ein fester Bestandteil in meinem unsteten Leben. Viel Büroarbeit gibt es nicht bei mir, etwas Korrespondenz, Termine koordinieren, meine Reisen organisieren, mich zum Flughafen fahren – dann ist sie auch Chauffeur – und sonst, immer da zu sein, wenn ich im Büro bin.

Ihre sonstige Anwesenheit kann sie selbst bestimmen, mit der Voraussetzung, dass ich sie jederzeit, auch an den Wochenenden erreichen kann, wenn ich es für notwendig halte. Wir finden beide, sie hat einen Traumjob.

Nach einer Konferenz der Hoteldirektoren unserer Gruppe hatte ich sie kennengelernt und für eine Aufgabe bei mir begeistern können.

Mein Büro hier war auch ein besonderer Arbeitsplatz: Hoch über dem Rheinhafen, mit dem Blick zum Rhein und an das andere Ufer, die Stadt in unmittelbarer Nähe.

Wie hatte das alles angefangen? Es ist jetzt schon vier Jahre her, dass ich mich von Chris in Frankfurt am Flughafen verabschiedete und mit leichtem Gepäck, aber schweren Herzen nach Köln kam.

Es war mir schwergefallen, eine sinnvolle Beschäftigung zu finden. Geld, um ein freies ungebundenes Leben zu führen, hatte ich vorläufig genug, aber keine richtige Aufgabe. Die beste Unterhaltung fand ich im Tennisclub, den ich fast täglich besuchte, auch um mich körperlich fit zu halten. Nette Typen, die ich dort kennenlernte.

Dann mal wieder ein entscheidender Tag in meinem Leben. Ich hatte Geburtstag und die gesamte Tennisclique nachmittags in unser Clubhaus eingeladen. Es war kein rauschendes Fest, aber ein nettes Beisammensein. „Lasst uns doch noch auf ein Bier irgendwohin gehen!" Ich weiß nicht, wer auf diese Idee kam, jedoch fand sie allgemeine Zustimmung.

„Drüben im Hotel Mondo ist eine schicke Bar." Der Vorschlag kam von Gerd Zöllner, er war Anwalt in einer Kanzlei, die sich auf Unternehmensberatung konzentrierte. Also, auf ins Mondo.

Schicker Laden, der Empfang aus Mahagoniholz, schwarze Sessel mit Lederpolster in einer Nische und auch sonst alles nur vom Feinsten. Die Bar, leider geschlossen. „Nun, macht nichts, jetzt sind wir einmal hier, trinken wir ein Bier und testen die Ledersessel."

„Hallo, bedient hier jemand?" Ein Ausschank

war im Speiseraum vorhanden, der auch gut besetzt war. Ein Wesen in Hoteluniform, wahrscheinlich weiblich; trotz kurz geschnittener Haare war das zu erkennen, oder war es doch ein Mann mit Neigung zum Femininen.

Ob der oder die, mir schien es, als ob sie in ihrer Dienstanweisung: Freundlich sein oder gar lächeln verboten! stehen hatten. „Bitte, ein Bier für meine Gäste!" Der Blick – als wenn ich gesagt hätte, putzen sie mir die Schuhe. Wortlos drehte die Gestalt sich um und verschwand.

Die Sessel in die wir uns, zugegebenermaßen mehr flegelten, als dem Ambiente entsprechend, sittsam setzten, waren zwar bequem, aber als sich nach über zehn Minuten immer noch nichts bewegte, wurden wir langsam ungeduldig.

Reinhardt, so viel ich wusste war er beim Kölner Boulewardblatt Express beschäftigt, ging in die Räumlichkeit nebenan und kam mit fünf Bier zurück und mit den Worten: „Die anderen kommen gleich." Gleich dauerte zu lang, so dass ich sagte: „Trinkt schon mal."

Oh, da wurden ja tatsächlich fünf Bier gebracht. Die Bedienung verteilte sie ohne Worte auf die kleinen Beistelltische. Aber wie! So knallt man zum Beispiel einem Mitarbeiter Akten hin, den man nicht leiden kann.

Es vergingen wieder fast zehn Minuten, dann war meine Geduld zu Ende. Rein in den Speisesaal, an den Ausschank; ich gebe zu, nicht gerade leise sagte ich: „Was ist das denn für ein Laden hier, wie gehen Sie mit ihren Gästen um!"

An einigen Tischen wurde man schon aufmerksam. Mit den Worten: „Bitte etwas mehr Ruhe und Distanz", kam ein Hoteluniformierter auf mich zu. „Seit fünfundvierzig Minuten warten wir auf siebzehn Bier. Ist das ihr Service?" Mit einem unverschämten Lächeln kam die Antwort: „Sie werden bedient."

Tatsächlich, es dauerte nur noch ein paar weitere Minuten, und die restlichen Biere kamen. „Na, dann Prost."

Hoppla, was ist das denn? An meinem Glas kann ich die Hände wärmen, und der Inhalt riecht komisch. Stopp, Jungs, probiert vorsichtig, ich habe hier ein komisches Gebräu. „So eine Unverschämtheit!" rief, nein, schrie Klaus in die Runde: „Da hat doch einer ins Glas gepinkelt." Ich hatte den Eindruck, die Lampen wackelten. So eine Sauerei. „Bitte, den Chef her!" „Reinhardt, Du hast doch ein Handy dabei. Nimm doch einmal auf, was hier passiert!"

„Bitte Ruhe." „So kam der Uniformierte, der uns schon so nett empfangen hatte, auf uns zu: „Verlassen sie unser Haus." Jetzt war es Gert, der sich einmischte: „Aber nur mit der Polizei." Ein Aufstand, einige Gäste aus dem Speisesaal kamen herbei. Na, dachte ich, jetzt beginnt bald eine Schlägerei; ganz schön laut die lieben Worte, die weiter gewechselt wurden.

Zwei Kerle, äußere Statur Marke Tarzan, kamen herbeigeeilt. Bei den Worten von Gert: „Wollen sie mich anfassen?" schreckten sie zurück und schauten etwas hilflos in die Runde, auf der Suche nach jemand, der die Verantwortung übernahm.

Der Kreis von Gästen und Personal, der sich um uns gebildet hatte, öffnete sich, und ein kleiner, etwas dicklicher Herr rauschte heran. Noch während er sich auf uns zubewegte, vervollständigte er seine Kleidung; er zog seine Jacke an.

„Was ist hier los?" bellte er in die Runde, und tatsächlich wurde es schlagartig ruhig. Jetzt war ich an der Reihe. „Meine Gäste und ich sind hier auf das Übelste behandelt worden." „Das gibt es in unserem Hause nicht", war seine Antwort. „Verlassen Sie unser Hotel, sonst muss ich die Polizei bemühen!" –

„Mein Name ist Brandt, mit wem habe ich die Ehre?" „Ich leite dieses Haus, und jetzt verlassen Sie es!" „Nein, bitte holen Sie die Polizei!" Das schockte ihn nun doch. „Also bitte, was haben Sie zu sagen?" Das klang schon bescheidener. „Wir haben fast eine Stunde warten müssen, bis wir bedient wurden und dann reichte man uns dieses Getränk, völlig ungenießbar. Ein Mitarbeiter Ihres Hotels hat in dieses Glas uriniert."

Ich hielt ihm mein Glas hin und dachte, jetzt explodiert er, so rot wurde sein Kopf, verbunden mit einem Schrei: „Völlig unmöglich!"

„Bitte, lassen sie den Inhalt überprüfen!" Ich übergab ihm mein Glas. „Aber einen Moment bitte, ich möchte einen Teil des Inhaltes als Gegenprobe behalten." „Blödsinn!" Mit diesem Wort reichte er das Glas nach hinten zu einem der gaffenden Angestellten.

Jetzt trat Reinhardt nach vorne. Mein Name ist Reinhardt Hardt vom Kölner Express, bitte händigen Sie uns das Glas aus. Im gleichen Augenblick zersplitterte es auf dem Steinfußboden des Hotels. Wer dafür gesorgt hatte, dass der Inhalt nicht mehr zu kontrollieren war, konnte in dem Trubel niemand mehr feststellen.

Jetzt hatte der kleine Dicke doch wohl weiche Knie bekommen. Mit zittriger Stimme bat er: „Kommen sie bitte in mein Büro." Nein, so nicht, dachte ich mir. „Da ich immer noch nicht weiß, wie Sie heißen, sage ich einfach Direktor zu Ihnen. Hier ist meine Telefonnummer, morgen ab 9.00 Uhr können Sie mich anrufen und mir mitteilen, wie Sie die Angelegenheit bereinigen wollen. Allerdings auf die anwesende Presse habe ich keinen Einfluss. Guten Abend." So verschwanden wir aus diesem besonders gastlichen Haus.

Einige von uns hatten sich schon vorher abgesetzt; ihnen war wohl das ganze Theater zu unangenehm, und sie wollten nicht in diese Auseinandersetzung hineingezogen werden. Vor dem Eingang noch ein kurzes: „Für heute reicht es, wir treffen uns dann morgen im Club." Reinhardt kam noch zu mir mit den Worten: „Ich gehe jetzt in die Redaktion, aus der Sache mache ich etwas." Na, war das ein Geburtstag!

Schon um 8.00 Uhr am anderen Morgen klingelte das Telefon. Noch reichlich schlaftrunken hörte ich Reinhardt: „Hast Du schon die Zeitung gelesen?" „Quatsch, ich schlafe noch." „Dann steh auf und hole Dir mein Blatt, alles andere nachher im Club."

Na, der hatte daraus wirklich etwas gemacht. Im feudalen Hotel M...... wurde den Gästen ins Bier gepinkelt. So die Überschrift. Wer war das, Gäste wohl kaum.

Jetzt war ich es, der sich bei dieser Sache nicht ganz wohlfühlte. Mir war klar, das wird eine größere Angelegenheit. Gerade wollte ich die Wohnung verlassen, Telefon. Oh je, ich wusste, jetzt geht es los.

„Hier Dr. Folda. Ich möchte Sie sprechen wegen der Vorkommnisse im Hotel Mondo gestern Abend." „Ja, gerne, was möchten Sie wissen?" „Das geht nicht per Telefon. Kommen Sie bitte zu mir, am besten sofort." „Ich komme gerne, aber heute habe ich keinen Termin mehr frei." „Junge, bei Dir brennt es, dachte ich, aber am langen Hebel sitze ich." „Nein, das muss heute noch sein. Geben Sie mir Ihre Adresse, und ich komme morgen."

Das Nein in der Stimme hörte ich noch, bevor ich auflegte und die Wohnung verließ. Eins war mir klar, der würde nochmals anrufen. So hatte ich aber noch nicht einmal eine Adresse von ihm.

Was sollte ich tun, mir wurde es zu lang bis zum Nachmittag. Ich ging direkt ins Clubhaus, um eine Runde Tennis zu spielen. Drei zu fünf, und gerade Break zum Satzball. „Hallo, Herr Brandt, da ist ein Gast für Sie." „Moment, ich komme."

„Guten Tag, Folda. Wir haben heute morgen schon telefoniert." „Ach, der Anwalt." „Ich hätte gerne mit Ihnen gesprochen." „Ich sagte doch morgen." „Bitte, es ist dringend." „Gut, ich dusche und komme." "Hören Sie mir hier draußen zunächt einen Augenblick zu, denn Sie werden im Clubhaus schon erwartet. Die Sensationspresse mit den großen Buchstaben, die BILD, ist da."

"Also bitte, was gibt es so Wichtiges?" "Herr Frank, es geht um den Vorfall gestern Abend im Hotel Mondo. Die HOGA-Gruppe bietet Ihnen eine großzügige Entschädigung an für den Ärger, den Sie hatten, wenn Sie im Gegenzug keine weiteren Äußerungen der Presse gegenüber mehr machen." "Was verstehen Sie unter großzügig?" "5.000 Euro, und Sie stellen das Ganze als Irrtum dar." "Also doch mit der Presse reden, aber nur in Ihrem Sinne?"

Denen ging ganz schön die Muffe. "Herr Dr. Folda, sagen Sie Ihrem Auftraggeber, dass ich heute keine Aussage vor der Presse machen werde, aber einen entscheidungsbefugten Mitarbeiter bis morgen persönlich sprechen möchte."

"Aber Herr Brandt." "Das Gespräch ist beendet, auf Wiedersehen." Ich ließ ihn einfach stehen.

Aus der Stimmung des Augenblicks und der Situation heraus hatte ich mal wieder ohne langes Nachdenken und Abwägen gehandelt. Mal sehen, was passiert.

Reinhardt kam auf mich zu: "He, Frank, da drinnen ist ein Riesenauflauf, Du wirst erwartet."

„Hör zu, Reinhardt, hier ist der Schlüssel zu meiner Umkleide. Ich fahre jetzt im Tennisdress nach Hause, und Du bringst mir meine Sachen. Wir reden bei mir, da gehe ich jetzt nicht rein." Mit diesen Worten ließ ich ihn stehen.

Ab und ins Auto. Erst jetzt im Wagen, mit etwas zeitlichem Abstand, stellte ich mir selbst die Frage, was das Ganze sollte, warum ich so gehandelt hatte. Keine Ahnung, nur einfach so aus dem Gefühl heraus. Und, vor allen Dingen, aus Spaß an der ganzen Sache.

Reinhardt kam ganz euphorisch zu mir: „Das ist eine Riesenstory. Da habe ich richtig was daraus gemacht, und das ist erst der Anfang. Warum bist Du weggelaufen? Die im Mondo sollen mal richtig einen verabreicht bekommen für die miese Behandlung gestern." Klar war, Reinhardt ging es nur um die Story. „Reinhardt, ich werde mich bis morgen Mittag nicht dazu äußern, aber mach Du etwas draus, schlag kräftig zu!" Er verstand meine Haltung nicht und zog leicht verstimmt von dannen.

Zwei Stunden später. Telefon. „Einen Moment, ich verbinde mit Herrn Holthausen." „Hallo, Herr Brandt, ich möchte mit Ihnen über die leidige Geschichte von gestern reden. Ich schlage heute 20.00 Uhr im Hotel Mondo vor. Wir können dann auch gemeinsam essen. Hätten Sie Zeit?" „Ja, ich werde da sein."

Keine der Figuren von gestern war zu sehen, als ich das Hotel betrat. Alles nett, zuvorkommend und freundlich. Ich wurde an einen Tisch geführt, an dem schon ein Herr saß. Es war Herr Holthausen, wie ich aus der Begrüßung entnahm. Ein Strahlemann, der mir auf An-hieb sympathisch war. Ein paar nette Belanglosigkeiten. Das Essen wurde bestellt und die Frage: „Was möchten Sie trinken?" mit einem Lachen beantwortet. „Natürlich oder gerade trotzdem Bier." Wir lachten beide.

„Herr Brandt, bitte jetzt einmal ernsthaft, wie können Sie behaupten, man hätte bewusst Ihr Bier verunreinigt." „Ich kann es nicht beweisen, weil einer Ihrer Mitarbeiter, ob geschickt oder dumm, das Glas fallen ließ." „Aber Sie können somit auch nicht beweisen, dass ich unrecht hatte." „Aber Sie müssen es doch beweisen." „Nein, solange ich Ihr Haus nicht verklage."

„Herr Holthausen, Ihr Problem ist doch die Presse, Sie werden dieser gegenüber Rechenschaft ablegen müssen. Ich schildere Ihnen den Ablauf des Abends und dann urteilen Sie selbst." Er hörte mir in aller Ruhe zu. Das Essen nahmen wir schweigend ein. Ich merkte, er brauchte Zeit zum Überlegen.

„Herr Brandt, erzählen Sie mir doch mal ein bisschen von sich!" Was sollte das jetzt? Ablenkung oder Zeitgewinn, nun ja, warum nicht. „Gehen wir an die Bar?"

Ich weiß nicht warum, aber er war mir sympathisch. Ein paar Drinks und wir plauderten einfach so drauflos, wobei er einiges von mir erfuhr, natürlich nicht alles, ohne den eigentlichen Grund unseres Treffens anzusprechen.

Herr Brandt, kommen wir zurück zu dem, warum wir hier sind. Meine Bitte: „Unterlassen Sie jede weitere Anschuldigung oder Bemerkung zu dem gestrigen Vorfall, vielleicht können Sie das Ganze sogar noch etwas abschwächen, indem Sie darauf hinweisen, dass Ihre Gruppe in äußerst fröhlicher Stimmung war, so etwas wie Entschuldigung. Wir würden uns Ihnen gegenüber sehr erkenntlich erweisen."

„Wie sähe diese Erkenntlichkeit denn in der Praxis aus?" „Ich kann Ihnen kein Geld anbieten, das würde den Skandal noch vergrößern. Durch unser Gespräch habe ich aber bemerkt, Sie besitzen Kenntnisse in unserer Branche. Wie wäre es mit einem Beratervertrag, zeitbegrenzt."

„Bitte noch einen Whisky. Ja, drei Jahre, 12.000 Euro pro Monat und ich bin Ihr Mann." Jetzt war er es, der ungläubig lachte. „Ist das ernst gemeint? Wie wollen Sie uns beraten und wo ist Ihre Qualifikation dafür?" „Zu Frage eins: Sie stellen Fragen zu Problemen, die Sie haben, und ich beantworte sie. Zu Frage zwei: Meine Überzeugung, dass ich Ihnen helfen kann, bringe ich zum Ausdruck, indem ich Aktien von der HAGA erwerbe, an deren positiver Entwicklung ich dann ein erhebliches Eigeninteresse habe."

Jetzt wurde er doch fast ein bisschen böse. „Ein paar Aktien das...." „Stopp!" unterbrach ich ihn. „Ich erwerbe für drei Millionen Euro HAGA, und sie zahlen mein Honorar in Aktien aus. Wollen Sie einen stärkeren Beweis, dass ich überzeugt bin, Ihnen helfen zu können und daran interessiert bin, das Ansehen der Gruppe zu verbessern?"

Jetzt wäre er bald vom Hocker gerutscht. Das einzige, was ich an diesem Abend noch von ihm hörte, war: „Wer sind Sie, ich glaube Ihnen sogar, lassen Sie uns morgen weiterreden."

„Ja, einverstanden, morgen 9.00 Uhr zum Frühstück. Übrigens, nach all dem Whisky, ich heiße Frank." Mit einem "Gerd" reichte er mir die Hand, „gute Nacht."

Der nächste Tag. Um 8.00 Uhr ein Telefongespräch mit meiner Bank. „Wie steht die HAGA

Aktie? Sie haben sicher auch schon davon gehört?"
„Kräftig im Sinkflug nach der heutigen Presse."

BILD brachte „Skandal bei Mondo! – Wer hat denn da ins Glas gepinkelt?" in ganz großer Aufmachung.

Dann war Reinhardt am Telefon: „Jetzt kannst Du nicht mehr zurück, schalte mal um 9.00 Uhr das WDR-Fernsehen ein, da kommt was. Ich bin voll im Geschäft, bis später." Er ließ mich gar nicht zu Wort kommen. Na, da war ja wohl etwas los.

Jetzt ging ich doch mit einem unguten Gefühl und erheblicher Beklemmung ins Mondo zum Frühstück. „Eine Katastrophe", so empfing mich Gerd, der schon auf mich wartete. „Da hast Du uns was eingebrockt." „Nein, Ihr Euch", so begrüßten wir uns.

„Und, was schlägst Du vor? Du kannst als Imageberater bei uns sofort tätig werden, es gibt ja jetzt Arbeit genug, wenn Du den Aktienkauf tätigst." „Gut, mach den Vertrag fertig, morgen ordere ich drei Millionen HAGA. Zug um Zug, morgen wieder hier."

Nun musste ich zuerst einmal mit meinem Vertrauten bei der Bank sprechen. Der wunderte sich, dass ich mich für die HAGA-Aktie interessierte. „Ja, die hat heute 8% verloren steht auf neunzehn Euro."

„Kaufe, sobald siebzehn Euro erreicht sind, für drei Millionen!" Der staunte nicht schlecht.

Jetzt mußte ich doch noch einmal mit Reinhardt sprechen. Der war voll in seinem Element und weitete die Sache kräftig aus. „Morgen steht unsere Geschichte in der gesamten Presse. Du wirst nicht umgehen können, auch Stellung zu beziehen." Das gefiel mir nun gar nicht. So traf ich mit ihm eine Vereinbarung. „Du lässt mich aus der Sache, soweit wie möglich heraus, und Du bekommst von mir als erster Informationen über die Maßnahmen der HAGA. Ich arbeite ab sofort für die." Na, war der überrascht. Sehr wohl fühlte ich mich jedoch nicht bei diesem Deal.

Mit Herrn Holthausen war im vertrauten "Du" die Abmachung schnell per Beratungsvertrag unterzeichnet. Nun überschlugen sich die weiteren Ereignisse. Abends noch eine Beratung mit den Herren des erweiterten Vorstandes und dem beratenden Juristen. Deutlich war in dieser Runde Skepsis, ja sogar eine deutliche Distanz mir gegenüber zu spüren, wofür ich durchaus Verständnis hatte. Aber im Ergebnis der Diskussion setzte sich meine Meinung durch.

Den Vorfall herunterspielen oder gar leugnen, geht nicht mehr. Dazu stehen, sich entschuldigen und den verantwortlichen Direktor des Hotels Mondo entlassen und damit in die Öffentlichkeit gehen. Das Motto, darf nicht, kann aber mal passieren, menschliches Versagen. Die Presse informieren, möglichst offensiv, und dann nicht mehr darüber reden.

So hatte mein Einstieg bei der HAGA vor vier Jahren begonnen. Der Börsenkurs erholte sich und aus den siebzehn Euro pro Aktie waren es nun fünfundzwanzig geworden, fast eineinhalb Millionen Euro plus.

Es machte mir Spaß, mit den Beträgen zu spielen und, vor allen Dingen, die Tätigkeit, die ich nun hatte. Ich reiste viel, besuchte die Hotels und versuchte Fehler zu finden, um Verbesserungsvorschläge zu machen. Mit Gerd hatte ich ein gutes Verhältnis, letztendlich war ich ja nun auch ein Miteigentümer der Gruppe und konnte über die Aktionärsversammlung Einfluss nehmen.

Und nun der heutige Tag. Aktienkurs gefallen, aber nicht schmerzhaft. Ich sollte damit ein wenig spielen. Der Zocker kam wieder in mir hoch. Die Information an die Bank, alle drei Stunden ein Paket von fünfhunderttausend HAGA Aktien absetzen und damit den Druck auf die Aktie erhöhen. Wenn der Kurs zweiundzwanzig Euro erreicht, bitte sofort eine Information an mich. Sollten zwanzig Euro möglich sein, komplettes Paket zurückkaufen. Reinhardt bitten, eine Nachricht über den Börsenticker zu geben, HAGA Aktie im Sinkflug, war meine nächste Aktion.

So und jetzt, liebe Laura, machen wir Feierabend und gehen nach Hause. Das Mädchen freute sich, und ich ging ein paar Kölch trinken.

Beim Blick über den Rhein von der Bastei aus auf das gegenüberliegende Ufer, das Messegelände, die Anlagen der Gartenschau, die Fassade des Hotels Hayett, versetzte mich in eine zwiespältige Stimmung. Sicherlich auch noch dadurch beeinflusst, dass ich einige Kölch getrunken hatte und der Alkohol wirkte.

Anstatt glücklich und fröhlich das alles zu genießen, ich hatte keine finanzielle Not und war unabhängig, konnte meinen Tagesablauf, ja sogar die Gestaltung meines Lebens selbst bestimmen, überfiel mich eine nostalgische Melancholie. Ich hatte keine Verantwortung für irgendetwas, kein Ziel, das ich unbedingt erreichen wollte. Ich lebte nur so in den Tag hinein.

Mir fielen die Worte von Shalan ein, den ich vor Jahren in den Bergen Sri Lancas kennengelernt hatte und den ich schätzte. Ein Mensch ohne Aufgabe, ohne Ziel, dessen Inneres vagabundiert durch das Leben, und er wird niemals restlos glücklich sein.

Das Ergebnis dieser Gedanken war wieder einmal und daher auch nicht neu, es musste etwas passieren. Ich werde etwas unternehmen und meine jetzige Situation verändern. Irgendetwas oder irgendwohin, da, wo die Berge hoch sind oder das Eis dünn ist. Denn nur zurücklehnen und genießen, ist auch eine Art aufzugeben.

Ich werde meine Freunde in Brasilien besuchen, ich habe lange nichts mehr von ihnen gehört. Wie mag es ihnen gehen, was macht Chris, ich musste häufig an sie denken. Und so beschloß ich, mit einem der großen Kreuzfahrtschiffe nach Rio de Janeiro zu reisen.

Erinnerungen wurden wach, denn mit meiner ersten Reise und den damaligen Erlebnissen und Geschehnissen hatte vieles begonnen.

Eine Woche brauchte ich, um meine Verbindungen und Vereinbarungen aufzulösen. Laura war traurig, auch ein wenig enttäuscht, dass ich das Büro aufgab und sie entlassen musste. Meine Beratungen für die HAGA kündigte ich auf. Gerd war überrascht, dass ich die Zusammenarbeit mit ihm aufgab.

Mit meinem Aktienpaket bei der HAGA hatte ich wieder einmal den richtigen Moment für

Transaktionen erwischt. Für einundzwanzig gekauft und per heute hatte sie sich erholt und notierte fünfundzwanzig Euro. Für eine Million Euro behielt ich Aktien, den Rest verkaufte ich und konnte so über drei Millionen Euro auf meinem Konto verbuchen. Ja, für meine Vorstellungen, Ausgangspunkt kleiner Bäckermeister, war ich reich.

Auf nach Rio

Die einzige Schiffsverbindung von Europa nach Rio, die schnellzu buchen und zu benutzen war, ging in zwei Tagen ab Barcelona. Also okay, buchen. Ich verabschiedete mich von meinen Freunden ohne große Erklärung, was hätte ich auch sagen sollen? Kleines Handgepäck, mal wieder ein Koffer, und ab nach Barcelona.

Die Columbus zwei war eine jener prächtigen Ozeankreuzfahrer. Schon äußerst beeindruckend, wenn man sie von der Mole aus sieht und wenn man, wie ich, so ein Erlebnis schon einmal hatte. Fünfzehn Jahre ist es nun schon her, da ich zum erstenmal eine solche Reise machte.

Sollte ich mich freuen oder eher fürchten, dass mich die Gedanken an damals – ich hatte Piro kennengelernt, und wir liebten uns mit allen späteren Folgen – im Laufe der Reise begleiten würden?

Aber jetzt erst einmal einchecken, Deck sechs, Kabine 6033. Achtunddreißig Tage waren geplant bis Rio de Janeiro, also genügend Zeit, alles in Ruhe anzugehen.

So verbrachte ich zunächst auch drei Tage damit, das Schiff und die verschiedenen Angebote kennenzulernen. Durchaus ähnlich wie damals auf der MSC Opera. Alles nur etwas größer und weitläufiger. Die Speisesäle, die Bar, der Fitnessraum, der impossante Pool.

Wie auch schon damals, kleidete ich mich in den Bordboutiquen ein, passend zu einer Kreuzfahrt.

Die ersten beiden Abende begann ich im Speisesaal Venecia. Ich hatte mich für ihn entschieden, da es mehrere Speisesäle gab, zum Beispiel noch Copa Verde oder Casablanca. Die Gäste hier empfand ich alle fürchterlich aufgedonnert angezogen. Vor lauter Vornehmheit, schien es mir, als wenn Lachen verboten wäre.

In der Bar wurde es dann schon lebhafter. Aber ein wirklicher Kontakt mit einem intensiven Gespräch oder eine Annäherung mit Leuten, die ich sympathisch fand, gelang mir nicht. Die Show im Theatro Athena war nett, aber riss mich auch nicht gerade vom Hocker.

So empfand ich die ersten beiden Tage an Bord, trotz des mich umgebenden Luxus, leicht öde.

Bei der Anlandung in Málaga nahm ich nicht an den angebotenen Exkursionen teil, sondern betätigte mich im Fitnessraum. Auf dem Trimmer schwitzend, sah ich, dass meine Nachbarin mit dem Montieren der Gewichte Probleme hatte. Sie nahm meine Hilfe dankend an, und so lernte ich Frau Stähler kennen, wobei ich im weiteren Gespräch erfuhr, Fräulein Karin Stähler.

Wir nahmen noch eine Erfrischung zu uns, und im Verlauf unseres Gespräches, das sehr angenehm war, nahm sie meine Einladung zu einem gemeinsamen Barbesuch am Abend an. Der Zufall wollte es dann, dass ich zum Dinner diesmal in den Speisesaal Casablanca ging und sie dort mit zwei älteren Herrschaften sitzen sah.

Ihr „Guten Abend Herr Brandt, suchen Sie noch einen Platz, dann kommen sie zu uns", war eine angenehme Überraschung, der ich gerne folgte. „Das sind meine Eltern, die freuen sich bestimmt auch über etwas Unterhaltung." So begann ein netter Abend, dessen weitreichende Folgen keiner auch nur im geringsten ahnen konnte.

Die Familie machte diese Reise aus Anlass der Silbernen Hochzeit; sie wollten dem Trubel zuhause aus dem Wege gehen, und Vater Stähler hatte sich die Zeit genommen, um seiner Frau etwas Gutes zu tun. Er schien mir ein viel beschäftigter Unternehmer zu sein.

Nach dem Dinner gingen die beiden ins Theatro, Fräulein Karin hatte keine Lust dazu. Sie meinte, da singt heute so eine Jubelhenne, ich mag sie nicht, die sieht aus wie ein Hungerhaken, nur Haut und Knochen. „Gut, wenn Sie mögen, gehen wir an Deck und genießen die Sommernacht, es ist so schön draußen."

Gigantisch, das schwimmende Hotel, ja schon mehr eine schwimmende Stadt! Wie sie sich über der ruhigen See bewegte, majestätisch. Das dunkle und doch sternklare Firmament, ein Szenarium, ein Bild wie aus einem Wunderland. Man wollte zunächst gar nicht sprechen, sondern nur genießen. Wenn doch, versuchte man leise zu reden, um den Eindruck des besonderen Augenblicks nicht zu stören.

Die bequemen Sessel, in denen wir saßen, und die Cocktails flankierten das Gesamtbild. Die Zungen wurden lockerer, und so erzählten wir von unserem bisherigen Leben und tauschten Erfahrungen aus. Sie kam von der Nordseeküste, aus Varel, einem Ort am Jadebusen. Dort lebten ihre Eltern in einem eigenen kleinen Hotel.

Der Vater war ein vielseitiger Unternehmer, sie wusste nicht genau, was er alles machte. Er betrieb unter anderem einen großen Bauernhof im Frankenland, ein Sägewerk und irgendwo in Australien, so sagte sie, da brennt er Schnaps.

Sie studierte in München und fühlte sich zuhause im Hotel in Varel nicht so richtig wohl. Ihre Aussage dazu: „Komisch, ich bin da geboren, aber mein richtiges Zuhause ist es nicht, ich war immer wo anders, zuerst in einem Internat und dann auf den unterschiedlichsten Studentenbuden."

Die Zeit verrann wie im Flug, und irgendwann wurde es auch kühl, wir gingen. Im Aufzug verabschiedeten wir uns, sie wohnte eine Etage höher. Wir bestätigten uns gegenseitig, dass es ein schöner Abend war, und mit dem Versprechen, uns morgen zu sehen, trennten wir uns.

Was war denn das? Ein Abend und ein Umfeld, das wie geschaffen war für den Beginn einer Zweisamkeit mit einer interessanten Frau, nein, Mädchen und dann doch eine mehr kühle Verabschiedung.

Werde ich langsam alt, dass ich keinen erotischen Funken spürte, sie war doch hübsch! Nostalgisch dachte ich an meine erste Seereise, bei der ich Piroschka kennengelernt hatte und wir am zweiten Abend wild im Bett gelandet waren. „Ei, ei, Frank", mit diesen Gedanken schlief ich ein.

Guten Morgen allerseits, so begrüßte ich Familie Stähler, die schon am Frühstückstisch saß. Darf ich mich dazu setzen? Später fragte Herr Stähler: „Gehen Sie auch heute von Bord zur Stadtbesichtigung?" „Nein", antwortete ich, „ich treibe mich hier auf dem Schiff herum und möchte es weiter erkunden." Eine kurze Gedankenpause und er meinte dann: „Die Frauen wollen bummeln gehen, leisten sie mir an Bord Gesellschaft!" Oh, das war klar, der wollte mich kennenlernen, den Mann, der mit seiner Tochter die Nacht an Deck verbracht hatte.

Vorsorglicher Vater oder cleverer Geschäftsmann? Nun ja, ich werde es herausfinden. Die beiden Frauen machten dazu keine weiteren Äußerungen; ich fand das merkwürdig, er war wohl der absolute Patriarch in der Familie.

Es wurde ein kurzweiliger Tag mit ihm, getragen von gegenseitiger Neugierde. Zum Abschluss seine Ansage: „Heute Abend essen wir zusammen und gehen anschließend in das Theater." Na, jetzt gehörte ich auch schon zu seinen Befehlsempfängern. Er merkte gar nicht, dass das bei mir nicht besonders gut ankam, aber er sollte seinen Willen haben, und ich ging hin.

Hübsch hatte sie sich gemacht, gut sah sie aus, die Karin Stähler. Aber warum blieb ich so kühl dabei? Vergleiche mit Piro oder Chris unterdrückte ich schnell, um den Gesprächen zu folgen.

Sollen wir nachher nicht tanzen gehen, die machen doch eine ganz nette Musik. Diesem Vorschlag folgte ein spontanes „ja prima" von ihr. „Und nicht ins Theater!" Die Bemerkung konnte sich ihr Vater nicht verkneifen. Um Ausgleich bemüht, machte ich den Vorschlag: „Wir schauen uns die Höhepunkte der Show von oben an."

In ihren Augen konnte ich die Freude erkennen, dass dem Papa mal einer widersprach.

Die Katastrophe

Wir brachten die beiden bis zum Eingang des Theaters. Es war sehr schön und imposant, ein terrassenförmiger Aufbau der Zuschauerplätze um die Bühne. Die Eltern hatten sich ganz vorne Plätze reservieren lassen. „Wenn es richtig los geht, kommen wir zuschauen." Mit diesen Worten gingen wir.

Die beiden Musiker in der Tanzbar boten flotte Rhythmen, und es machte Spaß zu tanzen. „Lass uns mal schauen, was im Theater los ist", meinte Karin nach einiger Zeit, mit der ich mich inzwischen auf "du" geeinigt hatte.

Das Theater war bis auf den letzten Platz besetzt, so reihten wir uns in die Zuschauer auf den Stehplätzen ein, mit Blick auf die Bühne. Der Klassiker aus Cats, Memory, wurde gerade geboten, er gefiel mir sehr gut.

Plötzlich ein furchtbarer Knall, eine ungeheure Detonation! Gegenstände kamen geflogen, plötzliche Dunkelheit, schreiende, kreischende Menschen. Ich umfasste Karin und riss sie zu Boden. Über uns stürzten Menschen, Schreie mischten sich mit einem Brausen, das sich anhörte wie ein Wasserfall. Nur mit Gewalt und größter Kraftanstrengung konnten wir wieder aufstehen.

Vorwärts geschoben, stolperten wir durch den Gang, der zum Shoppingcenter führte. Da der Aufzug. „Halte Dich fest, Karin!" Kein Aufzug. Da, die Treppe nach oben. Die Notbeleuchtung an den Treppenstufen zeigte uns den Weg. Hoch, hoch, schnell, Tür auf, wir waren an Deck. Auch hier wirr durcheinander laufende Menschen, in alle Richtungen wurde gedrängt und gedrückt. Nach hinten geht nicht, dort brennt es. „Komm mit nach vorne, da sind die Rettungsboote", brachte ich noch hervor, „da ist auch Licht."

Wir hatten keine Vorstellung, wieviel Zeit seit dem Knall vergangen war und hielten uns, fest aneinander geklammert, und blickten zu dem Chaos zurück. Nur Rufe und Geschrei aus der Dunkelheit vor uns. „Pst, sei mal still!" „Das Schiff bewegt sich nicht, fährt es überhaupt noch?" Es scheint ruhig auf dem Wasser zu liegen. Das Schiff liegt gerade, hat also keine Schlagseite, es ist scheinbar intakt, da ist etwas anderes passiert.

Minuten vergingen, immer mehr Passagiere versammelten sich auf dem Vorderdeck. Neben mir zwei Damen, eine weinte laut, während die andere nur rief: „Wir gehen unter, wir gehen unter!"

„Achtung, Achtung, bitte Ruhe!" Eine Stimme aus dem Lautsprecher. Und wieder: „Bitte Ruhe bewahren, unserem Schiff ist nichts passiert, es besteht keine Gefahr, bewahren Sie Ruhe! Wir hatten eine Explosion auf dem Vorschiff. Es besteht keine Gefahr. Das Feuer ist unter Kontrolle." –

„Bleiben Sie, wo Sie sind und warten sie auf weitere Anweisungen!" „Komm, Karin, behalten wir die Nerven, setzen wir uns und warten wir ab!" „Ich kann nicht, wo sind Mama und Papa."

Die Zeit vergeht. Wie lange sitzen wir nun schon hier? Es ist nichts zu sehen, die vor uns stehenden Passagiere versperren uns den Blick. Die Geräusche und der Krach werden weniger, nur ab und zu ein lautes Aufschreien. „Komm, beruhige

Dich, unser Schiff liegt ruhig, wir gehen schon nicht unter", war das einzige, was ich hervorbrachte.

Dann endlich, wieder die Stimme aus dem Lautsprecher: „Bitte, gehen Sie langsam und ruhig in ihre Kabinen. Sie sind nicht beschädigt. Warten Sie dort unsere weiteren Anweisungen ab. Bitte, Ruhe bewahren!"

Langsam löste sich das Gedränge vor uns auf, die Beleuchtung funktionierte wieder, es wurde grellend hell. „Komm, wir sitzen hier gut. Lass uns abwarten, was weiter geschieht!" Wir drückten unsere Körper zusammen, suchten gegenseitige Wärme. Die Kälte kam sicher von der Schockreaktion und der Sorge um Karins Eltern.

Das Schiff setzte sich wieder in Bewegung, doch ich bemerkte, dass es die Richtung änderte. Mein Gedanke, dass doch etwas nicht in Ordnung war, behielt ich für mich. Ein Stuart kam und brachte ein Getränk, Kaffee. Das war beruhigend, eine Auskunft über das Geschehene konnte er nicht geben. Das Vorderdeck war abgesperrt, man stellte sogar Sichtblenden auf, so dass wir nicht erkennen konnten, was dahinter geschah.

Die Sterne verschwanden, es graute schon der Morgen, als wir zwei Hubschrauber sahen, einer davon blieb äußerst niedrig über uns in der Luft stehen. Die Blätter des Rotors erzeugten einen Windstoß, der die Sichtblenden umriss. Mehr war nicht zu erkennen. Dann wieder eine Durchsage: „Bitte, Ruhe, es ist alles unter Kontrolle." –

„Wir haben einige Verletzte. Wenn Sie Angehörige vermissen, kommen sie bitte auf Deck eins, Raum einhundertvierzehn. Alle anderen bitte in ihren Kabinen bleiben, damit der Ablauf nicht gestört wird. Und meiden sie bitte das Vorderdeck!"

„Wir müssen zu Raum einhundertvierzehn und uns nach Deinen Eltern erkundigen." Auf dem Weg zur Treppe riss uns eine Windböe, die ein weiterer Hubschrauber verursacht hatte, fast um. Und wieder das Gedränge all derer, die zu Raum einhundevierzehn wollten.

„Wir haben hier eine Liste mit den Namen von verletzten Personen. Wenn Sie Angehörige, Freunde oder Verwandte darauf finden, gehen Sie bitte zur Krankenstation." Stähler stand nicht auf der Liste. „Ist das gut oder schlecht?" fragte Karin. Ich konnte nur mit den Schultern zucken.

„Leider haben wir auch einige Tote zu beklagen." Mit diesen Worten sprach uns ein Stuart an, dessen Uniform einen recht lädierten Eindruck machte. „Sind Sie in der Lage, uns bei der Identifizierung zu helfen?" „Karin, komm, setz Dich, ich gehe hin." Mehr fallend, als sich hinsetzend, nahm sie auf dem Stuhl Platz. Ich folgte dem Stuart.

Vor der Tür des Speisesaales nahm er meine Hand: „Das sieht nicht gut aus da drinnen, ich muss Sie darauf vorbereiten." Oh Gott, eine Reihe von Körpern, mit weißen Tüchern abgedeckt, der Aufschrei einer Frau vor einer der provisorischen Liegen. „Sind Sie bereit?" „Ja." Dreimal schon schaute ich in fremde tote Gesichter. Und dann ja, das war Herr Stähler, ich nickte meinem Begleiter zu, dann sah ich daneben auch Frau Stähler. „Ehepaar Stähler", sagte ich zu meinem Begleiter, „draußen sitzt die Tochter."

„Moment, eine Ärztin wird Sie begleiten." Zeit zum Denken, Zeit für Gefühle kamen erst gar nicht in mir hoch; benommen, wie von einem Nebel umhüllt, ging ich hinaus zu Karin. Ich umarmte sie, drückte sie fest an mich und konnte nur sagen: „Ja, beide." Von ihr kam kein Wort. Die Ärztin: „Kommen Sie, ich gehe mit in Ihre Kabine und gebe ihnen etwas zur Beruhigung." Der Weg zur Kabine, stumm, keiner sagte ein Wort, eine Ewigkeit entfernt.

Unter Mithilfe der Ärztin zog sich Karin aus, legte sich auf das Bett und erhielt eine Spritze zur Beruhigung. „Sie wird jetzt schlafen, ich komme nachher noch einmal vorbei." „Ich werde mich hier einrichten und bleiben." „Ja, das wäre gut."

Noch in der Überlegung, wie ich mich weiter verhalten sollte, kam ein Herr des Bordpersonals. „Schäfer, Gästebetreuer" stellte er sich vor. Seine Fragen, wer zu benachrichtigen sei, und Details zur Familie Stähler konnte ich nicht beantworten. „Ich bin nur ein zufälliger Bekannter", erklärte ich ihm.

Vom ihm erfuhr ich aber nun, was geschehen war. Ein Sprengkörper im Pool hatte den Boden des Pools und die Decke des darunterliegenden Theaters aufgerissen, so dass die Trümmer, mit dem gesamten Wasser des Pools auf die Gäste der Show gestürzt waren. Wieso und warum wusste er auch nicht. „Wir sind in circa fünf Stunden in Málaga, dem nächstgelegenen Hafen." Mehr erfuhr ich im Moment nicht.

Trotz meiner Übermüdung und Erschöpfung konnte ich nicht schlafen; auch wollte ich wach sein, wenn Karin zu sich kam. Eine der Hilfen kam noch einmal vorbei mit der Information, wenn notwendig, sollte ich die Telefonnummer anrufen, die sie mir gab.

Ein Rucken im Schiff weckte mich auf. Holla, doch eingeschlafen! Der Blick zum Bett zeigte mir, dass Karin auch gerade erst wach geworden war. „Wo sind wir? Ja ich weiß, sie sind tot", waren ihre ersten Worte. Die Durchsage vom Lautsprecher entband mich einer Antwort.

Der Inhalt im wesentlichen: – „Wir liegen in Málaga an Land. Das Schiff bitte nicht verlassen ohne Angabe der Personalien. Die Angehörigen der verletzten Personen bitte ins Notfallbüro kommen! Alle anderen gedulden sich bitte. Die Bordrestaurants sind wieder geöffnet, am besten gehen sie dort hin. Zur Beantwortung aller weiteren Fragen haben wir im Raum Cäsar ein Büro eingerichtet." –

„Soll ich für Dich ins Büro gehen, um zu erfahren, wie es weiter geht?" Das Ergebnis: Die Toten werden in ihre jeweiligen Heimatorte überführt, für die Angehörigen sind Heimflüge organisiert, ein Termin für die Weiterfahrt des Schiffes steht noch nicht fest. Die Personen, die ihre Reise fortsetzen wollen, sind selbstverständlich weiterhin Gast auf der Columbia.

Das war das erstemal, dass ich in all diesem schlimmen Trubel daran erinnert wurde, für mich zu planen. Mit diesem Gedanken kam ich aber nicht weit, denn ich musste und wollte mich um Karin kümmern. „Was soll ich machen?" war der Satz, den Sie mehrmals wiederholte. Verwandte, die zu benachrichtigen wären, hatte sie nicht. Die geschäftlichen Verbindungen kannte sie nicht, auch wusste sie nicht, wer in Varel zu informieren wäre.

„Karin, wenn Du willst, bleibe ich bei Dir und komme mit nach Varel, gemeinsam werden wir Deine Sorgen besser lösen können." Jetzt passierte es: sie brach laut schluchzend zusammen. „Komm, Du musst etwas essen, dann lass mich machen", willig ließ sie sich führen.

Zwei Tage waren inzwischen vergangen und wir befanden uns auf dem Landeanflug in Hamburg.

Den erheblichen Aufwand an Formalitäten hatte ich, mit einer Vollmacht von ihr, bewältigt. Nun ging es heim für sie nach Varel.

Erst einmal helfen

Und ich? Bisher hatte ich keinen einzigen Gedanken daran verschwendet, was ich nun eigentlich weiter machen wollte, sondern nur einfach geholfen. Karin tat mir leid in ihrer Ahnungs- und Hilflosigkeit, aber irgendwie musste ich auch wieder einmal für mich planen. Die Ereignisse ließen mir kaum Zeit dazu.

Das Betreten des elterlichen Hauses, verbunden mit den vielen Erinnerungen, war wiederum eine besonders emotionale Situation für sie. Bei der Briefpost war ein Schreiben des Anwaltes ihres Vaters, der dringend um einen Termin bat. Der Vermerk "Erbschaft" zeigte, um welches Thema es sich handelte. Dem Anwalt, Herrn Dr. Vonhof, stellte sie mich als Freund und Berater vor. Die inhaltsschwere Auskunft von ihm: „Sie sind Alleinerbin, weitere Erbberechtigte konnte ich bisher nicht ausfindig machen, so dass das gesamte Vermögen und der weitere vorhandene Besitz an Sie übergeht." –

„Es handelt sich dabei um das Haus, Gartenstrasse 17, das Hotel in Varel, einen Bauernhof mit Gestüt und einhundertzwanzig Hektar Land bei Gunzenhausen, ein Sägewerk mit Mühle, in der Nähe von Dinkelsbühl. Außerdem ein Destillationbetrieb, Rumproduktion mit Lizenz und Vertrieb in Bundaberg, Queensland, Australien. Details über die Unternehmungen, sind hier keine vorhanden. Ich habe aber die Anschrift der Personen, die die einzelnen Unternehmungen Ihres Vaters leiten. Ihr Vater war ein vielbeschäftigter und wohl auch erfolgreicher Unternehmer.

Von mir erhalten Sie jetzt die nötigen Unterlagen, mit denen Sie dann beim Amtsgericht die Erbberechtigung beantragen können und dann auch bekommen. Gerne helfe ich Ihnen weiter. Sie werden bestimmt noch viele Fragen haben, aber durchdenken Sie erst einmal das, was Sie bisher von mir hörten. Ich empfehle Ihnen noch, sich mit der Hausbank Ihres Vaters, die ja nun auch Ihre ist, in Verbindung zu setzen."

Karin war neben mir im Stuhl richtig zusammengesunken. Blass, fand Sie nur die Worte: „Ja, danke."

Was geschieht hier? In welcher Situation befinde ich mich? Aber mich jetzt zurückziehen, geht auch nicht, ich werde sie nicht alleine lassen. „Karin, packen wir es gemeinsam an!" Und von ihr wieder nur: „Ja, danke."

„Zur Beerdigung werden wir alle Geschäftsführer oder, wer immer auch die Verantwortung in den einzelnen Unternehmen hat, einladen mit der Bitte, alle relevanten Geschäftsunterlagen mitzubringen, damit wir einen Überblick bekommen." Zwei Tage vergingen, Karin hatte sich etwas beruhigt, wohl auch, weil es so viel zu bedenken und zu erledigen gab. Immer wieder kamen andere Leute, die sich vorstellten. Manche als Geschäftsführer, andere auch als Pächter.

Am Abend des Beerdigungstages war es dann soweit. Alle Verantwortlichen oder die, welche sich als solche vorstellten, denn zu-nächst konnten wir ja nur ihre Aussagen und Informationen zur Kenntnis nehmen, ohne sie überprüfen zu können, waren anwesend: Herr Ströhter, Leiter der Destillation in Bundaberg, Herr Obermeier, Betriebsleiter des Sägewerks, Herr Doberer, Pächter der bäuerlichen Anlagen, Herr Obermann, verantwortlich für das Hotel, Frau Fickel, die Bewirtschafterin einer Almhütte, von deren Existenz wir bisher noch gar nichts wussten, sowie Herr Direktor Eiselen von der Deutschen Bank in Varel.

Eine eigentümliche Versammlung von Menschen, die sich erst jetzt im Rahmen der Trauerfeier kennengelernt hatten. Mir kam es so vor, der eine oder andere hatte nur pflichtgemäß ein Trauergesicht aufgesetzt. Man merkte die Anspannung, denn alle warteten darauf, was nun geschehen würde. Ein erhebliches Maß an Distanz und Misstrauen mir gegenüber war auch nicht zu übersehen. Karin hatte mich bei der Begrüßung als ihren Vertrauten in allen geschäftlichen Belangen vorgestellt.

„Frau Fickel, meine Herren, wie Sie sicher verstehen werden, müssen wir uns nach dem mehr als traurigen Verlust zunächst einmal einen Überblick über die verschiedenen Unternehmungen verschaffen. Frau Stähler ist sich der Verantwortung bewusst, die nun auf ihren Schultern lastet. Um den Anforderungen gerecht zu werden, braucht sie Ihre

Hilfe, um die ich Sie hiermit bitte." –

„Morgen wollen wir mit Ihnen reden, ich habe dafür je zwei Stunden vorgesehen, ich denke, Sie können das einrichten." „Herr Brandt, mein Flugzeug geht morgen früh schon um 6.00 Uhr", sagte Herr Ströhter, der Australier. Hoppla, der erste Auftritt ist wichtig, war mir sofort klar. „Herr Ströhter, dann müssen Sie ihren Flug verschieben, wir können aber um 10.00 Uhr mit Ihnen beginnen. Frau Fickel um 12.00 Uhr, Herr Obermeier um 15.00 Uhr und Herr Doberer um 18.00 Uhr. Ich hoffe, das können Sie sich alle so einrichten. Einen angenehmen Abend noch, bis morgen." Das hatte den Eindruck gemacht, den ich haben wollte.

War das ein Tag! Mir schwirrten Umsatzzahlen und Ergebnisse, Wünsche, positive Berichte und auch Klagen nur so durch den Kopf. Sägewerk, Bauernhof mit Reitstall, Hotel, Rumproduktion in Australien, sowie eine bewirtschaftete Almhütte. Das alles musste überschaubar, handelbar und kontrollierbar organisiert werden.

Nachdem der letzte Gesprächspartner, Herr Doktor Eiselen, Direktor der Bank, gegangen war, brach Kati regelrecht zusammen.

Weinend, am ganzen Körper zitternd, stammelte sie mehrmals „Was soll ich nur machen? Wie kann ich das tun? Das schaffe ich nie! Was hat er, – damit meinte sie ihren Vater – alles gemacht? Warum weiß ich nichts davon?" Eine Menge weinend vorgetragener Fragen, die ihre ganze Hilflosigkeit zum Ausdruck brachte.

Und ich? Ich fühlte mich auch nicht wohl in diesem Augenblick. Mein naheliegender Gedanke, zunächst brauche ich Zeit, zum Überdenken der gesamten Situation.

„Lass uns was essen, dann gehst Du schlafen, und morgen sondieren wir alles." „Ich habe keinen Hunger, aber bitte, lass mich jetzt nicht alleine!" Nun fühlte ich mich doch bedrängt, ohne einen direkten Ausweg zu finden. Völlig willenlos, geradezu apathisch, legte sie sich ins Bett. „Ich gehe etwas essen und komme dann wieder zu Dir." Mit diesen Worten verließ ich sie.

Auch ich hatte keinen Appetit, spazierte planlos Richtung Meer und setzte mich dort auf eine Bank. Es war Ebbe. Der Landeinwärtswind hatte mal wieder den Unrat der Zivilisation angespült und auf dem Schlick des Wattenmeeres zurückgelassen.

Was war passiert: Da hatte ich mich auf eine Reise nach Brasilien gemacht, wollte dort meine Freunde in Rio besuchen, an der Coppa Cabana im Sand liegen und mich in den Wellen des Pazifiks tummeln, den schönen braunen, nur mit einem Tanga bekleideten Nixen nachschauen und in der Sonne entspannen.

Und nun saß ich hier am Jadebusen, den Mief des Wattenmeeres wahrnehmend, bei einem kalten Nordseewind. Die Gedanken bei Kati und ihren vielseitigen Problemen. Das war eine klassische Verfehlung des angestrebten Zieles. Was soll ich nun machen? Der einfache und bequeme Weg, mich morgen früh verabschieden, Kati alles Gute für die Zukunft wünschen und meine Reise fortsetzen. Problem gelöst, aber auch nur für mich. Zunächst hier bleiben, abwarten, was passiert, dann wird Kati viele Fragen haben, auf die ich keine Antworten weiß.

Nein, ich bleibe und packe es an! Mitleid, Verantwortungsgefühl, Neugier, Abenteuerlust und auch Ehrgeiz, diese Mischung aus Gefühlen und Veranlagungen in mir waren wohl der Schlüssel zu dieser Entscheidung.

„Aufstehen, Kati, der Tag ist da, es gibt viel zu tun." So weckte ich sie, nach einer Nacht, in der ich erstaunlich gut im Bett neben ihr geschlafen hatte. Traurigkeit, Unsicherheit ließ ich erst gar nicht aufkommen. Duschen, frühstücken und ran an die Arbeit. War sie zuerst noch erschrocken, so ließ sie sich doch von meinem Tatendrang und dem Befehlston meiner Stimme anstecken. Sie frühstückte sogar ausgiebig.

Der Chef des Hotels, das ja Ihres war, bediente uns persönlich. Er war mir etwas zu unterwürfig, und die Unlust bei der Frage nach unseren Wünschen war ihm anzumerken. Dass er uns für ein Paar hielt, konnte ich ihm nicht übelnehmen. Tatsächlich waren wir aber nur ein Team, zumindest von meinem Gefühl her.

Im Büro ihres Vaters ging es los. „So, Kati, wenn Du willst, kümmere ich mich, mit dir zusammen, um den ganzen Kram." „Oh ja!" antwortete sie. „Stelle mich als dein Berater ein, gebe mir von Fall zu Fall Vollmachten und bezahle mich mit – sagen wir – 10.000 Euro im Monat! Dann bist und bleibst Du jederzeit die Chefin und hast bei allen Entscheidungen das letzte Wort und bist mir gegenüber auch zu keinem Dank verpflichtet." Jetzt war sie doch überrascht. „Lass Dir Zeit, entscheide dich später!"

Nun zur Sache. Die meisten Unternehmungen warfen Erträge ab. Wenn auch, wie die Almhütte, nur sehr geringe. Das Hotel braucht eine Renovierung und Investitionen. Undurchschaubar und mit Verlusten ist die Rumproduktion belastet. „Herrn Ströther traue ich nicht so richtig. Bei ihm habe ich ein ungutes Gefühl, nicht nur wegen den 80.000 Dollar Minus im letzten Jahr." –

„Mein Vorschlag: Erstens, wir verlangen von allen Verantwortlichen eine monatliche Abrechnung, mit der jeweiligen Kontoentwicklung. Zweitens, wir besuchen jedes Unternehmen, um uns vor Ort ein eigenes Bild zu machen, beginnend mit den nahe gelegenen Standorten in Dinkelsbühl und Ansbach. So, jetzt bist Du dran."

Ihre Antwort: „Mein Gott, wie soll das alles gehen?" war zwar verständlich, aber wenig hilfreich. „Geh mit deinen Gedanken und Überlegungen mal spazieren, vielleicht kennst Du ein paar Freunde oder auch Fachleute, die dich beraten. Wir treffen uns dann morgen früh wieder hier."

„Bleibst du über Nacht nicht bei mir?" Ja, ich wusste, das war die Frage, die im Raum stand. Kati war eine hübsche Frau, und unser Beisammensein auf dem Schiff war schön. Aber mir fiel Chris ein und insbesondere Piroschka, die ich nicht vergessen konnte. Nein, bei diesem Vergleich meiner Gefühle wollte ich sie nicht täuschen oder enttäuschen.

„Kati, ich übernachte bei mir. Danach lass uns sehen, wie alles weitergeht. Ich möchte in erster Linie, dass Du meine Chefin bist. Du bist eine tolle Frau, ich will Dir helfen, also bis morgen."

„Guten Morgen, Kati, hast du einigermaßen geschlafen?" „Gut geschlafen, gut gefrühstückt, lass uns loslegen!" Und das in einem Ton, Donnerwetter, das war eine ganz andere Frau als noch gestern. Ist das gespielt und nur vorgetäuscht, oder hat sie sich gefangen und erholt, ist ihr Tatendrang echt? Schnell wurde ich davon überzeugt.

„Hier ist die Vollmacht, mit der kannst Du in meinem Namen alle geschäftlichen Aktionen unternehmen, mit einer Einschränkung, Du verstehst das sicher, mich vorher zu informieren. Hier der Vertrag, „Herr Berater", wie gewünscht, 10.000 Euro, Laufzeit offen, mit täglicher Kündigungsfrist."

Jetzt konnte ich meine Überraschung doch nicht verbergen. Die naheliegende Frage, die sich mir stellte: „Hast du das alles alleine gemacht?" unterließ ich. Sie war die Chefin.

Die Planungen alle Unternehmen der Reihe nach zu besuchen nahm Formen an. Zunächst die hier in Deutschland und als letztes, weil sicherlich am aufwendigsten und zeitintensivsten, wie uns schien auch am problematischten, unsere Rumproduktion in Australien.

Wir einigten uns, mit unserem Sägewerk in Reichenbach zu beginnen.

Ein Hotel in Dinkelsbühl, in der Nähe von

Reichenbach, war schnell gebucht. Jetzt musste erst noch ein Auto gekauft werden, denn Mobilität war wichtig. „Mach Du das mit dem Auto, denn es ist Dein Geld, wichtig ist nur, wir brauchen es morgen. Alles andere ist mir egal." Ich wollte sie ganz bewusst beschäftigen und fordern.

Schon am nächsten Tag war es soweit, wir fuhren mit einem gebrauchten, für uns aber neuen Audi C2 nach Dinkelsbühl. Ein mittelalterliches Städtchen mit gut erhaltenen Stadtmauern an der Wörnitz, einem kleinen Flüsschen. Das Flair dieses Städtchens und der laue Sommerabend, den wir auf der Terrasse des Hotels „Zum Goldenen Schwan" verbrachten, ließ eine vertrauliche Stimmung aufkommen. Wir plauderten einfach drauf los, ohne von den vor uns liegenden Aufgaben zu sprechen. Die Dämmerung war schon überschritten, es war fast dunkel, eine angenehme Kühle umgab uns.

„Lass uns rauf gehen", sagte ich zu ihr. Sie schaute mich etwas verlegen an bei der Antwort: „Zu Dir oder zu mir?" Die gemeinsame Nacht, das gemeinsame Frühstück, versetzte uns in eine fröhliche Stimmung, wir waren ein Paar.

Mit unserem Audi über die Landstraße, vorbei am Hesselberg, dem heiligen Berg der Franken, ging es nach Reichenbach zu unserem Sägewerk.

Nun ist fast schon eine Woche vergangen seit dem Beginn unserer Inspektions-Reise. Wir sitzen mittlerweile auf der großen Terrasse unserer Almhütte in der Nähe von Ellmau, bei Kitzbühl. Es ist natürlich Katis Almhütte, aber ich habe mich in diesen Tagen schon so mit Katis diversen Liegenschaften befasst und die Probleme damit gedanklich zu meinen eignen gemacht.

Wir genießen, genau wie die anderen Gäste des Hauses, die sich von ihren Wanderungen in dieser herrlichen Landschaft auf der Terrasse ausruhen, den Blick auf den Wilden Kaiser. Rechts von uns ist das Kitzbühler Horn zu sehen. So, wie das urlaubs- und erholungs- bezogene Umfeld, ist auch unsere Stimmung. Es gab bisher nur positive Eindrücke von unseren Besichtigungen, beziehungsweise von unserer Informationstour.

Die Gebäude und die ländlichen Anlagen in Reichenbach sind gepflegt, und die Betreiberfamilie ist zufrieden, sowohl im Sägewerk als auch bei unserem Hof mit Reitstall. Auch hier auf der Hütte, die sich "Pension Kaseralm" nennt. Die durchaus verständliche Sorge der Pächter, dass sich mit dem Tod von Herrn Stähler und dem Besitzerwechsel einiges ändern würde, konnten wir zerstreuen. In allen Fällen habe ich abschließend mit einem Satz zusammengefasst: „Solange die Zahlen stimmen oder die Pacht pünktlich kommt, gibt es keine Probleme."

Ja, und Kati? Seit Dinkelsbühl haben wir keine getrennten Zimmer mehr. Bei unserer Anmeldung auf der Kaseralm war es schon selbstverständlich, dass ich ein Zimmer für uns beide reservieren ließ. Es war schön, es war angenehm, und ich musste mir eingestehen, es war bequem.

Weiterführende Gedanken ließ ich erst gar nicht aufkommen, ich verdrängte sie einfach. Kati wirkte glücklich und zufrieden, sie war davon selbst überrascht, das zeigte sich in dem Gespräch, das wir gerade führten: „Darf ich so kurz nach der Katastrophe schon wieder lachen? Mein Gott, das geht doch nicht, vor vier Wochen lebten meine Eltern noch."

„Liebe Kati, trauern kann man auch, ohne sich selbst zu kasteien. Du machst es genau richtig. Du gestaltest Dein eigenes Leben, Du genießt den Moment mit einer positiven Einstellung zur Zukunft. Die Momente mit dem Blick zurück, musst Du aber auch zulassen." Ohne auf die anderen Gäste zu achten, gab sie mir einen Kuss als Antwort.

„Morgen machen wir noch einen Ausflug zum Hahnenkamm, auf den Pengelstein und nach Kirchberg. Dann widmen wir uns der Aktion "Rum", beziehungsweise kümmern uns um die Rumdestillation in Australien."

Australien

Wieder einmal Koffer packen, diesmal zu zweit. Der Weg an das andere Ende der Erde begann. Frankfurt – Kuala Lumpur – Sydney, und nur noch ein kleiner Hüpfer bis nach Brisbane. Sechsunddreißig Stunden unterwegs, dazu noch die Zeitverschiebung, wir fielen erschöpft in unsere Hotelbetten. Aber hier war jetzt heller Tag, vier Uhr Mittag, an Schlafen nicht zu denken. Nun, wir waren nicht "zu müde", und so genossen wir den Augenblick auf unsere Weise.

Anfahrt Brisbane – Bundaberg. Da war sie nun, unsere Produktionsstätte von einem weltweit bekannten edlen Getränk. Wir standen vor einem Gebäude, das eher wie eine Zementfabrik aussah. Staub und dürres Geäst umrandete das Anwesen. „Aua, Kati, hier wird aber ein großer Staubsauger gebraucht", war das erste, was mir dazu einfiel.

Herr Ströhter empfing uns in Begleitung von zwei Herren. „Bitte, Herr Ströhter, erklären Sie uns die Situation und zeigen Sie uns alles!" Wir hörten nur Klagen. Die Weltmarktpreise für Rum im Keller, der Zuckerpreis geht ständig aufwärts, das Personal ist zu teuer und nicht qualifiziert genug, so seine Aussagen. Die beiden anderen nickten nur dazu. Was wir dann von dem Werk zu sehen bekamen, die Zuckersilos, die Destillation, die Abfüllanlage, die Büros, mit ein paar Worten, – alles in einem saumäßigen Zustand.

Zum Abschluss des Rundganges dann der Höhepunkt. Auf meine Frage: „Herr Ströhter, was schlagen Sie vor?" „Sie sind die Besitzer, Sie werden schon wissen, was zu tun ist." Das war eine Antwort, die mir fast die Sprache verschlug. Frech, dumm und mit einer überlegenen Geste zum Ausdruck gebracht. Ich schaute Kati an, sie zuckte nur mit den Schultern. „Gut, danke, Sie hören von uns." Einer der Herren ließ sich zum erstenmal hören mit den Worten: „Wollen wir nicht etwas essen gehen, bevor Sie uns wieder verlassen?" „Nein, danke, es reicht uns!" Schnell waren wir wieder draußen.

„Kati, jetzt brauche ich einen Schnaps, um das alles zu begreifen." Lachend ihre Antwort und gleichzeitig Frage: „Einen Rum?" Unsere nächste Aufgabe war, bei einer Wirtschaftsprüfungsgesellschaft in Brisbane unsere Sachlage darzulegen und sie zu einer gründlichen Prüfung zu beauftragen. Zeitvorgabe, Bericht bitte in vierzehn Tagen.

„So, Kati, nun schauen wir uns das Land an und

genießen die kommenden Tage." Mit Kati hatte sich inzwischen ein inniges Verhältnis entwickelt. Es war nicht die stürmische Liebe, aber ein absolutes, von gegenseitigem Vertrauen getragenes Miteinander. Eine Gemeinsamkeit, die durch die gemeinsam erlebte Katastrophe, die mit dem Tod ihrer Eltern endete, begann. Die folgenden Aufgaben der Erbschaftsbewältigung taten ein übriges, und so hielt uns ein besonders festes Band zusammen.

„Fahren wir zu den Aborigines an den Ayers Rock oder in den Urwald des Nordens?" „Nein, nicht in die Sandwüste, lieber dorthin, wo es Schatten gibt." Ein Caravan war in Brisbane schnell gemietet.

Zunächst fuhren wir nach Byron Bay an den östlichsten Leuchtturm der Nordküste. Piro hatte mir von diesem Ort erzählt. Sie war auf den vielen Reisen mit ihrer Mutter einmal da gewesen und von den dort lebenden, schon mehr campierenden Backpäckers begeistert.

Backpäckers sind jugendliche Reisende, gelegentlich auch über sechszigjährige, die jung geblieben sind im Herzen. Ja, es war toll, Menschen aus fast allen Ländern der Erde mit einem Sprachwirrwarr, bei dem die englische Sprache vorherrschte.

Die Inhalte der Gespräche, positive Beiträge,

von Freude und Lust getragen, erwartungsvoll in die Zukunft blickend, singend, musizierend mit Instrumenten, die eigentlich keine waren, wie Waschbrett oder Kochtopf, aber auch mit Geige und Saxophon. Was für ein Kontrast zum nörgelnden, von Zukunftsangst geplagten Stammtischgerede in der deutschen Heimat.

Von einer jungen Schottin aus Plymouth ließen wir uns per Strichzeichnung Karrikaturen anfertigen. Sechs australische Dollars nahm sie dafür. Noch so ein Auftrag, und sie hatte wieder ihren Lebensunterhalt für einen Tag gesichert. Es war Holiday unter der, wie es schien, immer scheinenden australischen Sonne.

Das übertrug sich auch auf uns, wir waren fröhlich wie noch nie. Abends im Bahnhof von Byron Bay Jazz und Reggae. Ein Tollhaus, leider auch für einige mit zu viel Alkohol, am Rande der überbordenden Hype. Nach drei Tagen hatten wir genug. Noch einmal in die Brandung des Pazifik, und ab mit unserem Caravan Richtung Cairns.

Vorbei an Bundaberg, wir hielten uns noch nicht mal bei unserer Destillation auf – was sollten wir auch dort, solange wir nicht wussten, was zu tun war – in die Bucht von Harvy Bay, die der Sandinsel Frazer Island vorgelagert war.

Hier hatten wir dann ein besonderes Erlebnis. Den Tanz der Wale. Alljährlich versammeln sie sich hier auf ihrer weiten Reise, um ihre Jungen zu gebären. Die gewaltigen Schwanzflossen meterhoch auf dem Wasser aufschlagend und die Fontänen, die sie beim Abtauchen in die Luft sprühen, ein seltenes Naturschauspiel!

Abends im Caravan wieder der Gedanke: „Sollen wir wirklich die fast zweitausend Kilometer bis ins Nordterritorium fahren oder lieber hier irgendwo am Strand die Zeit genießen?

Nein, wir entschieden uns, Richtung Norden zu fahren. Vorbei nochmals an Bundaberg und unserem staubigen Besitztum, der "Rumdestillation".

Die Fahrt bereitete uns viel Freude, wir alberten und sangen, genossen jeden Kilometer. Keine Gedanken an die Probleme, die noch vor uns lagen. Am Abend gingen wir in einen Pub und lernten die Trinkfreudigkeit der einheimischen Bevölkerung kennen. Es gibt in diesm Land so herrlich schmekkenden Wein und auch unseren guten Rum, aber Trinken bedeutet bei den Pubbesuchern hier nur "Bier". Nun ja, Sitten und Geschmäcker sind halt verschieden.

Es ging weiter mit einem Bootsausflug ins Great Barrier Reef, vor bei an Cairns Port, Douglas, Cape

Tribulation bis nach Cooktown.

Wir fuhren durch das Land, berauscht von der wilden Natur, der Vegetation und der Weite des Kontinents. Für uns eingeengten Europäer ungewohnte Entfernungen und Eindrücke.

Und dann die Menschen, zufrieden und froh. Wo waren die Unzufriedenen, die Nörgler, die Unglücklichen, sie muss es doch auch geben? Aber wir fanden sie nicht.

Beeinflusst von der positiven Stimmung, verbrachten Kati und ich herrliche, glückliche Tage und Nächte. Mit den Worten von mir: „Kati, wir müssen zurück nach Hause", holte uns die Realität wieder ein. Wobei mit nach Hause nun wirklich nicht Varel oder Köln gemeint war, sondern Brisbane.

Müde, etwas lahm von dem langen Sitzen in unserem Caravan, bei den doch vielen Kilometern, empfing uns dann unser Wirtschaftsprüfer in Brisbane. Sehr angespannt und auch etwas nervös. Zu Recht, wie sich dann herausstellte. Geschockt nahmen wir seine Untersuchungen und Recherchen zur Kenntnis. Kurz zusammengefasst und mit wenigen Worten ausgedrückt, das Ergebnis war katastrophal, wobei das noch mehr als gelinde ausgedrückt ist.

Unübersichtliche Geschäftstransaktionen. Private Verknüpfungen mit anderen Unternehmen, zum Beispiel, der Melasseeinkauf bei einer Firma, die Herrn Ströhter gehörte, Vertrieb über eine Gesellschaft, deren Inhaberin Frau Ströhter war. Die Bankgeschäfte wurden über eine Privatbank abgewickelt, Mitinhaber ebenfalls Herr Ströhter. Und, vor allen Dingen, keine Kooperationsbereitschaft seinerseits mit den Prüfern.

Das vernichtende Gesamturteil, Herr Ströhter benutzt die Destillation zur Selbstbereicherung. Dazu hat er ein Geflecht von weitläufigen Verbindungen aufgebaut. Positiv, das gesamte Vermögen ist nur zu einem geringen Teil belastet und somit vorläufig nicht gefährdet.

Da wir von Rumdestillation keine Ahnung haben, brauchen wir zu allererst einen Fachmann, der das Geschäft führen kann, um dann Herrn Ströhter mit seinen Gefolgsleuten zu entlassen. Langfristige Arbeitsverträge sind zum Glück nicht vorhanden, was diesen Teil der Aufgabe erleichtert.

Der Vorschlag von Herrn Ellister: „Wir übernehmen die Führung des Unternehmens, so wie jetzt gesehen und vorhanden. Sie erhalten dreißig Prozent des Nettogewinnes, und Sie sind alle Sorgen los." „Herr Ellister, das will bedacht sein, gehen wir unächst einmal etwas essen!"

Kati, die ich anschaute, wirkte überfordert, und

ich merkte, sie überließ die Entscheidung mir. „Herr Ellister, sagen wir dreißig Prozent, aber mindestens vierzigtausend Dollar pro Jahr, Laufzeit drei Jahre." „Herr Frank, mindestens fünf Jahre, damit wir auch etwas von unserer Aufbauarbeit haben, und wir sind uns einig." „Vertragsunterzeichnung morgen, und das Geschäft gehört vorläufig Ihnen."

Wir waren nur wenige Meter mit dem Auto gefahren, da legte Kati ihren Kopf an meine Schultern. Sie weinte und meinte: „Was würde ich bloß ohne Dich machen?" Dieser Ausspuch traf mich tief, ja, bis in das innerste. Wir hatten gemeinsam viele Probleme bewältigt, schöne Tage und Wochen erlebt, viel gesehen in vertrauter Gemeinschaft, aber wollte ich mit Kati mein restliches Leben verbringen?

Diese Frage stellte sich mir plötzlich. Bisher hatte es keinen Anlass gegeben, darüber nachzudenken. Aber alleine die Tatsache, dass ich geradezu erschrocken war, als ich merkte, mich irgendwann entscheiden zu müssen, zeigte mir, dass ich noch nicht dazu bereit war.

Kati spürte mein unsicheres Verhalten, was dazu führte, dass sie noch mehr weinte. Es fiel mir schwer, sie nicht mit Versprechungen beruhigen zu können, aber ich fühlte mich innerlich gedrängt, aufrichtig zu sein. Unsere Gemeinschaft beruhte auf einem absolutem Vertrauen miteinander, da war auch für gut gemeintes Trösten und nicht aus dem Herzen kommenden Versprechungen kein Platz.

Nach dem Essen, wir waren auf unserem Hotelzimmer, konnte ich lange nicht einschlafen, meine Gedanken gingen zurück in eine Zeit, die ich aufgrund der Ereignisse der letzten Wochen ausgeblendet hatte. Vor allem an die Zeit mit Piro. Was macht sie wohl? So schlief ich ein.

Es war mit Sicherheit dieser Gedanke, der mich am nächsten Tag auf die Idee brachte, Ricardo Cordes in Kolumbien anzurufen. Zu Kati sagte ich: „Ich kenne jemanden aus den vergangenen Jahren, der viele Geschäfte macht. Das eine oder andere ist zwar nicht ganz legal, aber ich will einmal hören, ob er nicht Interesse an der Rumdestillation hat." Es dauerte eine ganze Weile, bis ich ihn endlich am Telefon hatte.

„Hey, Ricardo, hier ist Frank." „Ola, bei Dir muss es aber brennen, dass Du mich nachts aus dem Bett holst." „Oh, ich hatte den Zeitunterschied vergessen." Nach einigem freundlichen Hin und Her meine Frage: „Was machen Deine Hotels, die Brauerei und die Bars? Ich besitze nämlich eine Rumfabrik, interessiert Dich das?" Dann, typisch Ricardo: „Wo bist Du, ich komme!" „Brisbane, Australien."

Deutlich konnte ich selbst über das Telefon spüren, dass er diese Information erst einmal verarbeiten musste. Aber dann: „Willst Du mir einen Bundaberg anbieten?" „Ja, ich besitze eine Fabrik und stelle ihn her." Jetzt war er doch völlig überrascht. „Mensch, Frank, ich rufe Dich nachher an, lass mir acht Stunden Zeit!" „Okay, eine Frage noch, wie geht es Piro?" Das musste ich noch los werden. „Wir reden nachher." Aufgelegt, und Ende.

Warum keine Antwort auf meine letzte Frage? Mit diesen Gedanken ging ich zu Kati. Was war das bloß, dass mich Piro immer noch so beschäftigte? Ein unsicheres Gefühlschaos in mir. Mit einem kleinen Trip nach Surfers Paradise an den Strand, zu den dort fröhlich umhertollenden Urlaubern, wollte ich wieder Ordnung und Ruhe in meine Gedankenwelt bringen. An der Frage von Kati: „Was ist los mit Dir?" erkannte ich, dass mir das nicht ganz gelungen war.

„Herr Brandt, Sie hatten einen Anruf, ein Herr Racordes lässt ausrichten, er wäre morgen um zwanzig Uhr bei Ihnen."

Diese Information an der Hotelrezeption war mehr als nur eine Überraschung; fast ungläubig nahm ich sie zur Kenntnis. Hatte ich doch einiges mit ihm erlebt und erfahren, aber dass er sich spontan in ein Flugzeug setzte und zu mir nach Australien kam, ging über meine Vorstellungskraft.

Na denn, immer wenn sich unsere Wege kreuzten, war es spannend. Kati konnte meine leichte Erregung auch nicht richtig einordnen. Bis tief in die Nacht hinein erzählte ich ihr von meinen Erlebnissen und den Gemeinsamkeiten mit ihm, wozu auch meine Geschichte mit Piro gehörte. Kati war ein so toller Mensch, und ich wollte, ja musste, ehrlich zu ihr sein. Zum Ende sagte sie nur: „Du kannst sie immer noch nicht vergessen." Ich ließ ihre Worte unbeantwortet.

„Hey, Ricardo, das ist ja ein Ding! Du kommst einfach mal angeflogen", so begrüßte ich ihn. Etwas zerknittert sah er aus, wohl der lange Flug und der Zeitunterschied. „Ja, wenn Du rufst und dann noch so Sachen zu erzählen hast, die mich interessieren, dann bin ich da. Du kennst mich doch." „Komm, laß uns erst mal einen Kaffee trinken, ich sehe, Du kannst ihn gebrauchen, und dann erzähl mal!"

„Was machen die Geschäfte und vor allen Dingen, wie geht es Euch, Dir und Piro?" Er lächelte mich an: „Ja, Piro, darüber reden wir später. Frank, Du kennst meine Geschäfte, sag mir, was ist das mit dem Rum?" „Ich kann Dir nicht nur Rum verkaufen, sondern eine ganze Destillation, eine Fabrik." Ich erzählte ihm die ganze Geschichte und unsere Probleme damit. Seine Antwort: „Gib mir die Anschriften und ich schaue mir das an! Aber jetzt muss ich erst einmal schlafen."

„Nein, so schnell kommst du hier nicht weg! Sage mir bitte erst noch, wie es Piro geht!" „Frank, ich dachte mir schon, dass Du mich nicht nur wegen dem Rumgeschäft angerufen hasst. Mit Piro, das ist eine lange Geschichte. In einem kurzen Satz erzählt: Sie ist nicht mehr bei mir, und ich weiß auch nicht, wo sie ist." „Willst Du mir nicht mehr erzählen?" „Nein, später." So verließ er uns und bezog sein Zimmer.

„Das hat Dich aber jetzt getroffen", war das erste, was Kati sagte, als er weg war. „Wie meinst Du das?" „Na, hör mal, ich sehe es Dir an, das mit Piro." Sie kannte mich halt, und ich konnte ihr nichts vormachen. Ja, sie hatte recht, meine Gedanken drehten sich nur um Piro und was da wohl geschehen war. Einsilbig, und mit einer unangenehmen Distanz zwischen Kati und mir, ging der Tag zu Ende. Ich war über mich selbst verärgert: „Wieso bekam ich dieses Weib von Piro nicht aus dem Kopf?"

Mit nur einem flüchtigen Kuss wünschten wir uns gute Nacht. Eine Nacht, in der ich lange nicht einschlafen konnte. Beim Wachwerden stellte ich fest, dass Kati das Zimmer schon verlassen hatte; ja, auch sie war von meinem Gemütszustand betroffen. „Hallo, ihr beiden, guten Morgen." Kati und Ricardo saßen beim gemeinsamen Frühstück, als ich den Frühstücksraum betrat. „Na, Langschläfer", scherzte Kati. „Euch geht es ja schon gut. Na, Ricardo, wie war die erste Nacht in Australien?"

„Ach, ich kenne dieses Land, ich bin ja nicht zum erstenmal hier." Noch ein paar freundliche Worte hin und her, und dann kam er zur Sache. „Ich mache mir Gedanken über Deine Rumfabrik, gib mir ein paar Tage Zeit!" „Hör mal, Ricardo, was ist denn nun mit Piro?" „Sie ist ausgezogen, wohin, weiß ich nicht, ich bedaure das sehr. Mehr kann und will ich Dir dazu nicht sagen."

Mit einem nochmaligen „Ich rufe dich an!" stand er auf und zog von dannen. „Frank, was ist das für ein Typ von Mensch?" fragte Kati, als er verschwand. „Kati, der hat mehr Macht als mancher Staatsmann, seinen Freunden gegenüber ist er aber ein ehrlicher Kerl."

Der Besuch Ricardos, wohl insbesondere seine Auskunft über Piro und das, was Kati nun davon wusste, veränderte geradezu schlagartig ihr Verhalten zu mir. Sie ging auf Distanz, eine freundliche Kühle herrschte plötzlich zwischen uns.

Die Tage vergingen langsam, mit einer oberflächlichen Fröhlichkeit machten wir lange Spaziergänge am Strand, aber es war nicht mehr so, wie zuvor. Kati war es dann auch, die nach einigen Tagen sagte: „Lass uns nach Hause fliegen und das alles hier vergessen!"

Ein Anruf von Ricardo „Komme morgen ins Hotel!" erübrigte eine kurzfristige Entscheidung. Und dann der Ricardo, wie ich ihn kannte. „Frank, ich gebe Dir drei Millionen Dollar, und du überträgst mir den ganzen Saftladen." Kati wurde blass, in ihren Augen erkannte ich einen mehr als feuchten Überzug. „Aber Ricardo, vier müssen es schon sein." „Frank, Du willst mit mir handeln, pass auf, nicht Dollar sondern Euro, aber damit ist Schluss."

„Ricardo, da ist noch ein kleines Problem. Wir haben den "Saftladen" für fünf Jahre an Ellister verpachtet." „Hey, Frank, mit dem bin ich schon einig." Ich schaute Kati fragend an, sie nickte nur. „Gut, gehen wir zum Notar."

Nun saßen wir schon im Flugzeug Brisbane – Hongkong – Hamburg. Australien hinter uns lassend, mit all den Erfahrungen und Erlebnissen in unserem inneren geistigen Gepäck. Die Formalitäten mit Ricardo und unserer Destillation waren erledigt, mit einem kräftigen Umtrunk hatten wir uns von ihm verabschiedet. Unser Geld war in Varel auf dem Konto.

Ich schaute Kati neben mir an, und sie begann zu weinen. Ja, wir wussten, die Aufgabe ist erfüllt und der Abschied nahte. „Kati, Du hast noch so viel zu erledigen mit Deinen Anwesen; ich werde Dir auch weiterhin helfen, aber jetzt muss ich erst einmal nach Köln."

Ihre Antwort, nur ein Wort mit fragendem Blick: „Piro?" Ich antwortete nicht. Er war ja die Wahrheit, ich musste wissen, was mit ihr los war, wie es ihr ging, was passiert war.

Wieder in Köln

Ein kurzer heftiger Abschied auf dem Flughafen in Hamburg, ein letztes „ich melde mich" und ab. Mal wieder, nur mit einem Koffer in der Hand, per ICE nach Köln.

Übermüdet, schon fast drei Tage keine Schuhe mehr ausgezogen, fand ich trotzdem keine Ruhe und konnte auch in meine Gedanken keine Ordnung bringen. Die turbulenten Monate mit Kati einerseits und zum anderen die Mitteilung von Garcia, dass Piro nicht mehr bei ihm war, wirbelten durch meinem Kopf. Und dann Köln, wie oft nun schon wieder am Bahnhof und ein Hotel suchen. Das nächst gelegene war das Mondial, Zimmer buchen und wie in Trance ab ins Bett.

Der nächste Tag begann mit der Suche nach Piro. Die Villa in Rodenkirchen war ihre Heimat, dort war sicher etwas zu erfahren.

Schon beim Aussteigen aus dem Taxi sah ich die, wie früher, gepflegte Gartenanlage hinter dem schmiedeeisernen Tor. Also bewohnt, war mein erster Gedanke. Stollnikov. Beim Lesen des Namensschildes auf dem Briefkasten erfasste mich eine derartige Unruhe, dass mein Finger zitterte beim Betätigen der Klingel.

Ein kleiner Junge kam hinter einem Strauch hervor, mit einem zaghaften "Hallo". „Ja, hallo." Der Kleine rief: „Mama, wir haben Besuch!" Jeder Versuch, weitere Worte zu finden oder die Gedanken zu ordnen wurde unterbrochen, da sich die Türe am Haupteingang öffnete und sie da stand, Piro. Sie hatte mich ebenfalls sofort erkannt, keine Handbewegung, kein Schritt, wie festgemauert blieb sie stehen, nur ein Wort kam über ihre Lippen, laut, fast geschrien: „Nein!"

„Na, lässt Du mich rein?" lachte ich sie an. „Mein Gott, Du", mehr konnte sie nicht sagen. Ich folgte ihr in den großen Wohnraum. Da sie immer noch wortlos dastand, ließ ich mich unaufgefordert in einen Sessel fallen und lächelte sie erneut nur an. Die Gräfin kam, sah mich und wieder hörte ich ein: „Mein Gott, du hier." Beide Arme ausstreckend, kam sie auf mich zu. Wenn ich mich nicht schnell erhoben hätte, wäre sie wohl bei mir auf dem Sessel gelandet.

Kurzes Durchatmen, und dann fiel mir nichts besseres ein als zu sagen: „Was ist los mit Euch, Ihr ruft beide nach dem lieben Gott, wenn ihr mich seht?" Piro meinte: „Du kommst ja auch hier herein wie ein Geist." Es folgte ein wirres gegenseitiges Durcheinander: Was ist los, woher, wieso? Zwischendurch mein Vorschlag: „Eine von Euch geht Kaffee kochen, eine holt die Tassen, und dann erzählen wir uns in aller Ruhe und der Reihe nach von unseren Erlebnissen." Gesagt, getan.

Ich machte den Anfang und berichtete, was bei mir und mit mir in den letzten Jahren passiert war. Das ging natürlich nur oberflächlich und im Zeitraffer, jedoch fanden wir dabei heraus, dass wir uns das letzte Mal vor sieben Jahren bei der Hochzeit gesehen hatten.

„Nun, Piro, bist du dran." Ich schaute sie an, und sie fing an zu weinen. Mir kam der Gedanke: Was mache ich bloß mit den Frauen, vor ein paar Tagen erst heulte Kati, als ich sie ansah, jetzt Piro.

Der kleine Steppke, den ich draußen gesehen

hatte, kam neugierig herein. „Geh mal zur Gretel!" wurde ihm von der Gräfin gesagt. Piro meinte dazu: „Das ist Janislav, mein Sohn, wir nennen ihn Jan." „Ein Bolivianer, der sich Janislav nennt?" „Als er geboren wurde, war schon nichts mehr mit Bolivianer." Sie schaute mich dabei an, mit Augen, in denen ich einen traurigen feuchten Schimmer erkannte. „Piro, willst Du erzählen?"

Es war eine andere Welt, in die sie hinein geheiratet hatte, ein fremdes Umfeld, mit Gewohnheiten, die sie bisher nicht kannte und auch nicht akzeptieren wollte. Die absolute Dominanz der Männer zum Beispiel, die ihre persönlichen Freiheiten auch nach der Hochzeit nicht aufgaben. Er nahm seine Gespielinnen mit auf die Reisen, gab sich nicht einmal die Mühe, es zu verheimlichen. Es war halt eine andere Kultur des Miteinanders, die nicht in die Vorstellung passte, die sie sich erhofft hatte.

Schon wenige Wochen nach der Hochzeit erkannte sie, so wollte sie nicht leben, und sie begann, unterstützt von der Mutter, die Trennung und Abreise vorzubereiten.

Dann, die zu diesem Zeitpunkt erschreckende Feststellung, sie war schwanger. Garcia hatte sie davon gar nichts erzählt, sondern ihm nur einen nichtssagenden Abschiedsbrief zurückgelassen.

Zusammenfassend ihre Aussage: „Es war alles ein großer Irrtum." So war es auch eine logische Folge, dass nach der Geburt des Sohnes, dieser einen Namen erhielt, der nicht an die Männerwelt in Bolivien erinnern sollte. Der Opa war Janislav Stollnikov, und so nannte man ihn Janislav, mit Rufnamen Jan.

„Frank, jetzt weißt du auch alles von mir. Nun bist du nochmal dran. Wie geht es dir? Was machst du?" „Nun, im Moment lebe ich wieder hier in Köln in einem Hotelzimmer."

Wir hatten die Zeit bei unseren gegenseitigen Erzählungen vergessen, gespannt und mit Interesse dem anderen zugehört. Nun herrschte eine gewisse Melancholie im Wohnzimmer, verbunden mit einer besonderen Vertrautheit.

Mir fiel im Moment nichts Besseres ein, als zu sagen: „Ich muss jetzt gehen; wenn Ihr wollt, komme ich aber morgen wieder vorbei." Wie aus einem Munde die Antwort der beiden: „Ja, bitte."

Nun sitze ich allein in einem Kölner Lokal, innerlich aufgewühlt und bin selbst nach dem dritten Kölch nicht in der Lage, meine Gefühle und Gedanken zu ordnen und in eine sinnvolle Reihe zu bringen.

Sieben Jahre sind es her, seit der Hochzeit von

Piro? Was ist in dieser Zeit alles geschehen? Meine Gedanken drehen sich im Kreis. Aber in einem Kreis, in dem Piro im Mittelpunkt stand.

Nach einer Nacht mit wenig Schlaf, ohne Plan, ohne Ziel, ohne zu wissen, was ich eigentlich wollte, fuhr ich erneut zu den beiden. Zu meinen beiden Mädchen, wie ich sie lächelnd für mich nannte. Dabei erkannte ich, dass ich meinen Humor so langsam wiederfand, ein gutes Zeichen.

Piro eröffnete mir ein neues Problem. Ricardo wollte seinen Sohn. Ohne Sohn keine Scheidung, war seine ultimative Forderung. Da ich Ricardo und seine Möglichkeiten sowie sein Durchsetzungsvermögen kannte, wusste ich, das ist ein ernstes und außerdem großes Problem; denn unter normalen Umständen bekommt er das, was er will.

„Und was machst du?" „Keine Ahnung, wir wissen nicht weiter." Die Gräfin meinte dazu: „Wenn dieser Spitzbube mit seinen Anwälten keinen Erfolg hat, befürchte ich, dass er ihn sich einfach holt." Ja, das war ihm zuzutrauen.

Noch lange redeten wir über diese Angelegenheit, und was sie bereits unternommen hatten, um die Herausgabe von Jan zu verhindern. Jan war nun einmal ein Racordes, seine Mutter hatte ihn, ohne vorherige Ankündigung, mit nach Deutschland genommen. Das konnte man, auch nach kolumbianischem Recht, als Entführung bewerten. „Helfen kann ich jetzt und hier auch nicht, aber ich denke darüber nach, und wenn ihr möchtet, komme ich morgen wieder.

Ich muss mich erst einmal um eine Wohnung bemühen, denn im Hotel will ich auf Dauer nicht bleiben." Mit diesen Worten verließ ich die beiden.

Zwei Stunden laufe ich nun schon durch die Stadt, tief in Gedanken versunken. Ich rempelte einige Passanten an und murmelte eine Entschuldigung. Es war ja nicht nur Piro, mit ihren Sorgen. Ich musste mich auch bei Kati melden, das hatte ich versprochen. Aber alles der Reihe nach, erst eine Zeitung kaufen und die Wohnungsanzeigen studieren.

Die Musik des Handys unterbrach meine Gedanken. Wer konnte das denn sein, es gab nur wenige, die meine Nummer kannten? „Ja." „Hier ist Piro. Mama und ich wollen Dir nur sagen, bevor Du eine Wohnung suchst, Du kannst bei uns wohnen – wir haben ausreichend Platz – völlig separat, drei Zimmer, die leer stehen. Wir wollen nicht aufdringlich sein, aber überlege es Dir in aller Ruhe. Du kannst uns ja morgen Bescheid sagen." Aufgelegt und Ende. Was war denn das?

Jetzt brauche ich einen Schnaps und eine ruhige

Ecke, um meine Gedanken wiederum neu zu ordnen. Es blieb bei einem sinnlosen Versuch, die Vor- und Nachteile dieses Vorschlages abzuwägen. Es gab nur einen Gedanken, ich ziehe zu Piro.

Fest und traumlos geschlafen, mit viel, viel Kaffee gefrühstückt, begann ich, meine paar Habseligkeiten in einen Koffer zu verstauen. Begleitet von trübseligen Gedanken. Alles, was ich besaß, passte in einen Koffer, meine ganze Habe. Wie oft in meinem bisherigen Leben bin ich nun schon, mit einem Koffer in der Hand, einer ungewissen Zukunft entgegengegangen.

Was besitze ich, was habe ich, wo ist mein Zuhause, wo ist meine Zukunft? Eine bisher nie gekannte Schwermütigkeit überfiel mich. Ja, werde ich alt, dass mich solche Gedanken bewegen? Bin ich es leid, mit einem Koffer zu leben? Ein gut gefülltes Bankkonto macht mich unabhängig, aber es gibt mir eine Freiheit, die in Einsamkeit mündet. Wie soll das weitergehen? Mit einem laut ausgesprochenen „Frank, so geht das nicht weiter", beende ich diese trüben Gedanken.

Mit meinem Koffer in der Hand klingelte ich bei Stollnikovs. Piro öffnete die Türe, sah mich an, bemerkte den Koffer, kam einen Schritt auf mich zu, drückte mich fest an sich, mit den Worten: „Gute

Entscheidung." „He, ich will erst sehen, wie die Zimmer aussehen und was sie kosten", lachte ich sie an. „Ach, Du armer Wohnsitzloser, komm herein und stelle keine Ansprüche!"

Da war sie wieder, unsere lose, leichte, lockere Art, untermalt von einem besonderen gegenseitigen Verstehen. „Hier, Dein neues Zuhause." Von diesen Worten begleitet stellte sie mir die Wohnung vor. Drei Zimmer, nett möbliert und eingerichtet. „Ja, viele Schränke und Schubladen, nur alle leer", war die einzige Antwort, die mir einfiel. „Komm herunter, und wir besprechen die Kleinigkeiten, damit alles seine Ordnung hat."

„Piro, zuvor habe ich noch eine Bitte. Gehst Du nachher mit mir einkaufen?"

Was für ein Einkauf? Ich besaß doch nichts, außer dem Inhalt meines Koffers und einige Kleidungsstücke, die in Varel untergebracht waren. Als dieser Gedanke in mir hoch kam, war es wieder da, das Gefühl der Einsamkeit und des unsteten Lebens.

Auf, Frank, nicht denken, handeln, in Aktion treten! Mit dieser Aufforderung im Selbstgespräch zogen wir, Piro und ich, los. Was man so alles braucht, insbesondere, wenn man eine Frau dabei hat, der immer noch etwas Wichtiges und unbedingt Nötiges einfällt. Einpacken und mitnehmen ging gar nicht, wer sollte das alles tragen? Ein Standardsatz an der Kasse war: „Wir lassen es morgen abholen – oder, wenn möglich, können sie es uns auch liefern."

„Na, Ihr habt es aber lange ausgehalten", so begrüßte uns die Gräfin, als wir nach Hause kamen. „Mutti, Du wirst morgen sehen, warum. Es war gar nicht so einfach mit diesem Mann." „Na ja, ein-fache Männer liegen Dir ja auch nicht", so das Gespräch zwischen Mutter und Tochter. „Danke, Piro, für Deine Hilfe, aber jetzt muss ich schlafen gehen und mich morgen um meine jüngste Vergangenheit kümmern." Ja, da war noch Kati mit ihren Problemen, der ich versprochen hatte, ihr weiterhin zur Seite zu stehen.

Habe ich das jetzt wirklich richtig gemacht, hier einzuziehen? Die Nähe zu Piro verhindert bei mir wohl ein ruhiges sachliches Abwägen der Situationen. Draußen läuft Jan herum, ein Sohn von Ricardo, das kann ich doch nicht einfach so übersehen, dazu noch der Streit zwischen Ricardo und Piro um dieses Kind.

Gedanken, die mein Einschlafen erheblich verzögern, obschon ich müde bin. Frisch geduscht aus dem Bad kommend, stelle ich fest, schöne Wohnung, doch etwas leblos, weil unter anderem immer noch alle Schränke und Schubladen leer sind.

Aber wie geht es weiter? Gehe ich hinunter und sage: „Guten Morgen, hier bin ich, wo ist das Frühstück?" oder fahre ich zum Bäcker und versorge mich selbst?

Diese Entscheidung wurde mir sofort abgenommen. Vor der Türe standen und lagen Kartons und Tüten, mit all den Sachen, die wir gestern gekauft hatten und die bereits angeliefert waren.

Die Gräfin stand etwas verlegen dabei, sie hatte wohl geschnuppert, was wir so alles für nötig befunden hatten. Frauliche Neugierde, die auch beim Adel – oder gerade beim Adel – vorhanden ist, so mein Gedanke. „Komm, Frühstücken." Mit dieser Einladung überspielte sie ihre Verlegenheit.

Nachdem wir nette Höflichkeiten ausgetauscht und gefrühstückt hatten, lag irgendwie eine gewisse Spannung im Raum. Ich bemerkte: „Nun muss ich auspacken und einräumen." „Komm, ich helfe Dir." Verbunden mit diesen Worten nahm mich Piro bei der Hand, und wir zogen ab. Wir hatten beide Spaß bei unserer Arbeit.

Am Abend saßen wir dann bei einer Flasche Wein zusammen und plauderten, Jan durfte auch etwas länger aufbleiben. Irgendwann offenbarte ich dann meine Gedanken und Gefühle mit den Worten:

„Ich komme mir vor wie in einer Familie." „Ist das schlimm?" fragte die Gräfin. „Nein, nur ungewohnt, aber andererseits auch sehr angenehm, ich könnte mich daran gewöhnen", war mein Kommentar und so fühlte ich auch.

„Aber morgen muss ich Euch leider für ein paar Tage verlassen. Ich muß noch einige Dinge aus der Vergangenheit regeln."

Kati hatte ich mein Kommen angekündigt. Sie holte mich in Wilhelmshaven am Bahnhof ab. Die doch recht lange Zugfahrt hatte mir reichlich Gelegenheit zum Nachdenken gegeben. Das Ergebnis: Kati, wie versprochen, zu helfen, aber auch mein Engagement mit ihr zu beenden, um so schnell wie möglich wieder zurück nach Rodenkirchen zu kommen, natürlich in erster Linie zu Piro.

Ich hatte ein sehr beklemmendes Gefühl in mir. Wie sollte ich das Gespräch mit Kati führen? Dann musste ich wieder einmal erfahren, dass alle vorausschauende Planungen, verbunden mit Hoffnungen, Ängsten und Wünschen überflüssig werden, durch den Augenblick der persönlichen Begegnung.

Wir begrüßten uns, schauten uns an und wussten – ja, wir fühlten es – unsere Zeit ist vorbei.

Bis weit in die Nacht hinein hörte ich ihr zu, wie sie mir in allen Einzelheiten erzählte, was sie unternommen hatte, um die Probleme mit ihren diversen geerbten Besitztümern zu lösen. Mit der Darstellung, auch kleiner Details, zeigte sie mir – und das war mit Sicherheit auch so gewollt – dass sie es auch ohne meinen Rat oder meine Hilfe schaffen würde.

Sie ist ein wirklich toller Mensch, es war eine Art Dank an mich, der ich ihr in einer so schwierigen Situation geholfen hatte, mich nun freizulassen von allen weiteren Verpflichtungen, ohne dass ich sie darum bitten musste; denn sie kannte meine Gefühle für Piro, und denen wollte sie nicht im Wege stehen.

Die Verabschiedung am nächsten Tag war dann doch noch einmal ein emotionaler Augenblick mit Umarmung, ein paar Tränen in den Augen – und das nicht nur bei ihr – sowie einem gegenseitigem Dankeschön für die turbulente Zeit, die wir gemeinsam erlebt hatten. „Wir bleiben in Verbindung", so die letzten Worte.

Im dahinrasenden ICE, Richtung Köln, die vorbeifliegende Landschaft betrachtend, gelang es mir für ein paar Stunden, die Zeit gedankenlos vergehen zu lassen. Einfach einmal abwarten, was kommt und passiert. So etwas wie eine Vorahnung und innere Vorbereitung auf das, was auf mich zukam.

Für das schmiedeeiserne Gartentor des Anwesens Stollnikov hatte ich noch keinen Schlüssel, obschon ich ja jetzt Mieter einer dahintergelegenen Wohnung war. Nun gut, das wird noch werden.

Aufgrund meines Klingelns öffneten mir die Gräfin und Piro das Tor: neben Piro, an der Hand, der kleine Jan. „Hey, schön, dass Du da bist", war die Begrüßung. „Willst Du nachher runterkommen? Wir haben was zu erzählen und können zusammen essen." „Ja, bis gleich."

Meine Gedanken dazu: Wie soll das bloß weitergehen, Wohnung mit Familienanschluss?

Der Sauerbraten mit Knödel und dazu ein Rotwein von der Ahr, einfach hervorragend. Die Gespräche waren etwas aufgesetzt, gekünzelt, lieb und freundlich, auch mit einem Versuch, lustig zu sein, trotzdem, es lag eine deutlich spürbare Spannung im Raum. Piro hauchte: „Möchtest Du noch ein Dessert oder sonst irgend was?" „Ja, ich möchte, dass ihr aufhört mit dem komischen Gehabe und endlich sagt, was los ist." Das war nicht nett, vielleicht auch zu direkt, aber ich war es leid, dieses Getue, und wollte wissen, was los war.

Die beiden verständigten sich mit einem Blick. Die Gräfin stand auf, holte ein Kuvert, ziemlich groß, und legte es mit den Worten: „Wir haben Post von Garcia bekommen" auf den Tisch. Anschrift war keine zu erkennen. Ich drehte es herum, auf der

Rückseite auch kein Absender. „Ricardo hat es per Bote hier abgeben lassen, wir müssen Dir einiges erklären", antwortete Piro auf meinen fragenden Blick hin.

„Ricardo hat einige Briefe an mich geschrieben, die nicht zugestellt werden konnten, weil es die angeschriebene Piroschka Cordes unter dieser Adresse nicht gibt. Mama wird es Dir erklären."

Die Gräfin erzählte: „Bei unserer Ausreise aus Kolumbien, die ja mehr eine Flucht war, musste alles geheim bleiben, Ricardo hätte das sonst nie zugelassen. Deshalb ist Piro mit einem falschen Reisepass nach Deutschland gekommen. Den Pass zu bekommen, war nicht schwer. Deshalb ist Piro hier in Köln gar nicht gemeldet, offiziell gibt es sie gar nicht. Sie hat keinen gültigen Pass, keine Versicherung, nichts, was auf ihre Existenz hinweist. Ja, und Jan, der ist hier geboren, hier im Haus, mit Hilfe einer Hebamme. Er ist in Köln-Rodenkirchen im Geburtenregister eingetragen als Janislav Stollnikov, Mutter ist Gräfin Eva-Clarissa Stollnikov, Vater unbekannt."

„Und sowas geht?" „Die Anmeldung war ein bisschen peinlich, aber man hat es geglaubt, und so ist alles perfekt." „Bis auf den kleinen Umstand, dass es Dich in Deutschland gar nicht gibt, Piro", mehr konnte ich dazu erst mal nicht sagen. „Aber Ricardo weiß, dass Du hier bist und schickt nun per Bote Post." „Ja, mit der Aufforderung, zusammen mit Jan zurückzukommen, und der Drohung, ihn sich sonst selbst zu holen."

„Jetzt brauche ich wieder einmal einen Schnaps, völlig nüchtern ist das nicht zu begreifen." Wir schauten uns ernst und doch leicht schmunzelnd an. Es gibt Situationen – und diese hier war so eine – die so ernst und kompliziert sind, dass man ihnen am besten mit einem Lächeln begegnet bei der Suche nach Lösungen.

„Ich stelle fest: Eine Frau, die es eigentlich gar nicht gibt, zumindest nicht in Deutschland, bekommt ein Kind, und die Oma des Kindes lässt sich als Mutter eintragen. Na, wenn das alles überstanden ist, machen wir daraus einen Film", ich lachte. „Hör auf zu lachen", wurde ich von Piro zurechtgewiesen. „Welche Nationalität hat denn Jan eigentlich jetzt?" „Er hat die ungarische Staatsbürgerschaft, genau wie ich", sagte die Gräfin.

„Gebt mir bitte noch einen Schnaps! Dann möchte ich das Kuvert von Garcia mit nach oben nehmen und in aller Ruhe lesen, was er schreibt. Morgen setzen wir uns zusammen und finden sicher eine Lösung."

„Na, Deinen Optimismus möchte ich haben."

„Lass Dich von meinem positiven Denken anstecken, liebe Piro." Ich sah Sie dabei an und stellte fest, dass sich ihre Gesichtsfarbe rötete und die Augen feucht wurden. Donnerwetter, das berührte mich innerlich!

In den vier Briefen von Garcia, die alle wegen "Nicht zustellbar" zurückgegangen waren, stand vereinfacht zusammengefasst, dass er seinen Sohn haben wolle. Wenn nicht freiwillig, dann würde er ihn sich holen. Er sprach von "mio higo", nannte ihn also nicht Jan.

Es war schon neun Uhr, als ich am nächsten Morgen zum Frühstück kam. Mit einem bewusst kräftigen „Guten Morgen", wollte ich Tatkraft und Entschlußkraft ausstrahlen und verbreiten und setzte mich an den gedeckten Tisch. Neben Piro und der Gräfin, meinen beiden Mädchen, saß noch, was mich überraschte, der Gärtner, den ich ja schon durch meine Besuche vom Sehen her kannte.

„Das ist Jaroslav, er pflegt bei uns nicht nur den Garten, er gehört einfach zu uns. Sein Vater hat schon bei uns zuhause, in der Puszta, nach dem Tod meines Vaters unser Anwesen verwaltet. Wir kennen uns von Kind an. Piroschka hat er das Reiten beigebracht, da fanden wir ihn manchmal nicht so lieb, weil er zu wild war und wir Angst um sie hatten. –

Hier bewacht und pflegt er unser Haus, mit all dem Drumherum, wenn wir nicht in Rodenkirchen sind. Jaro, bleibe ruhig hier, auch Du sollst wissen, was uns bedrückt, vieles kennst Du ja schon." Der Tag begann also mit einer Überraschung für mich.

„Hast Du die Briefe gelesen? Was meinst Du, was sollen wir tun?" So begann Piro unser Gespräch. „Es gibt ja zwei Probleme, einmal Ricardo mit seiner Forderung, und zum anderen, brauchst Du, Piro eine neue Identität. Du kannst doch nicht, ohne gemeldet zu sein, hier in Deutschland herumlaufen. Keine Versicherung, kein Konto, kein gültiger Pass, das geht nicht, das ist ein Leben wie auf einem Pulverfass. –

Bei dem Problem mit Garcia besteht die Gefahr, dass er sich Jan mit Gewalt holt. Aber das ist ebenfalls nicht so einfach, auch wenn er sicherlich viele Möglichkeiten hat. Über den offiziellen behördlichen Weg hat er keine Chance, das Kind der Mutter wegzunehmen. Den ungarischen Jan Stollnikov von seiner Mutter zu trennen, um ihn nach Bolivien zu seinem Vater zu holen, welche Behörde wird da zustimmen? Ich werde einmal mit Ricardo sprechen. Aber mit Dir, Piro, was machen wir da? –

Überlegen wir einmal folgende Möglichkeit.

Jaroslav hat eine gute Bekannte oder auch Vertraute in Ungarn, eine Frau, die etwa das Alter von Piro hat. Für diese beantragt er nun eine Aufenthaltsgenehmigung, damit er sie hier bei uns als Angestellte beschäftigen kann. Diese Frau bekommt Lohn, ist somit versichert und in das deutsche Sozialnetz integriert. –

Wenn diese Person in Begleitung ganz legal nach Deutschland einreist, aber nach dem Grenzübertritt sofort wieder unerkannt nach Hause fährt – es wird ja wohl eine solche Möglichkeit im kleinen Grenzverkehr geben –, wird man sie zu Hause nicht vermissen, und wir haben hier eine offizielle Angestellte. Dann gibt es zwar die Piroschka Stollnikov nicht mehr, aber das ist der Preis. Im übrigen, im Augenblick gibt es die ja auch nicht."

Es folgte ein Moment der Stille, jeder in der Runde schaute den anderen an. Jaroslav schlug plötzlich mit der Hand auf den Tisch, dass die Löffel auf den Untertassen klirrten und sagte: „Ich das machen."

„Dann besprecht das einmal unter Euch." Ich mache mir inzwischen Gedanken wegen dem Problem mit Ricardo." Mit doch erheblichen Bedenken, ob das alles auch so machbar sei, verließ ich die drei.

Vor allen Dingen musste ich endlich beweglich

und unabhängig werden, dazu brauchte ich, unter anderem, ein Auto. Zunächst jedoch ein paar Stunden für mich, um meine Gedanken zu ordnen.

Wie ernst ist es zum Beispiel Ricardo mit seinen Drohungen? Ich muss mit ihm reden, aber nicht per Telefon. Ich will ihm gegenüber sitzen und nicht nur zuhören, was er sagt, ich will es empfinden und spüren.

Achtzehn Uhr, in Kolumbien ist jetzt Mittag, vielleicht erreiche ich ihn. Wäre auch zu schön gewesen, wenn das gleich funktioniert hätte! Ich konnte ihn aber per Anrufbeantworter bitten, sich mit mir in Verbindung zu setzen. Mehr ging nicht an diesem Tag. Der Autokauf musste noch etwas warten.

Mit dem Taxi heim zu meinen Mädchen. Piro empfing mich mit der Nachricht, dass Jaroslav morgen nach Budapest fliege. „Ihr wollt das also so machen wie vorgeschlagen?" „Wir wollen es in jedem Fall versuchen."

In der abendlichen Runde diskutierten wir nochmals das Für und Wider der einzelnen Maßnahmen. Jaroslav war auch wieder dabei, Jan saß neben seiner Mutter und malte.

Mein mobiles Telefon schellte. „Brandt." „Ja, hier Ricardo, hast Du wieder eine Fabrik zu verkaufen?" „Nein, oder vielleicht doch, auf jeden Fall möchte ich mit Dir persönlich sprechen. Ich möchte auch wissen, wie es mit dem Rum läuft. Aber es gibt auch noch mehr". –

„Was meinst Du, nächste Woche in Rio?" „Rio, das geht nicht, die Brasilianer mögen mich im Moment nicht, da kann ich nicht hin." „Du hast denen wohl zu viel Koks verkauft." „Dachte mir schon, dass Du das weißt. Aber Frank, ich bin in vierzehn Tagen in Budapest. Wenn Du es einrichten kannst, würde ich Dich dort gerne sehen, ich wohne in Pest, im Hilton." „Okay, ich komme. Den genauen Tag vereinbaren wir noch." „Prima, ich freue mich. Tschau."

Alle hatten das Gespräch mitgehört. Die Gräfin meinte: „Was willst Du dem erzählen?" „Warten wir ab, was mir einfällt. Ich gehe jetzt schlafen, gute Nacht."

Aus der Dusche kommend, steht plötzlich Piro vor mir. Errötend stotterte Sie: „Oh, entschuldige, aber ich habe geklopft." „Ist ja nicht schlimm, Du weißt ja, wie ich nackt aussehe." „Mein Gott, wie lange ist das her!" Wir lachten beide. Ich, inzwischen mit einem Handtuch um die Hüften, empfand es als eine skurrile Situation, voller Vertrautheit und doch mit der nötigen Distanz an diesem Abend.

Nachdem sie gegangen war, lag ich noch lange

wach. Vor allem die Gedanken und Überlegungen, wie ich Ricardo von seinem angedrohten Vorhaben, den Jungen einfach zu holen, abbringen könnte, ließen mich nicht einschlafen.

Er ist ein harter, cleverer Bursche mit sehr vielen Möglichkeiten, auch illegalen. In Brasilien scheint er zur Zeit Schwierigkeiten zu haben, wäre vielleicht nicht schlecht zu wissen, was da los ist. Morgen werde ich Nachforschungen anstellen.

War das ein Aufwand, zwei Stunden habe ich telefoniert, bis ich sie am Apparat hatte, Chris. Ebenso lange dauerte das Gespräch, bis ich informiert war über meine Freunde, wie es ihnen ging und was sie machten.

Es war schön, wieder einmal von ihnen zu hören. Von ihr selbst und ihrem Leben erzählte sie nicht viel.

Ich sagte ihr, dass ich Kontakt zu Ricardo Cordes hätte und ich gerne mehr über ihn wissen möchte. Ihre spontane Reaktion: „Ricardo ist ein ganz großer Halunke. Der hat hier mit Drogen gehandelt, an Kinder verkauft, und er ist in einen Bestechungsskandal verwickelt mit dem Militärmensch aus Brasilia, den Du ja auch von damals kennst, als wir unser Brot an das Militär verkaufen wollten. Der ist verhaftet."

„Chris, ich brauche Dich in dieser Sache. Sammle bitte alles, was Du über Ricardo herausfinden kannst, und sende mir das per Mail! Ich treffe ihn in kürze und brauche bestimmte Informationen. Du verstehst mich sicher, es ist ganz wichtig, viel von seinen schmutzigen Geschäften zu erfahren. Ich komme Dich auch bald einmal besuchen. Zunächst warte ich gespannt auf das, was Du herausfinden kannst."

Na, vielleicht gibt es doch ein Mittel, um ihn zum Einlenken zu bringen.

Am nächsten Tag begrüßt mich Piro: „Hallo, Frank, Mama bringt Jaros zum Flughafen, und Jan ist im Kindergarten, wir könnten etwas unternehmen." „Gut, fahren wir in die Stadt."

Auch in den folgenden Tagen vertreiben wir uns die Zeit mit Bummeln, Einkaufen, Kaffee trinken und kurzweiliger Unterhaltung. Ernste Gespräche über die Sorgen und Unwägbarkeiten, die uns belasten, wagen wir nicht anzusprechen. Ebenso gehen wir beide Gesprächen über unser Verhältnis zueinander aus dem Wege.

Gestern Abend, auf meinem Zimmer, habe ich den Entschluss gefasst, morgen werde ich ihr sagen, dass ich sie liebe und mit ihr leben möchte, um Klarheit zu schaffen. Aber wieder einmal kamen andere Ereignisse dazwischen.

Beim Frühstück informierte uns die Gräfin, dass Janos sich gemeldet habe. Er hat eine Frau gefunden, die dieses "Spiel" mitmacht und erwartet von uns alles weitere. „Das heißt, Frau Stollnikov"... „Halt", unterbrach sie mich, „ich bin es leid, dass Du mich Gräfin oder Frau Stollnikov nennst. Bitte, ich bin Clarissa." „Hoppla, die Mutter ist schon einmal auf meiner Seite!" dachte ich schmunzelnd.

„Also, Clarissa, Einreisegenehmigung und Aufenthaltsgenehmigung beantragen und dann Janos zukommen lassen, oder gibt es noch Bedenken?" Die gab es natürlich nicht.

Es war noch keine Stunde vergangen, da kam ein Anruf vom Zollamt mit der Nachricht: „Ein Eilgutpaket aus Brasilien ist abzuholen, aber nur vom Adressaten persönlich." Also auf in den Hafen zum Zollamt, Piro fuhr mit. Nachdem ich mich als Empfänger ausgewiesen hatte, wurden wir in einen Nebenraum geführt. Auf einem Tisch lag ein Paket.

„Wir müssen überprüfen, ob sich nicht zollpflichtige Waren im Paket befinden. Bitte, öffnen Sie es!" Es kamen nur eine Menge Zeitungsausschnitte und eine Fülle von Schriftstücken zutage. Der Beamte fasste sicherheitshalber noch einmal hinein. Er sagte lachend: „Nix Zollpflichtiges. Sie können das Paket mitnehmen." „Weder Diamanten noch Kokain", lachte ich zurück.

„Na, Piro, jetzt haben wir aber was zu lesen." Es graute schon der Morgen, als wir mit dem Studium der vielen Schriftstücke und den Zeitungsausschnitten fertig waren. „Das ist zu viel, um es auf einmal zu begreifen, lass es uns morgen gemeinsam verarbeiten und durchsprechen." „Ja, ich gehe auf mein Zimmer."

Einem Impuls folgend – ich hatte mir ja schon gestern vorgenommen, die entscheidende Frage zu stellen – nahm ich sie bei der Hand und sagte: „Das ist aber heute das letztemal, dass Du alleine auf dein Zimmer gehst, ab morgen gehe ich mit, oder Du bleibst bei mir." Sie wurde rot bis in die Ohrläppchen, und ihre Augen wurden feucht. „Ja, gute Nacht", hauchte sie und verschwand durch die Türe. Jetzt war es endlich ausgesprochen, und es herrschte Klarheit.

Was Chris uns geschickt hatte, war schon sehr gehaltvoll. Die Zeitungsausschnitte hatte sie übersetzt. Es war sogar ein polizeilicher Aushang mit Bild dabei. „Gesucht wird Garcia Cordes. Für Hinweise, die zur Ergreifung führen, ist eine Belohnung ausgesetzt."

Zusammenfassend war zu lesen: Ricardo Cordes wird gesucht wegen des Verstoßes gegen das Rauschgiftmittelgesetz im Zusammenhang mit dem Verkauf von Kokain an Minderjährige, wegen Bestechung der Militärbehörden in großem Umfang und der Umgehung der Lizenz für die Alkoholherstellung.

Eine weitere Information von Chris: Kolumbien hat kein Auslie-ferungsabkommen mit Brasilien, wie auch viele andere Länder, so dass sich Ricardo in diesen Ländern problemlos bewegen kann. Noch ein handschriftlicher Gruß mit der Bemerkung: „Da hast Du einen schlimmen Freund, ich wünsche Dir viel Freude mit ihm." –

„Ich hoffe, dass ich Dir helfen konnte. Lass wieder einmal etwas von Dir hören! Am besten, Du kommst nach Brasilien, denn Du hast noch viele Freunde hier. Herzliche Grüße, Chris."

Ein böser Mann

„Kann ich Garcia mit diesem Wissen beeinflussen?" war mein erster Gedanke. Viel Hoffnung hatte ich nicht, aber ich werde mich mit ihm treffen. Ich schrieb eine Information per E-Mail. „Hey, Garcia, ich kann am Freitag in Budapest sein. Gib mir bitte eine Nachricht, wann es Dir passt."

Dann hatte ich noch eine andere Idee. Seit jetzt

fast fünf Jahren besaß ich immer noch die mobile Telefonnummer von Laura. Ich suchte sie und fand sie auch in meinen alten Akten.

War das eine Überraschung, als ich sie am Telefon hatte! Es dauerte eine ganze Weile, bis wir uns erst einmal ausgetauscht hatten. „Wie geht es? Was machst Du? Wo wohnst Du?" und so weiter. Dann: „Warum rufst Du an?" „Natürlich, um Dich bald einmal zu treffen, denn ich wohne auch wieder in Köln!" So viel Freundlichkeit musste sein.

„Zunächst jedoch brauche ich Deine Hilfe. Ich muss eine Liste haben mit den Namen aller Länder oder Staaten, die mit Brasilien ein polizeiliches Auslieferungsabkommen haben. Das kannst Du doch?" „Bis wann?" „Es hat Zeit, morgen Abend genügt mir." Sie lachte: „Mein alter Chef, immer noch derselbe. Lass dir Zeit, morgen genügt. Das kenne ich ja noch. Gut, morgen Abend. Zwanzig Uhr im Hayett. Ich freue mich."

Piro hatte das Gespräch mit angehört: „Willst Du ihn der Polizei ausliefern?" „Ich weiß nicht, ich will aber auf alles vorbereitet sein. So, für heute haben wir genug in Bewegung gesetzt."

„Heute Abend gehen wir essen, wir zwei. Ich will wieder einmal alleine mit Dir sein." Sie schaute mich an und nickte nur, sie wusste, was ich meinte.

Im wunderschönen Kristallsaal des Hotels Hayett, mit dem Blick auf den Dom und St. Martin, die Hohenzollern Brücke an der rechten Seite, entstand eine traumhafte Atmosphäre; so hatte ich mir das gewünscht. Wir konnten uns all dem nicht verschließen. Als sie am nächsten Morgen neben mir in meinem Zimmer aufwachte, waren wir wieder ein Paar.

Der Frühstückstisch war gedeckt. „Wo ist Jan?" fragte Piro. „Schon im Kindergarten, schau mal auf die Uhr!" sagte Clarissa. Nebenbei erwähnte Piro: „Ich habe heute Nacht nicht in meinem Zimmer geschlafen." „Ich weiß", war die Antwort von Clarissa. Damit war das auch einfach und schnell geklärt. Ich spürte eine große Erleichterung.

„Um 20.00 Uhr gehen wir gemeinsam ins Hayett zum Essen. Ihr müsst Laura mal kennenlernen, meine ehemalige Sekretärin." Bei Piro kam wieder der Schelm durch: „Nur Sekretärin?" „Ja, nur", wir lachten. Sie war richtig gelöst und frei seit gestern, obwohl noch nicht alle Probleme bewältigt waren.

Es war ein nettes und sogar lustiges Gespräch, das wir während des Essens im Hayett hatten. Die Damen freuten sich, Anekdoten und Begebenheiten, die sie von mir kannten, auszutauschen. Dann übergab uns Laura eine Liste, auf denen die Länder genannt waren, die mit Brasilien ein Auslieferungsabkommen für gesuchte Straftäter hatten.

Ich fragte gar nicht, wie sie das so schnell beschaffen konnte, mir war nur wichtig, es zu wissen. Mit einem „Danke, Laura, wir sehen uns wieder", verabschiedeten wir uns.

Dass Piro wieder für die Nacht zu mir kam, war schon fast selbstverständlich.

Dann endlich, eine Nachricht auf meiner Mailbox, auf die ich dringend gewartet hatte. „Bin Freitag im Hilton, Budapest. Ricardo." Na, das wird spannend.

Frankfurt – Budapest, ein kleiner Sprung mit dem Flugzeug von knapp zwei Stunden. Mit dem Taxi nach Pest ins Hilton, alles schnell und pünktlich, so dass ich, wie gewünscht, mittags mein Hotelzimmer beziehen konnte.

Dann war es soweit; im Rauchersalon sah ich ihn mit einigen Herren sitzen. Auf dem Tisch standen die Whiskygläser, und drei der fünf hielten qualmende Havannas in der Hand, von einer Rauchwolke umgeben: „Hallo, Frank, komm zu uns, wir sind gleich fertig." So die Begrüßung. Die Herren unterhielten sich noch einen Augenblick in einer Sprache, die ich nicht verstand, ein Dialekt mit spanischem Akzent. Das war sicher bewusst so, ich sollte sie wohl nicht verstehen. „Komm, ich lade Dich zum Essen ein, gehen wir darüber !" „Das ist gut so", dachte ich, „da sind wir unter uns."

Ein Angestellter führte uns zu einem Tisch, von dem aus wir einen schönen Blick auf die unter uns gelegene Fischerbastei, die Donau und auf das gegenüber liegende Regierungsgebäude hatten.

„Ist das recht so, Señor Moreno?" „Ja, danke". „He, Ricardo, Señor Moreno, was ist das?" „Ach, die müssen hier nicht alles wissen", reagierte Ricardo etwas mürrisch. Während des gesamten Essens plauderten wir über seine Rumdestillation in Australien und über weitere vergangene Gemeinsamkeiten. Auch ich erzählte ihm von einem Teil meiner Erlebnisse. Es war ein richtig nettes Gespräch, wie unter alten Freunden und Bekannten, bis ich dem Einhalt gebot.

„Garcia, nun zu der Angelegenheit, warum ich hier bin. Ich habe Piro getroffen. Sie hat mir von Deiner Forderung bezüglich Jan erzählt. Ich will gar nicht lange drumherum reden, ich bin gekommen, um Dich davon abzubringen." In Sekunden versteifte sich seine Haltung, sein Gesicht nahm geradezu steinerne Züge an, es saß plötzlich ein anderer Mensch vor mir.

„Bist Du ein so dummer Idiot, hast Du Kinder,

hast Du einen Sohn? Nein, sonst könntest Du nicht mit einem solchen Anliegen kommen." Das war so deutlich, und ich wusste sofort, da ist keine Einigung zu erzielen. Ich machte einen letzten Versuch, mit einem bösen Hintergedanken. „Willst Du nicht wenigstens mit Piro darüber reden?" „Ja, das will ich, sie soll kommen, ich will das sogar unbedingt." „Ich glaube, Piro würde auch gerne mit Dir darüber sprechen; ich werde versuchen, einen Termin zwischen Euch zu vereinbaren." –

„Das Treffen müsste irgendwo im Umfeld von Köln stattfinden." „Warum das?" „Piro hat keinen Ausweis in Deutschland, sie ist illegal von Dir geflohen und in Deutschland eingereist, dadurch kann sie nicht über eine Grenze." „Dann geht es halt nicht", meinte er. „So viel scheint Dir demnach doch nicht an einem Gespräch zu liegen; denn manches lässt sich besser Aug in Aug vermitteln." Er schaute mich lange schweigend an. „Jetzt habe ich ihn doch soweit", dachte ich.

„Am Montag fliege ich über Frankfurt nach Hause." „Nach Bogota?", fragte ich. „Ja, ein Treffen wäre also möglich, wenn sie will." „Zu einem Treffen in Frankfurt ist sie bestimmt bereit, ich werde es ihr raten; sie ist sicher interessiert daran, mit Dir zu reden. Morgen fliege ich nach Köln und rede mit ihr.

Wann bist Du in Frankfurt?" „Um neunzehn Uhr geht mein Nachtflug nach Bogota." „Also circa siebzehn Uhr im VIP-Bereich, ich rufe Dich an." Den Rest des Tages, bis weit in den Abend hinein, verbrachten wir mit lockeren Gesprächen und viel Tokaier Wein. Piro wurde mit keinem Wort mehr erwähnt. „Garcia ist ein richtig netter Kerl, wenn es nicht um seine kriminellen Geschäfte geht, aber im durchsetzen seiner Interessen unerbittlich und riguros, da geht er über Leichen", dachte ich nach der Verabschiedung.

Samstagabend in Köln bei Clarissa und Piro in der Villa. Nachdem ich von meinem Gespräch mit Garcia und seiner harten Reaktion auf den Wunsch, seinen Sohn bei Piro zu lassen, berichtet hatte, stellte ich die entscheidende Frage: „Jetzt müsst Ihr entscheiden, sollen wir ihn auflaufen lassen und versuchen, dass er verhaftet wird, oder plagt Euch dann Euer Gewissen?" Clarissa war es, die sagte: „Der hat auch kein Gewissen." Damit war die Entscheidung ihrerseits gefallen.

Mir viel es nicht ganz so leicht, ich hatte einige Bedenken, wenn es auch meine Idee war ihn verhaften zu lassen mit dem Hintergedanken, dass Jan dadurch bei seiner Mutter bleiben konnte.

Mir ging durch den Kopf: Nicht alles, was

machbar erscheint, ist auch richtig.

Ja, wir hatten Geschäfte miteinander gemacht, da war er zuverlässig. Wir hatten auch gemeinsam manchen Drink genommen und waren uns persönlich näher gekommen. Nicht zu vergessen, wir waren in die gleiche Frau verliebt, die er nur bekommen hatte, weil er mich seines Geldes wegen jagte und verfolgte, und ich fliehen musste.

Nun, ich war ja auch nicht gerade ehrlich zu meinem – im Ver-gleich zu ihm allerdings – bescheidenen Vermögen gekommen, dass mir das Leben ermöglichte, das ich heute führte.

Aber er war ein Schurke ohne Gewissen. Kinder und Jugendliche drogenabhängig zu machen, und damit den eigenen Reichtum zu vergrößern, ist mehr als nur ein böses Verbrechen.

Das empfand ich letztendlich als Rechtfertigung für die nachfolgenden Entscheidungen.

Sonntag morgen, nicht gerade eine gute Zeit, um mit Behörden zu sprechen, aber eine Auslandsbotschaft ist immer im Dienst; ich telefonierte mit der brasilianischen Botschaft.

„Ich habe eine wichtige Information für Sie. Der in Ihrem Land gesuchte Garcia Cordes ist am Montag, siebzehn Uhr, in Frankfurt, Flughafen, VIP-Bereich. Möglicherweise reist er unter dem Namen

Moreno. Er plant den Nachtflug Frankfurt – Bogota. Wie wichtig es ist, diese Information sofort weiterzugeben, werden Sie sicher erkennen." "Bitte, Ihren Namen." Ich ließ sie gar nicht weiterreden und beendete das Gespräch mit dem Auflegen des Telefonhörers.

Jetzt war es raus. Bedenken hatte ich schon ein wenig, ob das alles richtig war, denn wenn die Polizei wirklich reagierte und Ricardo verhaftete und er erfahren sollte, wer ihn ausgeliefert hatte, besaß ich ein Leben lang einen Feind.

Infolgedessen wurde es ein unruhiger Sonntag, der gegen Abend nochmals eine interessante Neuigkeit brachte.

Jaroslav kam überraschend aus Budapest und hatte Ein- und Ausreisepapiere sowie einen Ausweis dabei. Eine völlig neue Identität für Piro. Marga Retzlav, angestellt als Haushaltshilfe bei Clarissa Stollnikov. Ich hatte nur einen Gedanken, ob das alles gut geht?

„Steht mal auf, Ihr habt Besuch!" Verbunden mit einem kräftigen Klopfen an die Türe, wurden wir von Clarissa geweckt. Der Blick auf die Uhr zeigte gerade mal acht Uhr.

Zwei Herren empfingen uns im Wohnzimmer: „Weimer, Bundeskriminalamt, und das ist Herr

Morso. Wir möchten Herrn Brandt sprechen, aber bitte alleine." Sein Blick ging zu den Damen, die mit betretenen Gesichtern das Zimmer verließen.

„Sie haben die brasilianische Botschaft in einer delikaten Angelegenheit informiert, wir möchten gerne Näheres erfahren." Oh Gott, ich Depp, wie konnte ich nur über das Festnetz telefonieren, natürlich hatten sie meinen Anruf zurückverfolgt!

„Ich weiß, dass Herr Cordes gesucht wird und dass er morgen in Frankfurt ist. Eine Begründung für die Benachrichtigung gebe ich nicht. Ich wäre auch sehr dankbar, wenn mein Name nicht bekannt würde, denn er hat erhebliche Möglichkeiten, sagen wir es vornehm, sich zu wehren." „Sie kennen ihn also?" „Ja, wir haben in Brasilien Geschäfte miteinander gemacht." „Welche?" Ich sah keinen Anlass, etwas zu verschweigen, denn unsere gemeinsamen Geschäfte waren alle legal abgewickelt worden. Ich berichtete ziemlich ausführlich darüber.

Piro brachte uns Kaffee, und das Gespräch verlief sachlich und in aller Ruhe. Herr Morso, der bisher nur zugehört hatte, sagte: „Sie haben Anspruch auf die Prämie, die für sachdienliche Hinweise angekündigt ist." „Nein, danke, ich verzichte. Spenden Sie das Geld stattdessen an Bedürftige."

Nun musste ich meine Neugierde doch noch

befriedigen. „Werden Sie Herrn Cordes verhaften?" Beide antworteten fast gleichzeitig: „Ja."

Wir saßen noch bis in die Morgenstunden zusammen, nachdem die Herren gegangen waren, und fühlten uns alle nicht wohl.

Am nachmittag telefonierte ich mit Chris und äußerte unter anderm die Bitte, mir schnellstens Nachricht zu geben, wenn es bei ihr in Brasilien Neuigkeiten über Garcia Cordes gäbe.

Das Verlangen, nach Frankfurt zu fahren, um eventuell zu sehen, was geschehen würde, unterdrückte ich; denn ich wollte nicht von ihm gesehen werden.

Nun war schon eine Woche vergangen, wir hatten immer noch nichts gehört, was mit Ricardo passiert war. Hatte man ihn verhaftet, wo war er jetzt? Fragen, die uns bewegten und nervös machten.

Piro und ich, wir waren in dieser Zeit trotzdem ein glückliches Paar. Aber ich spürte es innerlich, ein Problem bahnte sich an. Ich hatte keine Beschäftigung, keine Aufgabe, einfach keine Arbeit, nichts zu tun.

Morgens fuhr ich Jan in den Kindergarten. Zwischendurch versuchte ich, Jaroslav im Garten zu helfen, aber das war in meinen Augen unnützer Zeitvertreib, der mich nicht befriedigte.

Sonntag waren wir mit Jan im Zoo, sehr schön, es machte Freude, ihm die Tiere zu zeigen und ihm deren Besonderheiten zu erklären. Aber das war auch nicht mein Leben.

Piro hatte ebenfalls ein Problem, ihre falsche Identität. Sie musste sich jetzt Retzlav nennen – die einst so stolze und selbstbewusste Piroschka Stollnikov.

Für nächsten Sonntag planten wir eine Schiffsreise auf dem Rhein. Jaros sollte uns mit dem Auto nach Rüdesheim bringen. Wir wollten dann mit dem Schiff das gesamte Rheintal hinabfahren. An den vielen Burgen und der Loreley vorbei, bis nach Köln. Wieder ein schöner Tag geplant, aber doch auch wieder nur Zeitvertreib.

Tennisspielen ging ich nun auch wieder nach Rot-Weiss, zu meinen alten Freunden, die mich mit großem Hallo empfingen. Hier hatte einer mit dem bösen Spruch, aus einer Laune heraus: „Da hat jemand ins Glas gepinkelt", meinem Leben damals eine erneute Wendung gegeben. Was war seit dieser Zeit nicht alles passiert!

Die Nachricht

„Komm bitte einmal herunter, Post für Dich, Du musst den Empfang bestätigen." Clarissa war es, die mir das zurief. An Herrn Frank Brandt, nur persönlich zustellbar. Absender Chris Marsella, Rio de Janeiro, Brasilien.

Clarissa, Piro und selbst Jaros standen um den Tisch und warteten gespannt, welche Nachrichten ich bekommen hatte. Ein Zettel: „Hallo, Frank, wie gewünscht einige Neuigkeiten. Herzliche Grüße, Chris."

Die beiliegenden Zeitungsausschnitte, von Chris übersetzt, ergaben etwa folgenden Inhalt: „Der seit langem gesuchte, verantwortliche Chef eines verbrecherischen Syndikates aus Kolumbien, das auch bei uns tätig war, Garcia Cordes, wurde im Ausland festgenommen und nach Rio überführt." Eine Zeitung schrieb noch: „Dank der Hilfe eines befreundeten Staates." Mit Spannung wird der Prozess erwartet.

Trotz der allgemeinen Zufriedenheit in unserer Runde, herrschte auch eine Atmosphäre der Beklemmung. Piro sagte: „Immerhin war ich einmal mit ihm verheiratet." „Piro, Du übersiehst etwas Wichtiges, Du bist es noch." Das trug nicht gerade zur Verbesserung der Stimmung bei.

Auf jeden Fall entwickelte sich die Angelegenheit in die von uns gewünschte Richtung. Erst einmal konnten wir nur abwarten, bis der Prozess gegen Ricardo abgeschlossen war und er, so hofften wir, für längere Zeit festgesetzt wurde. Aber wie lange und was dann?

Piro hieß eigentlich immer noch Cordes, war aber in Kolumbien nicht auffindbar. Sie besaß auch noch das Strandhaus, die Casa Corchio, die ihr Garcia zur Hochzeit geschenkt hatte. Wir beschlossen, wenn Garcia verurteilt wird, reisen wir nach Kolumbien. Piro mit ihrem jetzigen Namen Retzlav. Zurück nach Deutschland dann wieder mit ihrer wahren Identität, als Piroschka Cordes. Marga Retzlav wäre dann aus der Welt. Ob das wiederum alles so geht? Egal, so war es jedenfalls geplant.

Familienleben

Fünf Monate ist es nun her, seit wir die Benachrichtigung von der Verhaftung Garcia bekommen hatten. Mit Chris hatte ich gesprochen und sie gebeten, mir eine Nachricht zu schicken, sobald sie etwas Neues über Ricardo erfahren würde. Sie wollte den Prozess verfolgen.

Auch bei Kati hatte ich mich wieder einmal gemeldet. Es war ein distanziertes, aber freundliches Gespräch. Sie hatte nach eigener Aussage keine Probleme. Ich hatte das Gefühl, das war es nun auch mit Kati.

Wir drei in Rodenkirchen lebten in den Tag hinein, verbrachten die Zeit mit allerlei Unsinn und auch Freude und mit dem Wissen im Hintergrund, dass noch längst nicht alles seine Ordnung hatte.

Die Einschulung von Jan erinnerte uns geradezu schmerzlich daran, dass noch vieles zu klären war.

Mit Jan hatte ich viel Freude, wir machten gemeinsame Dummheiten, um unsere Mädchen zu ärgern. Manchmal war es auch schon geradezu grenzwertig. Die strengere Clarissa spielte dann die Böse, aber dass war ihre Rolle. Er nannte mich einfach Frank. Gelegentlich stellte ich mir die Frage, wann und wie ich ihm einmal seine Herkunft erzählen sollte. Mir war dann dabei gar nicht wohl, aber das hatte ja auch noch Zeit.

Endlich, der Anruf von Chris. „Ricardo hat fünfzehn Jahre Gefängnis bekommen." „Danke, Chris, wir werden Dich bald besuchen", war meine Antwort.

„So, Ihr Lieben, jetzt folgt noch unser letzter Coup, seid Ihr bereit?" war meine Ankündigung am Abend. „Marga Retzlav und Frank Brandt machen eine Flugreise nach Bogota."

Es war schon etwas beklemmend, als wir im Flugzeug saßen. Hoffentlich geht das alles gut?

Im Hotel in Bogota überlegten wir unsere weitere Vorgehensweise. Sollten wir Piroschkas Haus am Strand anschauen und versuchen herauszubekommen, wie die derzeitigen Besitzverhälnisse waren, um es eventuell zu verkaufen? Aber wie sollte das gehen? Nein, zu riskant, war unsere Meinung, verzichten wir lieber darauf und sehen zu, dass wir so schnell wie möglich wieder aus diesem Land verschwinden.

Chris hatte ich versprochen, sie in Rio zu besuchen. Sollte aber Piro mit dorthin kommen, immerhin war der Name Cordes in Brasilien aktenkundig?

Wir entschieden, ein Flug Bogota – Frankfurt für Piroschka Cordes und später einer für Frank Brandt nach Rio. Ich wollte erst feststellen, ob die Ausreise von Piro funktionieren würde. Das war für mich eventuell noch ein kritischer Punkt. Ich begleitete sie bis zur Zollabfertigung, das Herz schlug mir dabei bis zum Hals. Endlich war sie durch die Kontrolle und saß, nun als Piroschka Cordes, im Flieger nach Frankfurt. Was war ich so erleichtert!

Zwei Stunden später war ich auf dem Flug nach Rio. Papa Sancho holte mich am Flughafen ab.

Und dann, was für eine Freude, Chris war da, Mama Sancho hatte gekocht und tischte ein feudales Mal auf. Die gegenseitigen Erzählungen wollten kein Ende nehmen. Es ging ihnen allen gut, nicht zuletzt wegen meines damaligen Einsatzes für sie.

In der Angelegenheit Ricardo herrschte eine gemeinsame Meinung vor, gut, dass er im Gefängnis saß und wir ihn zunächst los waren.

Bei Chris bedankte ich mich noch einmal besonders für ihren Einsatz in der Sache Ricardo. Bei meiner Frage: „Und wie geht es privat?", sagte sie nur: „Mal so, mal so." Damit war das Thema beendet.

Nachdem ich die eine Nacht bei Sancho privat verbracht hatte, saß ich jetzt schon wieder im Flugzeug zurück nach Deutschland.

Von Piro hatte ich bis jetzt noch nichts gehört. War alles gut gegangen, war sie problemlos durch den Zoll gekommen? Das beschäftigte mich doch sehr. Es war aber alles bestens gelaufen.

Clarissa empfing mich mit lautem Hallo und dem Ruf: „He, Piro, er ist da!" Sie fiel mir stürmisch um den Hals.

Jetzt hatten wir nur noch ein Problem zu lösen. Piro war immer noch verheiratet mit Ricardo Cordes und hieß bei den hiesigen Behörden Piroschka Cordes.

Aber, wie die letzten Ereignisse zeigten, es ging weiter aufwärts.

Bei der Überlegung, wie ich mich beschäftigen

sollte, war mir meine Tätigkeit bei Mondo eingefallen.

Mein darauf folgendes Gespräch mit dem alten Chef oder auch ehemaligem Kollegen Holthausen, hatte postwendend Erfolg. Er war hocherfreut, von mir zu hören. Zwei Gespräche und ich war wieder Mitarbeiter der Mondo-Gruppe. Gruppeninternes Controlling nannte sich meine Aufgabe, mit Büro in Köln.

Große Freude bereitete mir ein Anruf bei Laura. „Hallo, schöne Frau, ich brauche wieder eine Sekretärin, und da kommst nur Du infrage." Am Telefon merkte ich deutlich ihr tiefes Durchatmen. Dann die Antwort: „Ich habe vier Wochen Kündigungfrist, dann kann es losgehen."

Ich stellte für mich fest, es war fast wieder alles beim alten. Wie gehabt. Nur eines war viel besser, ich war wieder glücklich mit Piro zusammen. Ein beauftragtes Anwaltsbüro sollte sich mit der Möglichkeit einer Scheidung von Piro befassen. Sie machten uns aber nicht viel Hoffnung.

Nach einigen Monaten dann wieder so ein besonderer Augenblick in meinem Leben. Die einen nennen es Schicksal, die anderen Glück.

Ein Anruf von Chris. Ricardo Cordes war aus ungeklärten Gründen im Gefängnis verstorben. Man vermutet Mord, weil er bereit war, gegen seine mitverantwortlichen Kumpane auszusagen, um seine eigene Situation zu verbessern. Nachdem ich das kurz vor Büroschluss erfahren hatte, behielt ich diese Nachricht erst einmal für mich.

Abends, nach dem gemeinsamen Abendessen mit Piro und Clarissa fragte mich Piro, noch bevor ich etwas sagen konnte: „Was ist mit Dir los? Du hast doch etwas." So weit kannten wir uns schon, dass sie spürte, dass mich etwas beschäftigte. „Ja, Piro, mein Beileid, Du bist Witwe."

Plötzlich herrschte eine ganz eigenartige Stimmung bei uns allen. Jeder wusste, die letzten Probleme sind fast alle gelöst. Piro sprach es aus, was wir anderen auch dachten: „So wollte ich das aber nicht."

„Lasst uns die Ereignisse in aller Ruhe hinter uns bringen! Vergessen können und wollen wir es nicht, aber wir müssen es bewältigen. –

Dass Jan offiziell Dein Sohn wird, bekommen wir auch noch hin. Eines Tages musst Du ihm sagen, wer sein Vater war, aber das hat noch Zeit. –

Ab heute möchte ich in Ruhe und Frieden mit Euch zusammenleben."

Es kam keine Antwort, aber meine Mädchen strahlten vor Freude.

Zum Abschluß

Nachdem einige Zeit vergangen war, sagte ich zu Piro: „Ich habe mir heute freigenommen, komm bitte einmal mit, ohne Fragen zu stellen!"

Ich fuhr mit ihr zum Bahnhof nach Köln, nahm sie bei der Hand, ging durch die große Eingangshalle mit ihr und setzte mich auf den Treppenaufgang zu Gleis vier.

„Komm, setz Dich neben mich", bat ich sie. Sie setzte sich verwundert und schaute mich dabei fragend an.

„Piro, heute ist Freitag. Es war auch ein Freitag, als sich vor mehr als zwanzig Jahren ein junger Bäckermeister hier an dieser Stelle auf einen Koffer setzte, der sein ganzes Leben veränderte. Die schönste und wichtigste Veränderung führte über viele Umwege und nach langer Zeit zu Dir."

Ohne die vorbeieilenden Passanten zu beachten, nahm ich sie in den Arm und drückte sie ganz fest an mich. Ich konnte die Tränen nicht zurückhalten und musste weinen.

Damit fiel eine unsichtbare Last von meinen Schultern. Es folgte ein Augenblick der inneren Befreiung, Befriedigung und Erlösung.

Zwanzig Jahre ein turbulentes Leben, ausgelöst von einem Koffer, der im Kölner Bahnhof zufällig zu mir rutschte.

Es bleibt die Frage, verbunden mit der Hoffnung ob wir, Piro, Jan und ich, nun unser gemeinsames Leben in Ruhe gestalten und geniessen können.

In der Einsamkeit in den Bergen von Sri Lanka hatte mir Shiras Onkel, der Eremit Shalan, einmal gesagt: „Es ist gut wenn man in die Welt hinaus geht, ja, man sollte es sogar tun, aber trotzdem sein wie ein Baum, tief verwurzelt in der heimatlichen Erde."

War ich nun angekommen – zurück bei meinen Wurzeln?

Die Zeit wird es zeigen – der Augenblick ist pures Glück.